戲非戲046

大清相國

下

王躍文 著

高寶書版集團

戲非戲　DN046

大清相國(下)

作　　者：王躍文
總 編 輯：林秀禎
主　　編：張君嫣
特約編輯：蔡雯婷
出 版 者：英屬維京群島商高寶國際有限公司台灣分公司
Global Group Holdings, Ltd.
地　　址：台北市內湖區洲子街88號3樓
網　　址：gobooks.com.tw
電　　話：(02) 27992788
E-mail：readers@gobooks.com.tw（讀者服務部）
pr@gobooks.com.tw（公關諮詢部）
電　　傳：出版部(02) 27990909　行銷部（02）27993088
郵政劃撥：19394552
戶　　名：英屬維京群島商高寶國際有限公司台灣分公司
發　　行：希代多媒體書版股份有限公司/Printed in Taiwan
初版日期：2009年2月

國家圖書館出版品預行編目資料

大清相國/ 王躍文著. -- 初版. -- 臺北市：
高寶國際出版：希代多媒體發行, 2009.2
面； 公分. --（戲非戲 ;46）

ISBN 978-986-185-268-3（下冊：平裝）

857.7　　97024798

36

陳廷敬在陽曲正一波三折，朝廷裡收到他上奏的大戶統籌辦法卻是如獲至寶。明珠看完陳廷敬的摺子，點頭道：「這可真是個好辦法！倘能各省參照，必可解軍餉之憂！」

高士奇悄聲說：「明珠大人，這摺子士奇也看了，是個好辦法。可是這麼好的辦法，該由您提出來才是啊！」

明珠笑道：「士奇，老夫不是個邀功請賞的人，更不會貪天之功。怕只怕百密一疏，出了紕漏。我得再琢磨琢磨。」

明珠說著，就把陳廷敬的摺子藏進了籠箱。高士奇點點頭不再言語，他早摸透了明珠的脾性，這位武英殿大學士說要再琢磨琢磨的事兒，多半就黃掉了。

兩日之後，高士奇又接到陳廷敬的摺子，他看過之後，忙暗自報與明珠：「明珠大人，陳廷敬又火速上了摺子，說大戶統籌辦法不能推行。」

明珠接過陳廷敬的摺子，看完問道：「這個摺子，張英看過了沒有？」

高士奇說：「張英今兒不當值。」

明珠說：「哦，難怪我還沒見著他哩。不是故意要瞞著張英，暫且不給他看吧。」

高士奇問：「明珠大人有何打算？」

明珠說：「我這兩日都在琢磨，大戶統籌未必就不是個好辦法，只要官府管束得力，不讓大戶藉端盤剝百姓就行了。陽曲這幾年都如期如數完糧納稅，不就是按這個辦法做的嗎？」

高士奇忙拱手道：「明珠大人高見！《聖諭十六條》教化天下，大戶人家多是知書達理的，掌一方風化。他們可都是誦讀聖諭的典範啊！」

明珠說：「所以說，陳廷敬後面這個摺子分明沒有道理。」

高士奇問：「那麼還是把大戶統籌辦法上奏皇上？」

明珠說：「我會馬上奏請皇上發往各省參照！這是陳廷敬的功勞，你我應該成人之美！」

高士奇見明珠如此說了，再無多話。明珠又說：「張英是個老實人，不要把陳廷敬後面這個摺子讓他知道！」

高士奇點頭應了，便把摺子藏了起來。

皇上正在乾清宮裡召兵部尚書范承運、戶部尚書薩穆哈，過問雲南戰事。范承運甚是焦急，道：「啟奏皇上，我進剿雲南之師，四川一線被暴雪所阻，無法前行。廣西一線遇逆賊頑抗，戰事非常緊急。眼下最著急的是糧餉，薩穆哈總說戶部拮据，急需補給的糧餉跟不上來。」

薩穆哈道：「啟奏皇上，范承運是在誣賴微臣。這幾年稅銀稅糧都沒有足額入庫，朝廷用度又年年增加，戶部已經盡力了！」

皇上怒道：「你們跑到朕面前來爭吵沒用！得想辦法！」

范承運說：「今年四川暴雪百年難遇，實在是沒有料到的事情。將士們進退兩難，只有駐地苦等，眼看著就要坐吃山空了。吳三桂集中兵力對付我廣西一路，廣西戰事就更加激烈。補給不力，戰事將難以為繼。」

皇上問薩穆哈道：「錢糧未能足額入庫，你這個戶部尚書就沒有半點兒辦法？」

薩穆哈說：「為這事兒，皇上去年已摘掉幾個巡撫的烏紗帽，還是沒有辦法。」

皇上火了。「放肆！朕要你想辦法，你倒變著法兒數落起朕來了！」

這時，張善德躬身近前，奏道：「皇上，大學士明珠覲見。」

皇上點點頭。張善德明白了皇上意思，出去請明珠進來。明珠叩見完畢，皇上問道：「明珠，你是做過兵部尚書的，朕正同他倆商量軍餉的事，你有什麼好主意？」

明珠道：「啟奏皇上，明珠想不出什麼好主意，倒是陳廷敬想出好辦法了。」

皇上面有喜色，忙問道：「什麼辦法？快說來聽聽。」

明珠道：「陳廷敬在山西陽曲發現那裡推行大戶統籌錢糧的好辦法，陽曲的錢糧年年如期如數入庫。陳廷敬知道朝廷當務之急是籌集軍餉，便寫了摺子，快馬送了回來！陳廷敬奏摺在此，恭請皇上御覽。」

張善德接過奏摺，呈給皇上。皇上看著奏摺，喜得連連拍案，道：「好啊，年年如數完糧納稅，卻不用官府派人催繳。」

明珠說：「正是皇上《聖諭十六條》諭示的，完錢糧以省催科。」

皇上不禁站了起來，在殿上來回走著：「朕要好好獎賞陳廷敬！還要好好的賞那個戴孟雄！咦，明珠，你這個吏部尚書，知道戴孟雄是哪科進士嗎？」

明珠回道：「啟奏皇上，戴孟雄的監生、知縣都是捐的。」

皇上聽了，更是叫好不迭。「捐的？你看你看，常有書生寫文章罵朝廷，說朝廷賣官鬻爵！難道花錢買的官就沒有好官？戴孟雄就是好官嘛！而且是幹才，可為大用。」

明珠等三位大臣齊頌皇上英明。皇上又道：「眼下朝廷需要用錢，又不能無故向百姓增加攤派。有錢人家，既出錢捐官幫朝廷解燃眉之急，又能好好的做官，有什麼不好？」

明珠奏道：「皇上，臣以為應把大戶統籌的辦法發往各省參照。」

皇上搓手擊掌，連連點頭道：「好！准奏！速將這個辦法發往各省參照！真是老祖宗保佑啊！陳廷敬此去山西，發現了陽曲大戶統籌的好辦法！各省都參照了這個法子，就不愁錢糧入不了庫，軍餉就有了保證！剿滅吳三桂，指日可待！」

明珠瞅著皇上高興，又道：「皇上，臣還有一事要奏。陳廷敬這回可立了大功，臣以為應准他將功折過，官復原職。」

皇上笑道：「豈止官復原職！朕還要重重賞他！百姓捐建龍亭出在陽曲，大戶統籌錢糧的辦法也出在陽曲，可見戴孟雄治縣有方嘛！朕還要重重的賞戴孟雄！」

兩日之後，明珠一副誠惶誠恐的樣子跑到乾清宮要見皇上。皇上聽得張善德奏報，不知又出了什麼大事。明珠低頭進了宮，逕直去了西暖閣，跪在皇上面前，道：「皇上萬萬恕罪！」

皇上問道：「明珠，你好好的，有什麼罪呀！」

明珠叩頭不止，說：「那個大戶統籌辦法，萬萬行不得！」

皇上大驚，問道：「大戶統籌是陳廷敬在陽曲親眼所見，陳廷敬摺子上的票擬是你寫的，怎麼突然又行不得了？」

明珠道：「微臣料事欠周，罪該萬死！正是陳廷敬自己說此法不能推行。陳廷敬謀事縝密，他上奏大戶統籌辦法之後，發現其中有詐，隨即又送了個摺子回來。這個摺子臣也是才看到，知道大事不好！不能怪陳廷敬，只能怪微臣！」

皇上把摺子狠狠摔在地上，道：「這是讓朕下不了臺！陳廷敬！朕平日總說他老成持重，他怎麼能拿大事當兒戲！前日發往各省的官文，今日又讓朕收回來作廢？朝令夕改，朕今後說話還有誰聽！朝廷的法令還有誰聽！」

明珠哭泣道：「皇上，不收回大戶統籌辦法，就會貽害蒼生哪！」

皇上圓睜龍眼，道：「不！不能收回！明珠，你存心讓朕出醜？」

明珠叩頭請罪，不敢抬眼。皇上消消氣，稍稍平和些了，才說：「傳朕諭旨，各省不得強制大戶統籌，全憑自願；凡自願統籌皇糧國稅的大戶，不得藉端盤剝百姓，違者嚴懲！」

明珠領旨而退，仍得聽皇上在裡頭叫罵。

夜裡，皇上在乾清宮密召張英，道：「朕這幾日甚是煩躁！食不知味，寢不安席！雲南戰事緊急，朝廷籌餉又無高招。好不容易弄出個大戶統籌，卻是惡吏劣紳盤剝鄉民的壞手段！」

張英奏道：「臣以為，完糧納稅催科之法固然重要，最要緊的還是民力有無所取。朝廷輕徭薄賦，與民休息，這是江山穩固之根本。只要民生富足，朝廷不愁沒有錢糧。」

皇上雖是點頭，心思卻在別處，道：「朕這會兒召你來，想說說陳廷敬的事兒。陳廷敬前後兩個摺子，你都沒有看見，怎會如此湊巧？」

張英道：「正好那幾日臣不當值。臣只能說沒看見，別的猜測的話，臣不能亂說。」

皇上說：「這裡只有朕與你，也不用擔心隔牆有耳。你說句實話，真會如此湊巧嗎？」

張英道：「南書房裡都是皇上的親信之臣，張英不敢亂加猜測。」

聽了這話，皇上有些生氣，道：「張英啊張英，朕真不知該叫你老實人，還是叫你老好人！」

張英卻從容道：「不是臣親見親聞之事，臣絕不亂說！」

皇上說：「陽曲大戶統籌也是陳廷敬親見親聞，可他又回過頭來打自己嘴巴！這個陳廷敬，他讓朕出了大醜！」

張英道：「陳廷敬絕非故意為之！」

皇上怒道：「他敢故意為之，朕即刻殺了他！」

皇上震怒異常，急躁地走來走去。張英注意著皇上的臉色，見皇上怒氣稍有平息，便道：「臣斗膽問一句，皇上想如何處置陳廷敬？」

皇上卻道：「朕聽出來了，你又想替陳廷敬說情！」

張英說：「臣猜想，皇上召臣面見，就是想讓臣替陳廷敬說情的。」

皇上聞言吃驚，坐下來望著張英。張英又說：「皇上惱怒陳廷敬，又知道陳廷敬忠心耿耿。皇上不想處置陳廷敬，又實在難平胸中怒火，所以才召臣來說說話。」

皇上搖頭說：「不！不！朕要狠狠懲辦陳廷敬！」

張英道：「皇上知道自己不能懲辦陳廷敬，所以十分煩躁！」

皇上更是奇怪，問：「你怎麼知道朕不能懲辦陳廷敬？」

張英答道：「皇上沒有收回發往各省的大戶統籌辦法，說明陳廷敬前一個摺子沒有錯；皇上如果收回了大戶統籌辦法，就是准了陳廷敬後一個摺子。因此，不管怎樣，皇上都沒有理由懲辦陳廷敬！」

皇上長嘆一聲，懶懶地靠在炕背上，道：「張英呀，你今日可是在朕面前說了真話啊！」

張英道：「臣說句罪該萬死的話，別人都把皇上看成神了，臣卻一直把皇上看成人。以人心度人心，事情就看得真切些，有話就敢說了。」

皇上嘆息道：「張英，你這話朕平日聽著也許逆耳，今日聽著朕心裡暖呼呼的。朕是高處不勝寒哪！」

張英又道：「啟奏皇上，百姓捐建龍亭的事，也請朝廷禁止！」

皇上默然地望了張英半日，才說：「你是明知陳廷敬會阻止百姓建龍亭的，才故意保舉他總理此事。你可是用心良苦啊！」

張英道：「臣的良苦用心，就是對皇上的忠心！」

皇上想了一會兒，說：「好吧，等陳廷敬回來，問問陽曲建龍亭的情形到底如何，再作打算。」

張英叩道：「皇上英明！」

皇上又道：「張英，等陳廷敬回來，你同他說，不要再提收回大戶統籌之法的事。」

張英問道：「皇上這是為何？這個辦法行不得啊！」

皇上眼睛望著別處道：「朝廷缺銀子！」

張英還想再說，皇上擺擺手，道：「朕身子乏了，你回去吧。」

37

陳廷敬回到京城正是午後，他打發珍兒和大順他們先回家去，自己逕直進宮來了。他不知皇上那裡情形到底如何，先去了南書房打探消息。張英見了陳廷敬，忙把他拖到另間屋子裡說話，話沒說完，陳廷敬就急了。「怎麼?皇上沒有收回大戶統籌辦法?」

張英說：「皇上已補發諭旨，大戶統籌全憑自願，嚴禁大戶藉端盤剝鄉民。這件事你就不要再說了。」

陳廷敬緊鎖雙眉搖頭道：「不不不!惡吏劣紳，我若不是親眼見過，難以想像他們的兇惡!」

張英只好直說：「陳大人，這件事情弄得皇上非常震怒，你最好不要再提!」

陳廷敬早就料到事情會弄到這種地步，他只是心存僥倖，希望皇上能體諒百姓。但這個時候皇上腦子裡，平定雲南這事兒更為重大。陳廷敬呆坐半日，問道：「張大人，我兩個摺子先後是什麼時候收到的?什麼時候進呈皇上的?」

張英小聲道：「這個陳大人就不要再問了。」

陳廷敬疑惑道：「難道裡頭有文章?」

張英說：「兩個摺子我事先都沒見到!我後來查了，您前一個摺子是十五日到的，後一個摺子是十七日到的。而您前一個摺子進呈皇上是十九日。」

陳廷敬大驚，心下明白了——肯定是有人在其中做文章，先是怕他立功，後是故意整他。

陳廷敬苦笑著搖搖頭，暗自嘆息。

張英心領神會，卻只附耳道：「陳大人，息事寧人，不要再提！」

張英勸慰幾句，便問傅山進京來了沒有。陳廷敬又是搖頭，道：「這個傅山，進了京城，卻死也不肯見皇上！」

張英瞠目結舌，心想陳廷敬怎麼如此倒楣？便有意安慰道：「陳大人，倒是建龍亭的事，皇上口氣改了。」

陳廷敬聽了，心裡並無多少歡喜。他心情沉重，說道：「龍亭哪怕停建，我做的仍是件逆龍鱗的事，加上大戶統籌，還有傅山雖已進京卻不肯面聖，罪都在我哪！何況我本已是罪臣！」

張英知道事態兇險，也只好強加寬慰。「陳大人不必多慮，皇上自會英明決斷。您只需把陽曲建龍亭的摺子先遞進去，大戶統籌的事不要再奏，傅山您可千萬要勸他面見皇上！」

次日皇上聽政之後，陳廷敬應召去了乾清宮。當值的公公們都朝他努嘴搖頭，似乎想告訴他什麼。陳廷敬只能暗自猜測，不便明著探問。進了殿，張善德迎了過來，悄聲兒說：「皇上正出恭哪，陳大人您先請這邊兒候著。」

陳廷敬遠遠的見傻子站在帳幔下，朝他偷偷兒打招呼。他點點頭，隨著張善德去了西暖閣。張善德又悄聲兒說：「陳大人，皇上這幾日心裡不舒坦，您說話收著些。」

陳廷敬拱手謝了。他這才明白，傻子和那些好心的公公為什麼都朝他努嘴搖頭的。張善德又道：「陳大人，待會兒磕頭，您往這幾塊金磚上磕。」張善德說著，抬腳點了點那幾塊金磚。

這時，兩位公公抬著馬桶恭敬地從裡面出來，又有兩位公公端著銅盆小心地隨在後面。張善德知道皇上出恭完了，只拿眼色招呼了陳廷敬，跑進去侍候皇上去了。卻半日不見皇上出來。靠牆的自鳴鐘匡地敲打起來，唬得陳廷敬不禁一跳。

陳廷敬正抬手擦汗，忽見皇上出來了，笑容可掬的樣子，道：「廷敬來了？」

陳廷敬沒想到皇上會笑臉相迎，內心更加緊張了，忙在張善德囑咐過的地方跪下叩頭：「臣叩見皇上！」

果然，頭只需輕輕磕在那金磚上，卻砰砰作響。皇上從來沒有聽見陳廷敬把頭磕得這麼響過，他往炕上坐下，笑著道：「廷敬快坐下說話。」

陳廷敬謝了恩，跪坐在腳後跟上。

皇上道：「廷敬辛苦了。既然回了山西，怎麼不回家裡看看？」

陳廷敬說：「差事在身，臣不敢耽擱。臣打發人去家裡看了看，爹娘都好，只囑咐臣好好當差，不讓臣分心。」

皇上點頭感慨，道：「老人家身子好，就是你們做兒女的福分。你走的時候，朕忘了囑咐一句，讓你回去看看老人家。」

陳廷敬又連忙拱手謝恩。皇上臉色突然沉了下來，說：「戴孟雄那個腌臢東西，不就在山西殺掉算了，還帶回京城做什麼！」

陳廷敬說：「臣以為戴孟雄案應仔細再審，通告各地，以儆效尤！」

皇上搖頭道：「戴孟雄案不必再審，更不要鬧得天下盡知，殺掉算了。准你所奏，各地龍亭停建。」

陳廷敬知道戴孟雄案只能如此了，便道：「臣遵旨！臣還有一言！」

皇上問：「是不是要朕收回大戶統籌辦法？」

陳廷敬奏道：「惡吏劣紳只恨沒有盤剝百姓的藉口，如今朝廷給了藉口，他們就會大肆掠奪！倘若各省推行大戶統籌辦法，不出三五年，天下田產，盡歸大戶。皇上，真到了那日，就會民不聊生，大禍臨頭啊！」

皇上冷冷道：「你在陽曲不是做得很好嗎？大戶膽敢盤剝百姓，抄沒家產入官，侵占的百姓田產物歸原主！」

陳廷敬說：「查抄大戶，朝廷固然可以收羅些錢糧，但畢竟不是長治久安之策。」

皇上砰地拍了龍案，怒道：「陳廷敬，你越說越不像話了！依你所說，朕就是故意設下圈套，聽憑大戶行不仁不義之事，然後尋端抄家，收羅錢財？朕不成了小人了！」

陳廷敬連忙把頭叩得砰砰響。「臣絕非此意！」

皇上說：「大戶統籌辦法，朕打算推行一到兩年，以保朝廷軍餉。待雲南平定之後，再行取消，回過頭來懲辦盤剝鄉民的劣紳！」

陳廷敬道：「聖明之治，在於使人不敢生不仁之心，不敢行不義之事！」

皇上怒氣沖天。「放肆！你今日頭倒是磕得響！今日不是進講（注），你進講對朕說這番話，朕聽得進去。這是奏事，得聽朕的！別忘了，大戶統籌，你是始作俑者！此事休得再提！」

注　進講：為帝王講解詩書文史等。

陳廷敬聽皇上說出這番話來，只好低頭不言了。陳廷敬等著宣退，卻聽皇上說道：「博學鴻詞（注）應試在即，朕會儘快召見傅山。」

陳廷敬又只好如實說來。「啟奏皇上，傅山雖已進京，卻不肯拜見皇上，更不肯應試博學鴻詞！」

皇上聽了，愣了半晌，道：「陳廷敬！你幹的盡是讓朕出醜的事！」

陳廷敬道：「臣以為，也許真的不能再勉強傅山了。人各有志，隨他去吧。」

皇上呼地站了起來，說：「不！朕偏要見見這個傅山，看他是三頭還是六臂！你下去吧。」

陳廷敬站起來，謝恩退去。

傅山寄居山西會館，陳廷敬已去過好幾次了，都不能說服他拜見皇上。張英囑咐他千萬要勸傅山面聖，可見皇上太在意這事了。沒準皇上就同張英說過傅山。可傅山水都潑不進，他說自己只答應進京，並沒有答應見皇上。陳廷敬在家嘆息不止，不知如何是好。月媛見老爺如此神傷，很是生氣，決意去找找傅山，看他是什麼神仙！

月媛叫上珍兒，瞞著陳廷敬去了山西會館。會館管事見輛馬車在門前停了，忙迎了出來。翠屏扶了月媛下來，珍兒自己下了車。

管事上前問話：「兩位太太，有事嗎？」

月媛道：「我們是陳廷敬家裡的。」

管事十分恭敬，道：「原來是陳大人兩位夫人，失敬失敬。」

月媛說：「我要見傅山，他住在哪裡？」

管事似乎很為難，說：「傅山先生囑咐過，凡要見他的，先得通報他一聲。」

月媛說：「不用通報，你只告訴我他住在哪裡就是了。」

管事見這來頭，不敢多話，趕緊領了月媛等往裡去。

管事前去敲了客房，道：「傅山先生，陳夫人看您來了。」

裡頭沒有回音，出來一個道童。那道童見來的是三位女人，嚇得不知如何答話，忙退進門去。月媛顧不上多禮，招呼著珍兒和翠屏，昂著頭就隨道童進去了。月媛見一老道端坐炕上，料此人應是傅山，便上前施禮請安。「我是陳廷敬的夫人，今兒個特意來拜望傅老前輩！」

傅山忙還了禮，道：「怎敢勞駕夫人！您請坐。」

月媛也不客氣，就坐下了。傅山同珍兒是見過的，彼此道了安。道童端過茶來，一一遞上。

月媛謝了茶，說：「傅山先生，我已盡過禮了，接下來的話就不中聽了。我家老爺對朝廷、對百姓一片赤誠。他敬重您的人品、學問，因此屢次向朝廷舉薦您。這回，為了阻止各地修建龍亭，他被皇上從二品降為四品；他在陽曲懲辦惡吏劣紳，回京之後仍深受委屈。您隨我家老爺進京卻不肯見皇上，皇上更加大為光火，說不定還要治他的罪。我就不明白，您讀了幾句聖賢書，怎麼就這麼大的架子？」

注　博學鴻詞：博學鴻詞科，制科之一。在科舉制度之外，籠絡知識份子的一種手段，它不限制秀才舉人資格，凡是督撫推薦的，都可以到北京考試。考試後便可以任官。清初康熙十七年，為了籠絡明末隱居的知識份子，舉行博學鴻詞科令在京官員在外督撫及學政，推薦舉行兼優文詞卓越的人，且不論有無官職，是否秀才。

月媛這番話劈頭蓋腦，說得傅山眼睛都睜不開，忙道：「夫人切莫誤會！貧道也很敬重廷敬，才答應他進京；可是貧道不想見皇上，不願應試博學鴻詞，這是貧道氣節所在！」

月媛聽著就來了氣，道：「什麼氣節！您祖宗生在宋朝、元朝，到了明朝他們就不要活了！您祖宗要是也像您這樣迂腐，早就沒您這個道士了！老天讓您生在明朝，您就生為明朝人，死為明朝鬼。您要是生在清朝呢？您就躲在娘肚子裡不出來？」

翠屏聽著，忍不住笑了起來。月媛故意數落翠屏：「妳笑什麼？沒什麼好笑的！按這位老先生的意思，妳的孩子就不能生在當朝！」

傅山暗嘆自己詩書滿腹，在這位婦道人家面前卻開不了口。

月媛又道：「按傅山先生講的忠孝節義，我們都同清朝不共戴天，百姓都鑽到地底下去？都搬到桃花源去？再說了，百姓若都去當和尚、做道士，也是對祖宗不孝啊！沒有孝，哪來的忠？我不懂什麼大道理，只知道凡是違背人之常情的胡言亂語，都是假仁假義！」

傅山無言以對，只好不停地搖頭。月媛卻甚是逼人：「您要講您的氣節也罷，可您害了我家老爺這樣一個好官，害了我的家人，您的仁、您的義，又在哪裡？」

傅山仰天長嘆，朝月媛長揖道：「夫人請息怒！貧道隨廷敬進宮就是。」

陳廷敬從衙門回來，進屋就聽大順說，夫人找了傅山，傅山答應進宮了。陳廷敬吃驚不小，問：「真的？夫人憑什麼說服傅山了？」

大順說：「我聽翠屏說，夫人把傅山狠狠罵了一通，他就認輸了。」

陳廷敬聽了，忙道：「怎能對傅山先生無禮。」

月媛早迎了出來，聽得老爺說話，便說：「我哪裡是對他無禮啊！我只是把被你們讀書人弄得神乎其神的大道理，用百姓的話給說破了！不信你問問珍兒妹妹跟翠屏。」珍兒同翠屏只是抿著嘴兒笑。

第二日，皇上駕臨南書房，陳廷敬奏明傅山之事。皇上大喜，道：「好！收伏一個傅山，勝過點十個狀元！」

明珠、張英、高士奇等都向皇上道了喜。皇上忽又問道：「廷敬，傅山會在朕面前稱臣嗎？」

陳廷敬回道：「傅山只是一介布衣，又是個道人，稱謂上不必太過講究。」

皇上想想倒也在理，心裡卻不太舒坦。陳廷敬看出皇上心思，便道：「不管他怎麼稱呼，皇上就是皇上！宮中禮儀，臣會同他說的。」

皇上說：「朕念他年事已高，可以免去博學鴻詞考試，直接授他六品中書，但君臣之禮定要講究！」

陳廷敬道：「臣明白了！」

高士奇供奉內廷這麼多年，才不過六品中書，他臉上便有些掛不住，卻是有話說不出口。明珠拱手道：「皇上如此惜才，天下讀書人必能與朝廷同心同德。」

皇上點點頭，下了諭示：「你們從應試博學鴻詞的讀書人中，挑選幾十個確有才學的名士，朕一併面見。這是件大喜事，諸王、貝勒、貝子並文武百官都要參與朝賀！」明珠等領旨謝恩，皇上起駕還宮。

很快就到年底，朝廷吉慶之事很多。直到次年陽春三月，皇上才召見了應試博學鴻詞。那日天氣晴和，皇上高坐在太和殿的龍椅上，王公大臣、文武百官班列殿前。傅山等應召的博學鴻詞數十人早已立候在太和門外，鴉雀無聲。忽聽禮樂聲起，鳴贊官高聲唱道：「宣傅山覲見！」

等了半日，不見傅山人影。殿內王公大臣文武百官站成依班而列，中間露出通道，正對著殿門。從殿門望去，空曠遼遠，直望到太和門上方的天空。皇上從來沒有感覺到太和殿到太和門間這般遙遠。熬過長長的寂靜，終於看見傅山的腦袋從殿外的石階上緩緩露出。皇上彷彿鬆了口氣，臉上現出微笑。

傅山慢慢進了殿門，從容地走到皇上面前。他目光有些漠然，站在殿前，緩緩道：「貧道患有足疾，不能下跪，請皇上恕罪！」

皇上臉上剛剛露出的笑容差點兒就要收回了，可他仍是微笑著，說：「禮曰七十不俟朝。傅山先生已是七十老人了，能夠奉旨進京，朕非常高興。你有足疾，就免禮了。賜坐！」

張善德搬了椅子過來，傅山坐下，略抬了下手，道：「貧道謝過皇上！」

皇上說：「傅山先生人品方正，文學素著，懸壺濟世，德劭四方。朕可是從小就聽先皇說起你呀！」

傅山回答說：「貧道只是個讀書人，不值得皇上如此惦記。」

皇上又說：「朕念你年過七十，就不用應試博學鴻詞了。憑你的學問，也不用再考。朕授你個六品中書，著地方官存問。」

傅山忙低頭拱手道：「貧道非紅塵中人，官祿萬死不受！傅山只想做個游方道人，替人看看病，讀幾句書，寫幾個字！官有的是人去做！」

高士奇心想傅山真是不知天高地厚，居然嫌六品中書官小了。他知道此刻說話必定惹得龍顏不悅，只得忍著。沒想到莽夫薩穆哈說話了。「啟奏皇上，國朝堂堂進士，都得供奉翰林院三年，才能做個七品知縣！傅山倨傲無禮，不肯事君，應該治罪！陳廷敬深知傅山本性難移，卻極力保舉，用心叵測！」

皇上大怒道：「薩穆哈休得胡說！陳廷敬忠貞謀國，唯才是舉，其心可嘉。傅山先生為學人楷模，名重四海，朕頗為敬重。一位七旬老人，拋開君臣之禮，他還是我的長輩。朕今日當著王公大臣、文武百官的面說了，不准你們說傅山先生半個不字！宣其他名士覲見吧！」

沒多時，名士們魚貫而入。見到百官站班，而傅山坐著，頗為驚詫。名士們下跪行禮：「臣叩見皇上，我皇萬歲萬歲萬萬歲！」

這些禮數禮部官員事先都細細教過了。皇上叫大家免禮請起，道：「你們還沒有經過考試，朕就想先見見你們。朕思賢若渴，望你們好好替朝廷效力，好好替百姓辦事！傅山年歲已高，朕恩准他不用考試，已授他六品中書。你們都是很有學問的人，朕等著讀你們的錦繡文章！」

朝見完畢，皇上乘著肩輿（注），出了太和殿。王公大臣、文武百官並眾名士恭送聖駕。等到聖駕遠去，眾人才依次出殿。有位名士攀上傅山說話：「傅山先生，晚生傾慕先生半輩子，今日一睹仙顏，死而無憾！」

傅山卻冷冷道：「仙顏不如龍顏！」他拋下這句話，誰也不理，揚長而去。

注　肩輿：轎子。箱形，內可坐人，架上竹桿，可使人以肩抬著行走，為古時陸上的一種交通工具。

百官出了太和殿，都說皇上愛才之心，古今無雙。傅山那麼傲岸，皇上居然仁慈寬待。只有陳廷敬心裡忐忑，他看出皇上是強壓心頭火氣。皇上那番話並不是說給傅山聽的，那是說給天下讀書人聽的。

果然，皇上回到乾清宮，雷霆震怒。「朕要殺了陳廷敬！他明知傅山是茅坑裡的石頭又臭又硬，幹麼還要保舉？真是丟人現眼！一個窮道士，一個酸書生，擺架子擺到朕的太和殿上來了！」

侍衛跟公公們都嚇得縮了頭，眼睛只望著地上。張善德望望傻子，傻子悄悄兒搖頭。他倆心裡都明白，皇上發脾氣了，奴才們只能裝作沒聽見，保管萬事沒有。

38

皇上在乾清宮發了陳廷敬的脾氣，張善德過後囑咐當值的公公，誰也不准漏半個字出去。外頭就連陳廷敬自己都不知道皇上說要殺了他。傅山儘管惹得皇上雷霆大怒，這事也總算過去了。傅山回到陽曲，官紳望門而投，拜客如雲。這都是後話，不去說了。這會兒陳廷敬仍放心不下的是大戶統籌辦法，真怕弄得天下民不聊生。他後悔自己料事不周，那麼急急的就上了摺子。如果天下田產盡為大戶所占，他就是百姓的罪人。

陳廷敬終日為這事傷神，弄得形容憔悴。碰巧都察院有位叫張鵬翮的御史，有日到翰林院辦事，問起大戶統籌到底如何。陳廷敬知道張鵬翮是個急性子，又很耿直，本不想多說。可陳廷敬越是隱諱，張鵬翮越是疑心，便道：「說不定大戶統籌就是惡人魚肉百姓的玩意兒，我要上個摺子。」

陳廷敬忙勸道：「張大人不要再奏了，皇上哪怕知道這個辦法不妥也是要施行的。朝廷打吳三桂，要錢糧啊！」

張鵬翮哪裡肯聽，直說回去就寫摺子，過幾日瞅著皇上御門聽政就奏上去。

陳廷敬苦苦相勸，「張大人，您上了摺子，不光您自己要吃苦頭，老夫也要跟著吃苦頭啊！」

張鵬翮聽了，一怒而起，道：「想不到陳大人也成了自顧保命的俗人！」張鵬翮說罷，拂袖而去。陳廷敬心想這禍真是想躲也躲不掉了。

博學鴻詞召試完了，取錄者統統授了功名。高士奇授了詹事府少詹事，食四品俸。陳廷敬仍未官復原職，還是四品。高士奇往日都稱陳廷敬陳大人，如今也開始叫他廷敬了。陳廷敬看出高士奇的得意勁兒，並不往心裡去。

近些日子皇上住在暢春園裡，一日政事完了，來了興致，要去園子裡看看。明珠、陳廷敬、薩穆哈、張英、高士奇等扈從侍駕。

皇上望著滿園春色，說：「朕單看這園子，百花競豔，萬木爭春，就知道今年必定五穀豐登！」

明珠忙說：「皇上仁德，感天動地，自會風調雨順，國泰民安！」

薩穆哈在旁奏道：「啟奏皇上，自從大戶統籌辦法施行以來，各地錢糧入庫快多了。估計今年可徵銀二千七百三十萬兩，徵糧六百九十萬石。」

皇上望望陳廷敬，說：「這個辦法是你上奏朝廷的，你功莫大矣！」

陳廷敬低頭謝恩，沒多說半句話。皇上明白陳廷敬的心思，卻只裝糊塗。高士奇故意要把話挑破。「皇上，大戶統籌的確是個好辦法，可臣最近仍聽到有人在背後說三道四。」

皇上本來也不想挑開這事兒，可高士奇如此說了，便問道：「陳廷敬，你聽見有人說嗎？」

陳廷敬敷衍道：「臣倒不曾聽人說起。」

皇上聽了，並不在意，只顧觀賞著園子。薩穆哈琢磨著皇上心思，又道：「啟奏皇上，湖廣施行大戶統籌辦法，不僅去年錢糧入庫了，還償清了歷年積欠。朝廷軍餉也由湖廣直接解往廣西，將士們正眾志成城，奮勇殺敵哪！」

皇上望望陳廷敬，見他面色憂鬱，便道：「廷敬，朕不是聽不進諫言的昏君。朕為這事發過火，可也沒把你怎麼樣。朕知道你肚子裡還有話想說，今日就不說了。你看這繁花似錦，咱們就好好遊園，有話明日乾清門再說。」

皇上笑容可掬，甚是慈和。見皇上這般言笑，陳廷敬心裡更覺兇險，愈加忐忑不安。他在皇上跟前二十多年了，彼此的心思都能捉摸透，並不用明說出來。這時，一隻梅花鹿從樹叢裡探出頭來，膽怯地朝這邊張望。傻子忙遞上御用弓箭。皇上滿弓射去，梅花鹿應聲而倒。臣工們忙恭喜皇上。明珠把皇上歷年獵獲的野物銘記在心，道：「皇上之神勇，古來無雙。臣都記著，到今日止，皇上共獵虎九十三頭、熊九頭、豹七頭、麋鹿八頭、狼五十六頭、野豬八十五頭、兔無數！」

皇上哈哈大笑，道：「明珠，難得你這麼細心！」

當日，皇上還宮。夜裡，張英應召入了乾清宮。皇上說：「張英，國朝入關以來，以前明為殷鑒，力戒朋黨之禍。可是最近，朕察覺有臣工私下蠅營狗苟，煽風點火，誹謗朝政，動搖人心。」

張英不明白皇上說的是哪樁事，只含糊道：「臣只待在南書房，同外面沒有往來，未曾聽聞此事。」

皇上沉默半晌，突然說：「朕知道你同陳廷敬很合得來。」

張英聽出些意思，暗自吃驚，道：「臣跟陳廷敬同心同德，只為效忠皇上！」

皇上說：「你的忠心朕知道，陳廷敬的忠心朕倒有些看不準了。」

張英早就看出，為著大戶統籌的事，皇上一直惱怒陳廷敬，便道：「正如皇上說過的，陳廷敬可謂忠貞謀國啊！」

皇上默然不語，背手踱步。突然，皇上背對張英站定，冷冷地說：「明日朕乾清門聽政，你來參陳廷敬！」

張英聞言大驚，抬頭望著皇上的背影，口不能言。皇上慢慢回過頭來，逼視著張英，說：「你想抗旨？」

張英道：「皇上，陳廷敬實在無罪可參呀！」

皇上閉上眼睛，說：「陳廷敬就是有罪！一、事君不敬，有失體統；二、妄詆朝政，居心不忠；三、呼朋引伴，結黨營私；四……你最瞭解他，你再湊幾條吧！」

張英跪下，奏道：「皇上其實知道陳廷敬是忠心耿耿的！」

皇上怒道：「朕不想多說！朕這回只是要你參他！你要識大體，顧大局！不參掉陳廷敬，聽憑他蠱惑下去，要麼就是朕收回大戶統籌辦法，讓軍餉無可著落，叫吳賊繼續作惡！要麼就是朕背上不聽忠言的罵名，朕就是昏君！」

第二日，皇上往乾清門龍椅上坐下，大殿裡便彌漫著某種莫名的氣氛。風微微吹進來，銅鼎爐裡的香煙龍蛇翻捲。臣工們尚未奏事，皇上先說話了，「前方將士正奮勇殺敵，督撫州縣都恪盡職守，但朕身邊有些大臣在幹什麼呢？眼巴巴的盯著朕，只看朕做錯了什麼事，講錯了什麼話。」

皇上略作停頓，掃視著群臣，又說道：「朕並不是昏君，只要是忠言，朕都聽得進去。朕也絕非聖賢，總會有錯的時候，但朕自會改正。可是，眼下朝廷大局是平定雲南，凡是妨害這個大局的，就是大錯，就是大罪！」

皇上嗓門提得很高，回聲震得殿宇間嗡嗡作響。臣工們都低著頭，猜想皇上這話到底說的哪件事哪個人。陳廷敬早聽出皇上的意思，知道自己真的要遭殃了。昨日在暢春園，說到大戶統籌，皇上分明猜透陳廷敬仍有話說，非但沒有怪罪他，反而好言撫慰。他當時就覺得奇怪，這分明不是皇上平日的脾氣。

皇上拿起龍案上的摺子，說：「朕手裡有個摺子，御史張鵬翮上奏的。他說什麼平定雲南，關乎社稷安危，自然是頭等大事。但因平定雲南而損天下百姓，也會危及社稷！因此奏請朕收回大戶統籌辦法，另圖良策！書生之論，迂腐至極！沒有錢糧，憑什麼去打吳三桂？吳三桂不除，哪來的社稷平安？哪來的百姓福祉？」

陳廷敬聽得明白，皇上果然要對他下手了。不過這都在他預想當中，心裡倒也安然。身為人臣，又能如何？張鵬翮班列末尾，他看不清皇上的臉色，自己的臉色卻早已是鐵青了。皇上把摺子往龍案上重重一扔，不再說話。一時間，乾清門內安靜得讓人喘不過氣來。

突然，張英上前跪奏：「臣參陳廷敬四款罪：一、事君不敬，有失體統；二、妄詆朝政，居心不忠；三、呼朋引伴，結黨營私；四、恃才自傲，打壓同僚。有摺子在此，恭請皇上御覽！」

陳廷敬萬萬想不到張英會參他，不由得閉上眼睛，一句話也說不出來。殿內陡然間像飛進很多蚊子，嗡聲一片。

皇上道：「有話上前奏明，不得私自議論！朕是聽得進諫言的！」

張鵬翮上前跪奏道：「臣在摺子上說的都是自己的心裡話，同陳廷敬沒有關係！張英所參陳廷敬諸罪，都是無中生有！」

張汧也上前跪奏：「臣張汧以為陳廷敬忠於朝廷，張英所參不實！」殿內許多大臣都站出來替陳廷敬說話，皇上更加惱怒，道：「夠了！張鵬翮不顧朝廷大局，矯忠賣直，自命諍臣，實則奸賊！偏執狹隘，鼠目寸光，可笑可恨至極！」

陳廷敬知道保他的人越多，他就越危險，自己忙跪下奏道：「臣願領罪！只請寬貸張鵬翮！張鵬翮原先並不知大戶統籌為何物，聽臣說起他才要上摺子的。」

皇上瞟了眼陳廷敬，道：「陳廷敬暗中結交御史，誹謗朝政，公然犯上，罪不可恕！張鵬翮同陳廷敬朋比為奸，可惡可恨！朕著明珠會同九卿議處，務必嚴懲！」

明珠低頭領旨，面無表情。臣工們啞然失語，不再有人敢吭聲。

皇上又道：「朕向來以寬治天下，對大臣從不吹毛求疵。但朋黨之弊，危害至深，朕絕不能容！各位臣工都要以陳廷敬為戒，為人坦蕩，居官清明，不可私下裡吆三喝四，結黨營私，誹謗朝廷！」

皇上諭示完畢，授張英翰林院掌院學士、教習庶起士、兼禮部右侍郎。張英愣了半晌，忙上前跪下謝恩。他覺得自己這些官職來得實在不光彩，臉上像爬滿了蒼蠅，十分難受。

陳廷敬回到家裡，關進書房，撫琴不止。月媛同珍兒都知道了朝廷裡的事，便到書房守著陳廷敬。珍兒很生氣，說：「哪有這樣不講道理的皇上？我說老爺，您這京官乾脆別做了！」

陳廷敬仍是撫琴，苦笑著搖搖頭。月媛說：「我這會兒倒是佩服傅山先生了，他說不做官，就不做官！」

陳廷敬嘆道：「可我不是傅山！」

月媛說：「我知道老爺不是傅山，就只好委曲求全！」

陳廷敬閉目不語，手下琴聲愈加激憤。珍兒說：「珍兒常聽老爺說起什麼張英大人，說他人品好，文才好，怎麼也是個混蛋？都是老爺太相信人了。」

陳廷敬煩躁起來，罷琴道：「怎麼回事！我每到難處，誰都來數落我！」

月媛忙勸慰道：「老爺，我跟珍兒哪是數落您呀，都是替您著急。您不愛聽，我們就不說了。翠屏，快沏壺好茶，我們陪老爺喝茶清談。」

陳廷敬擺擺手，說：「我明白你們的心思，不怪妳們。我這會兒想獨自靜靜，妳們都去歇著吧。」

月媛、珍兒出去了，陳廷敬獨坐良久，去了書案前抄經。他正為母親抄錄《金剛般若波羅蜜經》。前幾日奉接家書，知道母親身子不太好，陳廷敬便發下誓願，替母親抄幾部佛經，保佑老人家福壽永年。

三更時分，月媛同珍兒都還沒有睡下。猛然又聽得琴聲驟起，月媛嘆了聲，起身往書房去。珍兒也小心隨在後面。月媛推開書房門，道：「老爺，您歇著吧，明日還得早朝呢！」

陳廷敬戛然罷琴，說：「不要擔心，我不用去早朝了。」

月媛同珍兒聽了唬得面面相覷，她們並不知道事情到底糟到什麼地步了，卻不敢細問。

天快亮時，陳廷敬才上床歇息，很快呼呼睡去。他睡到晌午還未醒來，卻被月媛叫起來了。原來山西老家送了信來。陳廷敬聽說家裡有信，心裡早打鼓了。他最近總有種不祥的預感，就怕接到家書。拆開信來，陳廷敬立馬滾下床，跪在地上痛哭起來。「娘呀，兒子不孝呀，我回山西應該去看您一眼哪！」

原來老太太仙逝了。月媛、珍兒也都痛哭了起來。哭聲傳到外頭，都知道老太太去了，闔府上下哭作一團。一家人哭了許久，誰都沒了主張。陳廷敬恍惚片刻，慢慢清醒過來。他揩乾眼淚，一邊給皇上寫摺子告假守制，一邊著人去廷統家裡報信。

明珠看出皇上本意並不想重治陳廷敬，而是想讓朝野上下不再有人反對大戶統籌。可皇上話講得很嚴厲，他就不知怎麼給陳廷敬定罪。罪定輕了，看上去有違聖意；罪定重了，既不是皇上本意，又顯得他藉端整人。他琢磨再三，決意重中偏輕，給皇上表示仁德留有餘地。明珠雲遮霧罩地說了幾句，三公九卿們就明白了他的意思。於是，議定陳廷敬貶戍奉天，張鵬翮充發寧古塔。

明珠議完陳廷敬、張鵬翮案，依舊去了南書房。張英剛好接到陳廷敬的摺子，知道陳老太太仙逝了。他這幾日心裡異常愧疚，卻沒法向陳廷敬說清原委。如今見陳廷敬家裡正當大事，心裡倒有了主意。張英見明珠來了，正要同他說起陳廷敬家裡的事，忽見張善德進來了，朝他們努嘴做臉。明珠等立馬要出門回避，張善德卻說皇上讓大夥兒都在裡頭侍著。

沒多時，皇上背著手進來了，劈頭就問：「議好了嗎？」

明珠知道皇上問的是什麼事，便道：「九卿會議商議，陳廷敬貶戍奉天，張鵬翮充發寧古塔！」

皇上沉默片刻，道：「朕念陳廷敬多年進講有功，他父母又年事已高，就不要去戍邊了，改罷斥回家，永不敘用！御史張鵬翮改流伊犁，永世不得回京！」

張英一聽，心裡略略輕鬆了些。陳廷敬不用去奉天，自會少吃些苦頭。雖說永不敘用，但時過境遷仍會有起復的日子。只是張鵬翮實在是冤枉了，可皇上正在氣頭上，這時候去說情反倒害了他。

高士奇低頭奏道：「臣等感念皇上寬宏之德，自當以陳廷敬為戒，小心當差！」

皇上坐下，又道：「自古就有文官誤國、言官亂政之事。國朝最初把御史定為正三品，父皇英明，把御史降為七品。朕未親政之時，輔政大臣們又把御史升為正四品。朕今日仍要把御史降為七品，永為定制！」

張英待皇上說完，忙上前跪奏：「啟奏皇上，陳廷敬老母仙逝了！」

皇上大驚失色，忙問這是多久的事了。張英奏道：「陳廷敬摺子上說，他這次回山西，因差事緊急，沒有回家探望老母。他現在才知道，老母早就臥病在床，怕廷敬、廷統兄弟分心，不讓告知！陳廷敬以不孝自責，後悔莫及，奏請准假三年守制。」

皇上搖頭悲嘆道：「國朝以忠孝治天下，身為人子，孝字當先。准陳廷敬速回山西料理老母後事，守制三年！」

張英又叩頭奏道：「臣奏請皇上寬恕陳廷敬諸罪，這對老人家在天之靈也是個安慰！」皇上望望跪在地上的張英，半字不吐，起身還宮了。

翌日，皇上在乾清門說：「雖說功不能抵過，但陳廷敬多年進講，于朝政大事亦多有建言。不幸又逢他老母仙逝，朕心有憐惜，不忍即刻問罪。朕准陳廷敬回家守制三年，所犯諸罪，往後再說！」

陳廷敬自己並不在場，皇上下了諭示，殿內只是安靜一片。張英這才明白，昨兒他替陳廷敬求情，皇上並不是不應允，而是不願意說出來。皇上本是仁德寬厚的，有心寬恕陳廷敬，卻不想把這個人情給別人去做。

皇上果然又說道：「不久前陳廷敬奉旨去山西，因差事在身，顧不上回家探望老母。他老母早就臥病在床，卻怕兒子分心，不准告知。一念之間，陰陽永隔！每想到此處，朕就寢食難安！朕命張英、高士奇去陳廷敬家裡，代為慰問！」

皇上說罷，舉殿大驚。張英忙謝恩領旨，高士奇卻道：「啟奏皇上，皇差弔唁大臣父母，沒有先例呀！況且陳廷敬還是罪臣！」

皇上瞟了眼高士奇，說：「沒有先例，那就從陳廷敬開始，永為定例吧！」

下了朝，張英同高士奇商量著往陳家祭母。高士奇說：「張大人，士奇真是弄糊塗了。您同陳廷敬私交甚篤，卻上摺子參了他；您既然參了他，過後幹麼又要保他？皇上說要嚴辦陳廷敬，卻終究捨不得把他貶到奉天去，只讓他回家享清福。如今他老母死了，皇上卻開了先例派大臣去祭祀！」

張英道：「感謝皇上恩典吧。正因沒有先例，我倆就得好好商量著辦。」

見張英這般口氣，高士奇自覺沒趣，不再多嘴。

39

陳廷統領著妻小趕到哥哥家，一家人好結伴上路。張汧專門過來送行，道：「親家，我動不了身，已修書回去，讓犬子祖彥同家瑤代我在老夫人靈前燒炷香吧！」

陳廷敬滿臉戚容，拱手謝了。張汧又說：「您的委曲，我們都知道。過些日子，自會雲開霧散的。」

陳廷敬只是搖頭。一家人才要出門，大順說外頭來了兩頂官轎，後頭還隨著三輛馬車。陳廷敬走出耳門打望，轎子已漸漸近了，只見張英撩起轎簾，神情肅穆。陳廷敬忙低頭恭迎，又吩咐大順打開大門。張英同高士奇在門前下轎，朝陳廷敬無語拱手。

進了門，張英道：「陳廷敬聽旨！」

陳廷敬唬了一跳，連忙跪下。舉家老小也都跪下了。

張英道：「皇上口諭，陳廷敬母李氏，溫肅端仁，愷惻慈祥，鞠育眾子，備極恩勤。今忽爾仙逝，朕甚為軫惜。賜茶二十盒、酒五十罈，以示慰問。欽此！」

陳廷敬叩首道：「皇上為不孝罪臣開萬古先例，臣惶恐至極！」

禮畢，陳廷敬送別張英、高士奇，舉家上路。陳廷敬、月媛同車，珍兒、翠屏同車，豫朋、壯履兄弟同車，廷統一家乘坐兩輛馬車。劉景、馬明、大順同幾個家丁騎馬護衛。路上走了月餘，方才望見家山。到了中道莊外，所有人都下車落馬。家中早是靈幡獵獵，法樂聲聲。進了院門，家人忙遞過孝服換上。卻見夫人淑賢同兒子謙吉攙著老太爺出來了，廷敬、廷統慌忙跑過去，跪了下來。老太爺拄著拐杖，顫巍巍的，啞著嗓門說：「快去看看你們的娘吧。」

守靈七日，陳老太太出殯，安葬在村北靜坪山之紫雲阡。早已趕修了墓廬，陳廷敬在此住下就是三年，終日讀書抄經，彷彿把世事忘了個乾淨。

一日，家瑤同女婿祖彥到來墓廬，家瑤說：「奶奶病的時候，我同祖彥回來過好幾次。每次我們都說寫信讓您回來，奶奶總是不讓。奶奶說，你爹是朝廷棟樑，他是皇上的人，是百姓的人，不能讓他為了我這把老骨頭，耽誤了差事！」

聽了這話，陳廷敬想到自己的境遇，不覺悲從中來，淚下如雨。

祖彥說：「奶奶指望孩兒有個功名，可是孩兒不肖，屢次落榜！孩兒愧對奶奶教誨呀！」

陳廷敬道：「祖彥，官不做也罷，你同家瑤好好持家課子，從容度日吧。」

陳廷統也住在墓廬，他沒事就找哥哥閒聊，卻總說些不投機的話：「我知道您心裡事兒多。朝廷由明珠、高士奇這些人把持著，您是沒有辦法的。」

陳廷敬說：「廷統，我現在不關心朝廷裡的事情，只想守著娘。」

陳廷統說：「您不想說這些事，可它偏讓您心灰意冷。您其實成日都為這些事苦惱著。明珠他們還幹過很多事您都不知道，記得那位京城半仙祖澤深嗎？他被弄到無錫做知縣去了。」

陳廷敬甚是奇怪，道：「祖澤深憑什麼做知縣？他沒有功名！」

陳廷統說：「祖澤深原本沒有興趣做官，去年他家一場大火燒了，只好另尋活路。」

陳廷敬苦笑道：「祖澤深不是神機妙算嗎？怎麼就沒有算準自家起大火呢？我就不相信他那些鬼把戲！」

陳廷統說：「反正朝廷內外，做官的都圍著明珠、高士奇這些人轉。只說那高士奇，常年有人往家裡送銀子，有事相求要送，沒事相求也得送，那叫平安錢。」

陳廷敬搖頭不語，他太知道高士奇這個人了，卻又怎能奈他何？人家宅子門首的「平安」二字可是皇上賜的！

陳廷統又道：「張汧原來都在您後頭的，這回他去湖南任布政使去了，走到您前頭了。」

陳廷敬怪弟弟說得不是，道：「張汧是自己親戚，我們應當為他高興才是。你這話要是祖彥聽了，人家怎麼看你！」

眼看著三年喪期到限，陳廷敬便下山陪伴父親。正是春日，陳廷敬同廷統陪著父親，坐在花園的石榴樹下閒聊。陳廷敬問起家裡的生意，陳老太爺說：「生意現在都是三金在打理，我不怎麼管了。生意還過得去。」

陳三金正好在旁邊，便道：「老太爺，太原那邊來信，這回我們賣給他們的犁鏵、鐵鍋，又沒有現錢付。他們想用玉米、麥子抵銅錢，問我們答不答應。」

陳老太爺問：「怎麼老沒有錢付呢？倉庫裡的糧食都裝滿了。」

陳廷統不明其中道理，說：「糧食還怕多？」

陳老太爺搖頭道：「雖說糧多不愁，可我們家存太多的糧食，也不是個事兒呀！」

陳廷敬聽著蹊蹺，問：「三金，怎麼都付不出錢呢？」

陳三金說：「時下銅價貴，錢價不敵銅價，生意人就把制錢都收了去，熔成銅，又賣給寶泉局，從中賺差價！這樣一來，市面上的銅錢就越來越少了！」

陳廷敬道：「竟有這種事？毀錢鬻銅，這可是大罪呀！」

陳三金說：「有利可圖，那些奸商就不顧那麼多了！朝廷再不管，百姓就沒錢花了，都得以貨易貨了！」

花園的涼亭下，謙吉看著弟弟豫朋、壯履下棋，淑賢同月媛、珍兒坐在旁邊閒話。陳廷敬陪著父親，卻不時往涼亭這邊打望。想著淑賢母子，他心裡頗感歉疚。他去京城二十多年，淑賢在家敬奉公婆、持家教子，吃過不少苦。謙吉的學業也耽擱了，至今沒有功名。他想在家還有些日子，要同淑賢母子好好團聚。

明珠快步進入乾清門，侍衛見了，忙拱手道安。明珠顧不得搭理，匆匆進門。進了乾清宮，明珠直奔西暖閣，高聲喊道：「皇上大喜！」

皇上正在看書，見明珠如此魯莽，微微皺起了眉頭。明珠忙跪下奏道：「請皇上恕罪！明珠太高興了，忘了大臣之體！」

皇上忙放下書卷，道：「快說，什麼喜事？」

明珠遞上雲南五百里加急，道：「恭喜皇上，雲南收復了！」

皇上從炕上一騰而起，雙手接過雲南五百里加急，哈哈大笑，道：「快把南書房的人都叫來！」

張善德馬上吩咐下面公公去南書房傳旨。

沒多時，張英、高士奇，還有新入南書房的徐乾學等都到了。皇上笑容滿面，道：「國朝開國六十七年，鼎定天下已三十八年。而今收復雲南，從此金甌永固！如今只剩臺灣孤懸海外，朕決意蓄勢克復！這些日子真是好事連連哪。近日召試翰林院、詹事府諸臣，朕非常滿意。往日多次召試，都是陳廷敬第一。此次召試，徐乾學第一。」

徐乾學忙拱手謝恩。「臣感謝皇上擢拔之恩！」

張英見皇上說到了陳廷敬，趕緊奏道：「啟奏皇上，陳廷敬守制三年已滿，臣奏請皇上召陳廷敬回京！」

皇上尚未開言，高士奇道：「皇上曾有諭示，陳廷敬永不敘用！」

皇上仍是微笑著，卻不說話。

張英道：「啟奏皇上，陳廷敬雖曾有罪，但時過境遷，應予寬貸。皇上多次教諭臣等，用人宜寬，寬則得眾！」

明珠暗忖皇上心思，似有召回陳廷敬之意，便順水推舟。「啟奏皇上，臣以為應該召回陳廷敬！」

皇上點頭道：「朕依明珠、張英所奏，召回陳廷敬！」張英趕緊替陳廷敬謝了恩。

皇上道：「收復雲南，應當普天同慶！你們好好議議，朕要在奉先殿、太廟、盛京祭祖告天，禮儀如何，行期如何，務必細細議定！」

明珠等領旨，出了乾清宮。高士奇瞅著空兒問明珠，「明相國，您怎麼替陳廷敬說話？他可是罪臣啊！」

明珠望望高士奇，輕聲笑道：「您在宮裡白混這麼多年，您真以為陳廷敬有罪？他根本就沒罪！」明珠說罷，逕自走開了。

40

陳廷敬兄弟奉旨回京，輕車上路。一日趕到太原，已是黃昏時分。不願驚動督撫等地方官員，順路找了家客棧住下。翌日早起，匆匆吃過些東西就要啟程，不想大順為著結帳同店家吵了起來。原來路上用光了銅錢，只剩銀子了。店家找不開，道：「客官，您這銀元寶十二兩，抵得小店整個家當了，我哪裡找得開？」

大順一臉和氣，說：「店家，我們銅錢用完了，您給想想辦法找開。」

店家卻橫了臉，道：「我沒辦法想，反正你得付帳，不然就不得走人。」

大順聽了很生氣，道：「你這人怎麼不講理？」

店家卻說：「我怎麼不講理？住店付錢，天經地義！」

大順也來火了，說：「不是我不付，是你找不開！」

店家越發刁潑，說：「別寒磣我了，小店雖說本小利薄，銀子還是見過的！」

陳廷敬聽得外頭吵鬧，出來看看。那店家脾氣不好，越是好言相勸，他調門兒越高。這時，進來個穿官服的人，後頭還跟著幾個衙役。那人見了陳廷敬就拱手而拜：「太原知府楊先之見過陳大人！」

陳廷敬忙還禮道：「不想驚動楊大人了！」

楊先之說：「卑府昨日夜裡才聽說陳大人路過敝地，卻不敢深夜打擾！」店家見這等場面，早縮著脖子站到旁邊去了。

楊先之回頭罵道：「這是京城的陳大人，你怎麼不長眼？」

店家忙跪了下來，叩頭道：「請大人恕小的不知之罪。」

陳廷敬忙叫大順扶店家起來，說：「不妨不妨，你並沒有錯。」

店家從地上爬起來，慌忙招呼夥計看座上茶。陳廷敬同楊先之禮讓著，就在客棧堂內坐下喝茶聊天。陳廷敬又叫來陳廷統同楊先之見過。楊先之懇請陳廷敬再留一日，好盡盡地主之誼，還得報與總督大人跟撫臺大人知道。陳廷敬只道奉旨還京，不敢耽擱，請楊先之代向總督大人跟撫臺大人請安。

大順在旁插話：「楊大人，店家找不開銀子，我們身邊又沒有銅錢了，請楊大人幫忙想想辦法。」

楊先之說：「這個好辦，你們只管上路就是了。」

陳廷敬忙搖手道：「那可不行！」

楊先之笑道：「陳大人兩袖清風，卑府向來敬仰。您不妨先上路，這客棧的花銷卑府代為墊付，陳大人日後還我就是了。」

陳廷敬便要先放些銀子，楊先之硬是不肯接，只道日後算帳就是了。陳廷敬想想也只好如此，就謝過了楊先之。難免說起銅錢短缺的事，店家便倒了滿肚子苦水，只道再這般下去，小店生意沒法做了。楊先之說他也覺得奇怪，怎麼會見不到銅錢，朝廷得早日想想辦法。陳廷敬便問太原這邊可有奸商毀錢鬻銅之事，楊先之只道暫時尚未聞曉。

陳廷敬日夜兼程回到京城，才知道皇上上盛京祭祖去了，尚有二十幾日方能回鑾。不用即刻面聖，陳廷敬專心在家寫了份《賀雲南蕩平表》，每日便讀書課子，或同岳父詩酒唱和，日子很是消閒。

皇上還宮途中，有臣工奏聞民間制錢短缺，多有不便。皇上便召諸臣詢問，「去年朝廷鑄錢多少？」

薩穆哈奏道：「回皇上，去年鑄錢兩億八千九百十二萬一千零五十文，同上年持平！」

皇上又問：「朝廷鑄錢並沒有減少，如何市面上就缺少銅錢呢？」

明珠道：「啟奏皇上，臣已著人查訪，發現癥結在於錢價太貴。朝廷定制，一兩銀子值銅錢千文，而市面上一兩銀子只能兌換銅錢八九百文。錢價貴了，百姓不認，制錢就死了，走不動，市面上就見不到了。」

皇上刨根究柢。「什麼原因讓錢價貴了？」

明珠又說：「舊錢、新錢並行，自古各朝都是如此。但因百姓不喜歡用順治舊錢，尤其是順治十年所鑄舊錢太輕，百姓不認。舊錢壅滯，新錢太少，市面上銅錢流通就不方便了。銅錢少了，錢價就貴了。」

皇上道：「銅錢少了，難免私鑄，最終將禍害朝廷跟百姓。你們有什麼好法子？」

明珠奏道：「臣以為應改鑄新錢，更改一文重一錢的定制，加重銅錢的重量。」

皇上略加思忖，道：「自古鑄錢時輕時重，都視情勢而定。朝廷正備戰臺灣，理順錢法至為重要。制錢壅塞，則民生不便，天下財貨無所出也，最終將危及庫銀跟軍餉！」

明珠道：「臣等已經商議，新鑄錢幣以一文重一錢二分五厘為宜。」

皇上道：「好吧，你們既然已經細議，朕准奏。薩穆哈，著你戶部火速敦促寶泉局加緊鼓鑄，發往民間！」

不幾日，薩穆哈便將新母錢進呈御覽，皇上細細看過，准了。飛馬傳旨寶泉局，新鑄銅錢很快上市了。但新錢才在市面上現身，旋即不見了蹤影。原來全都叫奸人搜羅走了。

京城西四牌樓外有家錢莊，叫全義利記，老闆喚作蘇如齋，幹的便是毀錢鬻銅的營生。這日黑夜，有三輛馬車在全義利記錢莊前停下，門左走車馬的側門輕輕開啟。馬車悄悄兒進去，側門馬上關閉。蘇如齋從遊廊處走過來，輕聲問道：「沒人看見嗎？」

夥計回道：「我們小心著哪，沒人看見。」

蘇如齋努努嘴 ，夥計打開馬車上的箱子，滿滿裝的都是新鑄銅錢。蘇如齋問：「多少？」

夥計說：「三千六百斤。」

蘇如齋點頭道：「好，入爐！」

夥計跟著蘇如齋進了帳房，悄聲兒道：「東家，今日拉回來的便是朝廷鑄的新錢，一文重一錢二分五厘！」夥計說罷，從口袋裡摸出一枚銅錢來。

蘇如齋接過銅錢，兩眼放光，笑道：「好啊，朝廷真是替我們百姓著想啊！我原先毀錢千文，得銅八斤十二兩，現在我毀新錢千文，可得銅十斤！比原先多賺了三錢銀子！一兩銀子收進來的銅錢，可足足賺上六錢銀子啊！」

夥計奉承道：「銀子變成銅錢，銅錢又變成銀子。這麼變來變去，您可發大財了。東家，您的帳可算得精啊！」

蘇如齋甚是得意，道：「朝廷裡頭那些當官的也在算帳，皇帝老子也在算帳，他們不知道我蘇如齋也在算帳！」

蘇如齋正在帳房裡如此吩咐夥計，外頭有人說滿堂紅記錢莊的陳老闆來了。蘇如齋去了客堂，打著哈哈迎了過去，道：「陳老闆啊，這麼晚了有何見教？」

陳老闆忙拱手道：「蘇老闆，恭喜發財！」

蘇如齋笑道：「大家發，大家發。看茶！」

夥計倒茶上來。陳老闆喝著茶說：「蘇老闆，如今朝廷的制錢又加重了，您可是越賺越多呀！」

蘇如齋哈哈大笑，道：「這都是託朝廷的福啊！」

陳老闆道：「您賺得越來越多，您看給我的價格是不是也該加一點兒？」

原來，京城很多錢莊都把搜羅到的銅錢賣給蘇如齋，寶泉局錢廠只認全義利記的銅。蘇如齋卻說：「陳老闆，說好的規矩，不能說變就變的。」

陳老闆哭喪著臉說：「蘇老闆，私毀制錢的事，鬧出來可是要殺頭的啊！您讓我提著腦袋幹，也得讓我多有些賺頭，死了也值啊！」

蘇如齋哼哼鼻子說：「別說這些喪氣的話！陳老闆，您要是眼紅我賺得多了，您就自己去找錢廠的向爺，把銅直接賣給他，不用我過手！」

蘇如齋說的向爺，原是爐頭向忠。寶泉局錢廠有爐百座，每爐役匠十三人，加上各色雜役，總共一千四百多人，統統由向忠管著。爐頭無品無級，只靠手上功夫吃飯。這向忠是個心狠手辣的爺，錢廠役匠全在手裡討飯吃，就連寶泉局衙門裡頭的人都讓著他幾分。

陳老闆也是聽說過向忠大名的，道：「看您蘇老闆說的，向爺他老人家只認您啊！」

蘇如齋冷冷一笑，說：「您不妨去試試，說不定向爺也認您呢？」

陳老闆不曉事，出了蘇如齋的錢莊，真的就去了向忠府上。他在向忠家的四合院外徘徊良久，壯著膽子敲了門。門人聽說他是開錢莊的，便引他進去了。陳老闆見著向忠那臉橫肉，不由得膝頭發軟，說自己收了很多制錢，打算熔了銅，賣給錢廠。不料向忠大怒，一腳踢翻了他，喝斥道：「哪裡來的混帳東西？竟敢私毀制錢？」

陳老闆忙叩頭求饒。「向爺饒命！蘇如齋對我盤剝太多，我想直接把銅賣給向爺，不如讓向爺您多賺些，小的也多賺些。」

向忠圓睜雙眼，道：「什麼蘇如齋？老子不認識這個人！來人，把這個混帳東西拉出去！」立馬進來兩條大漢，倒提著陳老闆拖了出去。

差不多已是四更天了，全義利記的門被敲得像打雷。門人罵罵咧咧的開了門，卻被來人打了一掌，撲通倒地。

原來是向忠領著貼心匠頭劉元和兩條漢子進來了。向忠直奔客堂，吆喝著叫蘇如齋快快起來。蘇如齋邊穿衣服邊從裡屋出來，見來的竟是向忠，驚慌道：「向爺，您這麼晚了……」

不等蘇如齋說完，向忠拍了桌子，打斷他的話，喝道：「蘇如齋，你混帳！」

劉元砰地把個布袋丟在蘇如齋跟前，狠狠地望著他。蘇如齋不知布袋是什麼東西，怯生生的上去打開，嚇得尖叫起來。原來裡面包著的是陳老闆的人頭！蘇如齋嚇得癱軟在地，渾身發抖。

向忠道：「老子雖然只是寶泉局一小小爐頭，幹的卻是替朝廷鑄錢的大事兒！十三關辦銅不力，寶泉局不得已才向民間收取銅料。這也都是朝廷許可的。誰敢公然私毀制錢，他就得死！」

蘇如齋連連叩頭道：「小的明白，小的明白。」

向忠壓低了嗓子道：「你的嘴要緊些！再向別人說起老夫，小心你的腦袋！」向忠說罷撩衣而起，大步出門，蘇如齋癱在地上仍起不來。

向忠出門半日，蘇如齋才知道叫喊夥計：「快把人頭拿出去扔了！這個姓向的，手段真叫狠呀！」

向忠正在巡視役匠們鑄錢，劉元過來說科爾昆大人來了。向忠忙跑去錢廠客堂，恭恭敬敬地請了安，吩咐快快上茶。科爾昆喝著茶說：「這次鼓鑄重錢，事關百姓生計，朝廷安危，不可小視！你雖然只是個爐頭，可寶泉局四個廠，爐頭一百，我把這些都給你管著。你可要多多盡力，不許偷懶。」

向忠點頭道：「小的謹記科大人吩咐！多謝科大人栽培！」

科爾昆笑道：「不必客氣，大夥兒服你，你就多受累吧。樣錢都出來了嗎？」

向忠道：「樣錢都鑄好了，請科大人過目。」

科爾昆卻說：「我就不看了。你把進呈的樣錢準備好，只等明相國、薩穆哈大人他們回京，我就得送去。」

劉元進來說：「回科大人，樣錢都準備好了，已放在科大人轎子裡了。」

科爾昆笑笑，放下茶盅，說：「好，本官這就告辭了！」

往朝中大員家送樣錢，早已是寶泉局陋規。平日鑄了新錢，都是先送樣錢給那些手握重權的大臣，再把新錢往民間發放。這回情勢急迫，大員們都扈從皇上去了盛京，就先把新錢發往民間，樣錢過後再送。

過了幾日，皇上還京。當日夜裡，科爾昆便上薩穆哈府上拜見，送上樣錢。

科爾昆從袋裡抓出幾枚制錢，道：「薩穆哈大人，您看這新錢，可逗人喜歡啦！」

薩穆哈接過錢幣，細細看看，說：「這回鑄錢，可讓皇上操心了。路上顧不得歇息，就下了聖旨。」

科爾昆說了些皇上聖明之類的套話，道：「大人，這新錢雖說只比舊錢重二分五厘，拿在手裡可是沉甸甸的。」

薩穆哈笑道：「沉甸甸的就好！不怕百姓不喜歡！科爾昆，你督理錢法有功，我已同明相國說了，會重重賞你的！」

科爾昆忙起身恭敬地拜了，道：「謝薩穆哈大人栽培之恩！」

科爾昆從薩穆哈府上出來，又馬不停蹄去了明珠府上。明珠湊在明燭下，仔細把玩著新鑄的制錢，點頭而笑。「科爾昆，老夫看準了，你不是個只會讀死書的書呆子，可為大用啊！」

科爾昆喜不自禁，道：「卑職多謝明相國誇獎！」

明珠放下銅錢，笑咪咪地望著科爾昆，說：「老夫已琢磨多日，想奏請皇上，特簡你為戶部侍郎！」

科爾昆連忙跪下，拜了三拜，道：「卑職牢記明相國知遇之恩，如有二心，天誅地滅！」

明珠忙扶起科爾昆，說：「科爾昆，起來起來，不必如此。你我都是國朝臣子，心裡應只裝著皇上才是！」

科爾昆再次叩頭，爬了起來。明珠把茶几上的錢袋提起來，說：「科爾昆，我也不留你了。樣錢你帶回去吧。」

科爾昆忙說：「明相國，這些樣錢都打在損耗裡了，您就留著吧。這可是我朝開國以來的規矩。」

明珠笑著問道：「你這袋樣錢有多少？」

科爾昆回道：「八千文。」

明珠哈哈大笑，說：「八千文，不足十兩銀子。科爾昆哪，你這個戶部侍郎，可不是十兩銀子能買下來的啊！」

科爾昆趕緊說：「卑職怎敢如此輕慢明相國，日後自會另有孝敬！」

明珠又是哈哈大笑，說：「你看你看，開句玩笑，你就當真了！科爾昆可是個老實人。好吧，樣錢我就收下了！」

陳廷敬在乾清宮西暖閣覲見皇上，進呈《賀雲南蕩平表》。龍顏大悅，說：「廷敬回家三年，朕甚為想念。家中老父可好？」

陳廷敬叩頭謝恩，淚水不由得奪眶而出，奏道：「老父六十有一，身子骨倒還硬朗。臣謝皇上體恤之恩！」

皇上眼睛也有些濕潤了，說：「走近些，讓朕瞧瞧你。」

陳廷敬低頭向前，仍舊跪下。皇上下了炕，扶了陳廷敬起來，執手打量，嘆道：「三年不見，你添了不少白髮，真是歲月不饒人啊！」

陳廷敬忙道：「臣身子骨還行，皇上不必替臣擔心。」

皇上拍拍陳廷敬的手，道：「朕在路上就想好了，你仍復翰林院掌院學士之職，兼禮部侍郎，教習庶起士，經筵講官。」

陳廷敬又叩頭謝恩，口呼萬歲。原來上月張英因老父仙逝，回家居喪去了，正空著翰林院掌院學士之職。皇上回炕上坐下，陳廷敬在御前站著。三年前，皇上在乾清門斥罵陳廷敬妄詆朝政，只因他老母突然仙逝，暫不追究。現如今皇上起復了他，卻並沒有說赦免他的罪。皇上只談笑風生，陳廷敬心裡終究沒有個底。覲見完了，皇上傳明珠同薩穆哈奏事。陳廷敬謝恩退下，順道往南書房寒暄去了。

明珠同薩穆哈已在宮門口等候多時，聽得裡頭宣了，忙低頭進去。薩穆哈先奏道：「啟奏皇上，新錢發出去，就像雪落大江，不見蹤影。臣等已派人查訪，尚未弄清眉目。」

皇上問道：「明珠，你是做過錢法監督的，這是什麼道理？」

明珠說：「臣雖做過錢法監督，卻從未碰到過這種怪事。臣琢磨著，可能還是錢不夠重量，百姓不用，市面上就見不到。」

薩穆哈說：「臣想只怕也是這個理兒。」

明珠奏道：「臣以為還應再把錢加重些！」

皇上有些不悅，說：「明珠推科爾昆任戶部侍郎，朕已准了。可這會兒想來，他在寶泉局任上並沒有做好呀。」

明珠道：「科爾昆任錢法監督已三年有餘，原是做得不錯的，只是近來市面上見不到制錢，應是另有緣由。臣等推戶部主事許達擢任錢法監督，此人心細過人，精於盤算，說不定於錢法督理有好處。」

皇上仍是眉頭不展，說：「也罷，這兩個人就這麼用了。新鑄制錢的事，你們要好好議議。此事當快，不然會出大麻煩的！」

41

科爾昆領著新任錢法監督許達來到寶泉局錢廠，向忠迎出大門請安。「給科大人請安！恭喜科大人升任戶部侍郎！」

科爾昆道：「免禮！向忠，這位是新任錢法監督許達大人。來，見過許大人。」

向忠忙朝許達施禮，道：「小的見過許大人！」

許達說：「我對錢法不太熟悉，往後還望你多多指點。」

向忠忙拱手道：「豈敢豈敢！」

科爾昆說：「許大人，向忠在寶泉局師傅中很有威望，遇事你找他就是了。」許達朝向忠點點頭，向忠憨笑著，老實巴交的樣子。

見過禮了，向忠恭請兩位大人進去用茶。向忠恭敬地上下招呼。用過茶，科爾昆說：「向忠，我同許大人去寶泉局衙門交接帳本，你也同著去吧。」

向忠受寵若驚，忙點頭應了。

科爾昆同許達各自乘轎，向忠騎馬隨著，去了寶泉局衙門。進了客堂，見八仙桌上早堆著幾疊帳本。原來科爾昆已吩咐過這邊了。科爾昆叫來寶泉局小吏們見過許達，吩咐他們往後要好生聽許大人差遣。小吏們應喏過，都站在堂下。科爾昆指著桌上帳本，說：「去年十三關共辦銅二百六十九萬二千三百零九斤六兩，盡入寶泉局倉庫。到上月為止，鑄錢共耗銅一百五十八萬四千二百三十二斤五兩，庫存銅一百一十萬零八千零七十七斤一兩。所鑄錢卯也都有詳細帳目。許大人，請您仔細過目。」

許達翻開帳本細細看了，說：「科大人，我們去倉庫盤點一下銅料、制錢？」

科爾昆笑道：「許大人要是放心不下，那就去倉庫盤點吧。不過今日就交接不完了，戶部那邊催我早些到職。」

向忠插話說：「許大人，小的在寶泉局當差三十多年了，從順治爺手上幹起的，送走的錢法監督不下十人。向來規矩都是如此，官員交接庫存，只憑帳冊，盤點實物另擇日期。」

科爾昆搖頭道：「不不不，既然許大人提出盤點實物，那就去倉庫一斤一兩過秤吧。向忠，我得馬上去戶部，你就代我盤點。」

向忠略作遲疑，點頭應承了。許達倒有些不好意思了，說：「科大人，既然向來都是只憑帳冊交卸，我又何必節外生枝呢？不必了，不必了。」

科爾昆卻道：「我就怕許大人信不過，日後萬一虧空了，不好說啊！」

許達忙說：「科大人說到哪裡去了！卑職得罪了！」

科爾昆笑道：「哪裡的話。既然許大人信得過，我倆就各自簽字？」

許達點點頭，請科爾昆先簽字，自己再簽了。許達簽字時，科爾昆直道許大人一筆好字，真是愛煞人了。許達卻說科大人的字好，滿大臣中書法最好的當是明珠大人和科爾昆大人。

兩人交接算是完結，言笑甚歡。向忠知道所謂實物盤點另擇時日，都只是一句話而已。向忠見過那麼多寶泉局郎中離任，還沒誰回頭盤點過庫房銅料。離任的多是升官了，哪裡還願意去管舊事。繼任的品銜總低些，又不敢再請前任回來斤斤兩兩的過秤。

科爾昆喝了會兒茶，起身告辭，道：「許大人，鼓鑄新錢的擔子就落在你肩上了。趕緊吩咐下去，鼓鑄一錢四分的新錢。」

許達俯首領命，恭送科爾昆出了寶泉局衙門。

許達沒來得及理清寶泉局的頭緒，就奉旨先鼓鑄了一錢四分的重錢。可重錢發了出去，市面上的制錢仍是吃緊。皇上聞奏，急召大臣們去暢春園問事。

徐乾學早跟著皇上到暢春園了，才從澹寧居出來，迎面遇著陳廷敬，忙上前請安：「下官徐乾學見過陳大人！」

陳廷敬笑道：「哦，乾學啊！我一回京城，就聽說您這次館試第一，龍顏大悅啊！」

徐乾學搖頭道：「下官不才，只因陳大人沒參與考試，我才獲第一啊！」

陳廷敬搖手道：「不是這個理兒，不是這個理兒！」

徐乾學又道：「陳大人，下官有句話，放在心裡憋不住。三年前參您的是張英大人，這回在皇上面前力保召您回京的也是張英大人。這幾年，滿京城都說您同張英大人不和，下官看不懂啊！」

陳廷敬笑道：「乾學，張英大人我向來敬重。我得去面見皇上，失陪了。」

徐乾學直道慚愧，拱手而去。陳廷敬早已猜著，張英參他必定另有原由。陳廷敬趕到澹寧居，明珠等大臣們已為鑄錢之事商議多時。陳廷敬請過安，皇上問道：「廷敬，錢法之事，你有什麼辦法？」

陳廷敬道：「臣已寫個摺子，恭請皇上御覽！」

皇上看罷摺子，站起來踱步半日，道：「滿朝臣工都主張加重鑄錢，唯獨陳廷敬奏請改鑄輕錢。你們議議吧。」

薩穆哈說：「銅錢短缺，都是因為百姓覺得銅錢太輕，錢不值錢。如果再改鑄輕錢，百姓越發不認制錢了。陳廷敬的主意太迂腐了！」

陳廷敬道：「啟奏皇上，臣以為，銅錢短缺，不在百姓不認制錢，而是百姓見不到制錢。臣在山西就查訪過此事，原來制錢都到奸商手裡去了。臣想京省情形同山西也差不多。奸商毀錢鬻銅，才是癥結所在！」

薩穆哈聽了不服，說：「皇上，陳廷敬混淆視聽，顛倒黑白！」

皇上並不說話，聽憑臣工們爭論。

陳廷敬說：「啟奏皇上，臣算過帳，依一文制錢重一錢二分五厘算，奸商毀錢千文，可得銅十斤！按時下銅價，一兩銀子收進來的銅錢，銷毀變銅之後，可足足賺六錢銀子！現在新錢一文又加重到一錢四分，奸商花一兩銀子收銅錢，可賺七到八錢銀子！如此厚利，奸商難免鋌而走險！」

皇上望了望明珠和薩穆哈，說：「朕怎麼沒聽你們算過這筆帳？」

明珠支吾著，薩穆哈卻說：「陳廷敬妄自猜測，並無依據！」

這時，一直默不作聲的高士奇說話了：「啟奏皇上，臣近日聽到一種新的說法，說是銅錢短缺，都因市面凋敝；市面凋敝，都因民生疾苦；民生疾苦，都因大戶統籌！」

皇上冷笑道：「陳廷敬，你聽說過這話嗎？」

陳廷敬知道高士奇故意整人，卻只好說：「臣沒聽說過。」

明珠奏道：「啟奏皇上，朝廷平定雲南，大戶統籌功莫大矣！如今備戰臺灣，仍需充足的軍餉，大戶統籌斷不可廢！」

皇上仍回炕上坐下，搖手道：「大戶統籌朕無廢止之意，不要再說。眼下錢法受阻，則民生不便；民生不便，則無處生財；無處生財，則庫銀難繼。最終是軍餉難以籌集，備戰臺灣就會流於空談！因此說，眼下最大的事情就是順理錢法！」

錢法議了多時，仍是莫衷一是。陳廷敬奏道：「啟奏皇上，臣有三計，請皇上聖裁！一、理順錢法，改鑄輕錢，杜絕奸商毀錢鬻銅；二、輕徭薄賦，與民休息，讓天下百姓安居樂業；三、調整鹽、鐵、茶及關稅，防止偷漏，以充庫銀！」

皇上點頭道：「聽上去倒是頭頭是道啊！朕命明珠召集九卿會議詳加商議！」

明珠俯首領旨，心裡卻頗為不快。皇上若依了陳廷敬改鑄輕錢，就等於打了明珠的嘴巴。

陳廷敬又道：「臣還有一言奏明皇上！京省鑄錢，戶部管著寶泉局，工部管著寶源局。臣以為，積弊皆在戶、工二部，應避開這二部另派錢法官員督理！」

薩穆哈聽了陳廷敬這話，立時火了，道：「陳廷敬，你事事盯著戶部，是何居心！」

皇上拍了龍案怒道：「薩穆哈，你在朕面前公然與人爭吵，殊非大臣之體！」

薩穆哈忙跪下道：「啟奏皇上，臣因參劾過陳廷敬，他記恨在心，處處同臣過不去！」

皇上閉上眼睛，不予理睬，只道：「錢法之事，你們再去議議，朕以為陳廷敬所說不無道理，不妨一試。朕還有個想法，命陳廷敬任錢法侍郎，督理京省鑄錢之事。」

明珠明白了皇上的意思，再開九卿會議就只是過場了。陳廷敬便兼了錢法侍郎，督理京省鑄錢大事。薩穆哈是個憋不住的人，找上明珠，滿肚子委屈，說：「明相國，皇上准了陳廷敬鑄錢之法，我們就得打落了牙往肚裡吞啊！」

明珠卻說得冠冕堂皇，道：「薩穆哈，我們身為朝廷大臣，心裡不要只裝著自己的得失榮辱，要緊的是國家錢法！只要陳廷敬在理，我們都得幫著他！」

薩穆哈道：「自然是這個道理。可皇上並沒有說赦免陳廷敬的罪，他仍是戴罪在身，皇上幹麼總向著陳廷敬？」

明珠冷冷一笑，說：「高士奇也說過這種傻話！你以為陳廷敬真的有罪？他根本就沒罪！」

薩穆哈眼睛瞪得像燈籠，說：「明相國，下官這就不明白了。陳廷敬有罪，那可是三年前皇上說的呀！」

明珠笑道：「這就是咱皇上的英明之處。皇上得讓你覺得自己有罪，然後赦免你的罪，你就更加服服帖帖，忠心耿耿！做皇上的，不怕冤枉好人。皇上冤枉了好人，最多是聽信了奸臣讒言，壞的是奸臣，皇上還是好皇上。」

薩穆哈點點頭，卻仍是木著腦袋，半日想不明白。明珠見薩穆哈這般模樣，暗嘆滿臣的愚頑無知，嘴上卻不說出來，只道：「薩穆哈，陳廷敬精明得很。他提出繞開戶部、工部，另派官員督理錢法，只怕是算準了什麼。寶源局不關你的事，寶泉局可是你戶部管的啊！」

薩穆哈只知點頭，胸中並無半點主張。

向忠聽說朝廷又新派了錢法侍郎，做事越發小心了。一日夜裡，蘇如齋正在帳房裡把算盤打得啪啪兒響，劉元押著輛馬車進了全義利記。原來，向忠讓他把新鑄的制錢直接送到蘇如齋這兒來了。蘇如齋倒是嚇著了，劉元卻說：「向爺想得周全，怕你四處收羅銅錢惹出麻煩，乾脆把新鑄的銅錢往你這裡拉！」

蘇如齋愣了半日，才道：「這可是好辦法啊！只是寶泉局那邊好交代嗎？」

劉元笑道：「新任寶泉局郎中監督許大人是個書呆子，很好唬弄！只是聽說新任錢法侍郎陳廷敬是個厲害角色。」

劉元反覆囑咐蘇如齋多加小心，悄然離去。

過了幾日，陳廷敬去寶泉局上任，科爾昆依禮陪著去了。劉景、馬明二人自然是隨著的。許達早接到消息，領著役吏及向忠等恭候在寶泉局衙門外。彼此見過禮，陳廷敬說道：「天下之錢，皆由此出。我今日指天為誓，不受毫釐之私，願與諸位共勉！」

科爾昆慷慨道：「我願同陳大人一道，秉公守法，共謀鑄錢大事！」

許達拱手道：「卑職身為寶泉局郎中監督，職守所在，不敢有絲毫貪念。」

陳廷敬點頭道：「皇上著我督理錢法，可我對鑄錢一竅不通，願向各位請教！我想從頭學起，先弄清庫存多少銅料，再弄清每年鑄錢耗銅多少。」

科爾昆朝陳廷敬拱了手，道：「陳大人，下官以為當務之急是改鑄新錢，而不是清理庫存啊。」

向忠看看科爾昆眼色，道：「稟陳大人，歷年陳規，都是爐頭到寶泉局領銅，鑄好制錢，再如數交還。帳實兩清，不用盤存。」

陳廷敬打量著向忠，回頭問科爾昆：「這位是誰？」

科爾昆說：「回陳大人，他是爐頭向忠。寶泉局爐頭共百名，都由他管著。」

陳廷敬問道：「管爐頭的爐頭，有這個官職嗎？」

向忠道：「回陳大人，小的並不想多管閒事，只是歷任錢法監督都信任小的，錢廠師傅們也都肯聽小的差遣。」

向忠雖是低眉順眼，語不高聲，口氣卻很強硬。陳廷敬瞟了眼向忠，發現這人眉宇間透著股兇氣。

科爾昆似乎看出陳廷敬的心思，道：「陳大人，向師傅是個直爽人，說話不會繞彎子，請您多擔待。」

陳廷敬只朝科爾昆笑微微點頭，並不答理，只回頭問許達：「許大人，怎麼不聽您說話？」

許達略顯窘狀，說：「卑職到任之後，忙著鼓鑄一錢四分的新錢，別的還沒理出頭緒。」

陳廷敬望望許達，覺得此人稍欠精明，任錢法監督只怕不妥。他同許達平日不太熟悉，只聽說此君寫得一筆好字。

陳廷敬環顧諸位，道：「我以為寶泉局諸事，千頭萬緒，總的頭緒在銅不在錢。朝廷對民間採銅、用銅，多有禁令和限制，天下銅料，大多都在寶、源二局。銅價或貴或賤，原因也在寶、源二局。」

許達拱手低頭，道：「陳大人這麼一指點，卑職茅塞頓開。」

陳廷敬起身說：「我們去倉庫盤點吧。」

科爾昆忙說：「回陳大人，我已同許大人交卸清楚，請許大人出示帳目。」

陳廷敬卻道：「先不管帳目，要緊的是盤準實物。」

科爾昆心裡不由得暗驚。歷任寶泉局錢法郎中交接都沒有盤點倉庫，他料定那裡頭必是一筆糊塗帳。他剛剛卸任，如果盤出銅料虧空，自是吃罪不起。可是陳廷敬執意盤點實物，他也沒有話說。

倉庫為頭的役吏喚作張光，他見這麼多大人來了，只管低頭站著，不敢正眼望人。進門處堆放著古舊廢錢，科爾昆抓了些攤在手裡，說：「陳大人，這些都是歷朝舊錢，摻些新銅，就可鑄錢。」

陳廷敬湊上去看看，點頭不語。

科爾昆挑出一枚古錢，說：「陳大人，這是秦錢的一種，叫半兩錢。」

張光忙湊上來插話，說：「佩戴古錢，可以避邪。」

科爾昆便說：「陳大人不妨佩上這枚半兩錢。」

陳廷敬笑道：「我剛才指天為誓，不受毫釐之私啊。」

科爾昆道：「陳大人如此說，下官就真沒有臉面了。督理錢法的官員，都會找枚古錢佩戴，大家都習慣了。」

陳廷敬看看科爾昆和許達，見他倆腰間都佩著一枚古錢。

許達也說：「就請陳大人隨俗吧。」

陳廷敬不便推辭，說：「好吧，既然說可以避邪，我就受領了。」

向忠忙找來一根絲帶，穿了那枚半兩錢，替陳廷敬佩上。

張光依著吩咐，領著役吏們過秤記帳去了。科爾昆很擔心的樣子，說：「陳大人，這麼多銅料和制錢，盤點起來頗費周章，怕耽誤了鑄錢啊。」

陳廷敬道：「不妨，吩咐下去，這邊只管盤點，另外讓造母錢的師傅加緊刻出新錢樣式，儘快進呈皇上。」

許達應道：「卑職這就吩咐下去。陳大人，庫存制錢怎麼辦？」

陳廷敬說：「盤點之後封存，待新錢樣式出來後改行鼓鑄！」

許達領命，跑到旁邊如此如此吩咐張光。

陳廷敬在倉庫裡四處巡視，發覺裡頭堆著的塊銅都是一個模子出來的，亦是同一顏色，暗自覺得蹊蹺。他猜這些塊銅只怕就是毀錢重鑄的，不然哪會形制相同，成色無異？他心中拿定主意，吩咐道：「許大人，先把倉庫裡的塊銅登記造冊，從即日起，寶、源二局不得再收購塊銅！」

許達只道遵命，向忠卻暗自驚駭。

當日夜裡，向忠把蘇如齋叫到了家裡。蘇如齋在客堂裡站了半日，向忠並不說話，只是閉著眼睛坐在炕上，咕嚕咕嚕抽著水煙袋。向忠抽完了煙，眼睛慢慢睜開了，蘇如齋才敢說話：「向爺，不知您深夜叫我，有何要緊事？」

向忠臉色黑著說：「天大的事！」

蘇如齋望著向忠不敢出聲。向忠見蘇如齋這副樣子，冷笑道：「看把你嚇的！還沒那麼可怕。告訴你，寶泉局往後不收塊銅了。」

蘇如齋頓時慌了：「啊？向爺，您不收塊銅了，我可怎麼辦呀？」

向忠道：「蘇如齋，現在不是收不收塊銅的事了，你得摸摸自己的腦袋！」

蘇如齋著急地說：「向爺，這可是我們兩人的生意啊！您撒手不管了，只是少賺幾個銀子，我可要賠盡家產啊！您怎麼著也得想個法子。」

向忠說：「逆著朝廷辦事，那是要掉腦袋的！」

蘇如齋又怕又急，額上滲出汗來。向忠緩緩道：「不著急，我已想了個法子。你就改鑄銅器，然後損壞、做舊。民間廢舊銅器，寶泉局還是要收的。」

蘇如齋面呈難色，道：「重鑄一次，我們的賺頭就少了！」

向忠瞪了眼睛說：「少賺幾個銀子，總比掉腦袋好！新任錢法侍郎陳廷敬，看上去斯斯文文，辦事卻不露聲色，十分厲害！好了，你回去吧。」蘇如齋恭恭敬敬施了禮，退了出去。

薩穆哈知道陳廷敬去寶泉局並不急著鑄錢，卻先去倉庫盤點，心裡頗為不安。他也是任過錢法郎中的，知道銅料倉庫的帳是萬萬查不得的。他深夜跑到明珠府上，甚是焦急，道：「陳廷敬胡作非為，明相國，您可要出面說話呀！」

明珠緩緩問道：「陳廷敬如何胡作非為了？」

薩穆哈說：「皇上著陳廷敬趕緊鼓鑄新錢，他卻不分輕重緩急，去了寶泉局就先盤點倉庫，用意在於整人，動機不良，此罪一也；未經朝廷許可，擅自禁收塊銅，必使銅料短缺，擾亂錢法，此罪二也！」

明珠搖搖頭，半字不吐。薩穆哈又道：「明相國，陳廷敬分明是衝著科爾昆來的，實際上就是衝著您和我呀！」

明珠雖未做過錢法郎中，卻督理過錢法，銅料倉庫真有虧空，他也難脫干係。可他見不得薩穆哈遇事就慌裡慌張的樣子，很有些不耐煩，說：「薩穆哈，您說的我都知道了。您先回去吧。」

薩穆哈沒討到半句話，仍直勾勾望著明珠。明珠只好微微笑道：「別著急，別著急！」

薩穆哈嘆息著告辭，出門就氣呼呼地罵人。他回到家裡，見科爾昆已在客堂裡候著他了，不免有些吃驚，問道：「科爾昆，這麼晚了你為何到此？」

科爾昆說：「薩穆哈大人，陳廷敬日夜蹲在寶泉局，只顧盤點倉庫，別的事情他概不過問。看來陳廷敬是非要整倒我才罷手啊！您可得救救我呀！」

薩穆哈安慰道：「你怕什麼？你既然已向許達交了帳，倉庫虧空，責任就是他的了！」

科爾昆說：「倉庫到底是否虧空，誰也不清楚。我從大人您那兒接手，就沒有盤點過庫存。」

薩穆哈作色道：「你這是什麼意思？你是說我把一個虧空的攤子交給你了？」

科爾昆說：「下官接手寶泉局的時候，聽大人您親口說的，您從上任郎中監督那裡接手，也沒有盤點庫存。」

薩穆哈冷冷道：「科爾昆，你不要把事情扯得太寬了！」

科爾昆卻說：「稟薩穆哈大人，下官以為，眼下只有把事情扯寬些，我才能自救，大人您也才能安然無恙！」

薩穆哈聽了不解，問：「此話怎講？」

科爾昆笑了起來，說：「萬一陳廷敬查出銅料虧空，歷任戶部尚書、錢法侍郎、郎中監督，包括明相國，都跟銅料虧空案有關，我們這些人就都是一根藤上的螞蚱，陳廷敬就單槍匹馬了！」

薩穆哈怒道：「放屁！老夫才不願做你的螞蚱！」

科爾昆嗓子壓得很低，話卻來得很硬。「大人息怒！您不願做螞蚱，可陳廷敬會把您拴到這根藤上來的！」

薩穆哈點著科爾昆的鼻頭，道：「科爾昆，你休想往老夫身上栽贓！我向你交卸的時候，倉庫並沒有虧空！」

科爾昆卻不示弱，道：「大人，您不是沒有虧空，而是不知道有沒有虧空。歷任寶泉局郎中監督交接，都沒有盤點庫存，這是老習慣。只是如今碰上陳廷敬，我同許達就倒楣了！」

薩穆哈瞟了眼科爾昆，說：「那你們就自認倒楣吧！」

科爾昆叫了起來，說：「不行！只能讓許達一個人倒楣！如果搞到我的頭上，我就要把大家都扯進去！」

薩穆哈罵道：「科爾昆，你可是個白眼狼呀！」

科爾昆聽著並不生氣，慢慢兒說道：「薩穆哈大人，救我就是救您啊！請大人明白下官一片苦心！寶泉局已經著火了，大人您得讓這火燒得離您越遠越好。只燒死許達，火就燒不到您身上；我若是燒死了，您就惹火上身了！」

薩穆哈雖是怒氣難耐，可想想科爾昆的話，也確實如此，便按下胸中火頭，問道：「要是許達一口咬定沒有盤存，你怎麼辦？」

科爾昆笑道：「薩穆哈大人，只要您答應救我，許達，我去對付！」

薩穆哈眼睛偏向別處，厭惡道：「好，你滾吧！」

科爾昆卻硬了脖子說：「大人，下官也是朝廷二品大員，您得講究官體啊！」

薩穆哈破口罵道：「去你娘的，官體個屁！」

科爾昆狡黠而笑，拱手告辭了。他知道事不宜遲，從薩穆哈府上出來，又逕直跑到許達家裡。許達還未睡下，正在書房裡檢視新式母錢。聽說科爾昆來了，不知出了什麼大事，忙迎了出來。許達領著科爾昆進了書房，吩咐下人上了茶。科爾昆看著桌上的母錢，卻視而不見。他這會兒心裡哪還有母錢，有一搭沒一搭地說了些體諒許達難處的漂亮話。

許達慢慢就聽出些意思來，原來是要他替銅料虧空背黑鍋。許達驚恐道：「我不知道是否虧空銅料，倘若真的虧空很多，說不定要殺頭的啊！」

科爾昆道：「我可以猜想到，倉庫肯定是虧的。大清鑄錢三十多年，歷任寶泉局官員幾十人，交接時都沒有盤點倉庫，哪有沒人搗鬼的？」

許達更加害怕，道：「若是這樣，我死也不會替大家背黑鍋。」

科爾昆卻只道替許達著想，苦口婆心的樣子，說：「許達兄，說句實話，我也不知道會虧空多少銅料，但我猜想虧空的數目肯定不會太小，都是歷任錢法官員積下來的，不是哪一個人的罪過。那些錢法官員，如今早扶搖直上了，大學士、尚書、侍郎，最小的官也是巡撫了。你有本事扳倒他們，你就可以不認帳。」

許達聽了，垂頭半日，哭了起來，道：「科大人，您這是把我往死裡整呀！」

科爾昆拍著許達肩膀，說：「你認帳了，大家都會記你的恩，保你免於一死，等風聲過了，你總有出頭之日；要是你想把事情往大夥兒頭上攤，你就死路一條！」

許達怔怔地望著科爾昆，甚是恐懼。科爾昆搖頭道：「許達兄，你別這麼望著我。你要恨，就去恨陳廷敬！」

天色都快亮了。這時，科爾昆忽見牆上掛著些字畫，連聲贊道：「原來只知許達兄的字好，不想畫也如此出色！」

許達嘆道：「都什麼時候了，還有心思談字說畫！」

科爾昆笑道：「許達兄不必灰心，事情不會糟到哪裡去的。老實同你說吧，原是明相國、薩穆哈大人有所吩咐，我才上門來的！」

許達便道：「也就是說，明相國和薩穆哈大人都想把我往死路上推？」

科爾昆連連搖頭，說：「誤會了，許達兄誤會了！明相國跟薩穆哈大人都說了，只要你頂過這陣子，自會峰迴路轉的！」

許達如喪考妣，科爾昆卻在細細觀賞牆上許達的字畫。突然想到許達在交接帳冊上的簽字，科爾昆心中忽生良計，客客氣氣地告辭了。

42

陳廷敬最近沒睡過幾個安穩覺，昨夜又是通宵未眠。倉庫盤點結果出來了，居然虧空銅料五十八萬六千二百三十四斤。許達到任不出三個月，怎麼可能虧空這麼多銅料？他不相信。其實只要讓許達同科爾昆對質，就水落石出了。可陳廷敬反覆琢磨，事情可能沒這麼簡單。眼下要緊的是鑄錢，銅料虧空案只要抖出來，就會血雨腥風，必定耽誤了鑄錢。理順錢法已是十萬火急，不然貽害益深。可是，如果陳廷敬查出銅料虧空而沒有及時上奏朝廷，追究起來也是大罪。

天亮了，寶泉局二堂頭的簡房裡傳出琴聲。大順同劉景、馬明也未曾睡覺，一直在大堂裡候著。聽得老爺在裡頭撫琴，劉景朝大順努嘴，叫他進去看看。大順出去打了水，送了進去。陳廷敬洗漱了，胡亂用了早餐，又埋頭撫琴。大順他們都知道，老爺不停地彈琴，不是心裡高興，就是心裡有事兒。這回老爺只怕是心裡有些亂。

許達早早兒來到寶泉局衙門，他下了轎，聽得裡頭傳來琴聲，不由得放慢腳步。大順迎了出來，道：「見過許大人。」

許達輕聲笑道：「你們家老爺好興致啊！」

大順說：「老爺昨晚通宵未睡，彈彈琴提神吧！」

許達聽著心裡暗驚，試探道：「通宵未睡？忙啥哪？」

大順遲疑道：「我只管端茶倒水，哪裡知道老爺的事！」

許達輕手輕腳進了簡房，站在一邊兒聽琴。陳廷敬見許達來了，罷琴而起：「許大人，您早啊！」

許達道：「陳大人吃住都在寶泉局，我真是慚愧啊！」

陳廷敬笑道：「錢法，我是外行，笨鳥先飛嘛。」

許達笑道：「陳大人總是謙虛！」

大順沏了茶送進來，仍退了出去。許達掏出個盒子，打開，道：「陳大人，母錢樣式造好了，請您過目！」

陳廷敬接過皇上通寶母錢，翻來覆去地看，不停地點頭。這母錢為象牙所雕，十分精美。陳廷敬說：「我看不錯，您再看看吧。」

許達說：「我看行，全憑陳大人定奪！」

陳廷敬道：「既然如此，我們趕緊進呈皇上吧。」

許達望了眼桌上的帳本，心裡不由得打鼓。他猜想帳只怕早算出來了，陳廷敬沒有說，他也不便問。科爾昆囑咐，萬一倉庫銅料虧空，要他暫時頂罪。他嘴上勉強答應了，心裡並沒有拿定主意。畢竟是性命攸關，得見機行事。

第二日，陳廷敬領著許達去乾清門奏事。皇上細細檢視了母錢，道：「這枚母錢，式樣精美，字體寬博，紋飾雅致，朕很滿意。明珠，你以為如何？」

明珠奏道：「臣已看過，的確精良雅致。請皇上聖裁！」

皇上頷首道：「朕准陳廷敬所奏，趕緊按母錢式樣鼓鑄新錢！禁止收購塊銅一事，朕亦准奏！」

陳廷敬領了旨，薩穆哈卻唱起了反調：「啟稟皇上，陳廷敬奏請禁止收購塊銅一事，臣有話說。且不問禁收塊銅有無道理，其實陳廷敬早在奏請皇上之前，已經下令寶泉局禁止收購了。銅料供應，事關錢法大計，陳廷敬私自做主，實在膽大妄為。」

皇上道：「朕看了陳廷敬的摺子，禁收塊銅，為的是杜絕奸商毀錢鬻銅，朕想是有道理的。但如此大事，陳廷敬未經奏報朝廷，擅自做主，的確不成體統！」

陳廷敬奏道：「啟奏皇上，臣看了寶泉局倉庫，見塊銅堆積如山，心中犯疑。寶泉局還有很多事情，看上去都很瑣碎，卻是件件關乎錢法。容臣日後具本詳奏，眼下當務之急是加緊鼓鑄新錢。」

薩穆哈仍不心甘，道：「啟奏皇上，臣以為陳廷敬的職守是督理錢法，而不是去寶泉局挑毛病。皇上曾教諭臣等，治理天下，以安靜為要，若像陳廷敬這樣錙銖必較，勢必天下大亂。」

科爾昆暗自焦急，唯恐薩穆哈會逼得陳廷敬說出銅料虧空案。事情遲早是要鬧出來的，但眼下捂著對他們有好處。科爾昆暗遞了眼色，薩穆哈便不說了。

不料高士奇卻說道：「陳廷敬行事武斷，有逆天威！」

明珠明白此事不能再爭執下去，便道：「皇上，臣以為高士奇言重了，薩穆哈的話也無道理。鑄錢瑣碎之極，若凡事都要先行稟報，錢法不知要到猴年馬月才能理順。」

皇上心想到底是明珠說話公允，便道：「明珠說得在理。朕相信陳廷敬，鑄錢一事，朕准陳廷敬先行後奏！」

皇上准陳廷敬先行後奏，卻是誰也沒想到的。出了乾清門，薩穆哈同科爾昆去了吏部衙門。科爾昆道：「倉庫盤點應該早算清帳了，今日陳廷敬隻字未提，不知是何道理？」

明珠說：「幸好陳廷敬沒提這事，不然看你們如何招架！薩穆哈你太魯莽了！陳廷敬不說也就罷了，你還要去激將他！」

薩穆哈憤然道：「陳廷敬總是盯著戶部，我咽不下這口氣！」

明珠道：「你們現在有事捏在他手裡，就得忍忍！你們真想好招了？許達真願意一肩擔下來？此事晚出來一日，對你們只有好處！」

薩穆哈仍沒好氣，說：「明相國您是大學士、吏部尚書、首輔大臣，陳廷敬督理戶部錢法，既不把我這戶部尚書放在眼裡，也沒見他同您打過招呼。明相國宰相肚裡能撐船，我沒這個度量！」

明珠哈哈大笑，說：「薩穆哈，光發脾氣是沒用的，你得學會沒脾氣。你我同事這麼多年，幾時見我發過脾氣？索額圖權傾一時，為什麼栽了？」

薩穆哈跟科爾昆都不得要領，只等明珠說下去。明珠故意停頓片刻，道：「四個字，脾氣太盛！」

薩穆哈忙搖頭道：「唉，我是粗人，難學啊！」

科爾昆心裡總放心不下，問道：「明相國，陳廷敬打的什麼主意？」

明珠笑道：「不管他玩什麼把戲，只要他暫時不說出銅料虧空案，就對你們有利。你們得讓他做事，讓他多多的做事！」

薩穆哈這回聽明了，說：「對對，讓他多做事，事做得越多，麻煩就越多。他一出麻煩，我們就好辦了！」

明珠苦笑道：「薩穆哈大人的嘴巴真是爽快。」

薩穆哈不好意思起來，說：「明相國是笑話我粗魯。我生就如此，真是慚愧。」

明珠又道：「皇上對陳廷敬是很信任的，你們都得小心。皇上私下同我說過，打算擢升陳廷敬為都察院左都御史。」

薩穆哈一聽急了。「啊？左都御史是專門整人的官兒，明相國，這個官千萬不能讓陳廷敬去做啊！」

明珠嘆道：「聖意難違，我只能儘量拖延。一句話，你們凡事都得小心。先讓陳廷敬在錢法侍郎任上多做些事吧。」

科爾昆突然歪了歪腦袋，說：「明相國，陳廷敬今日已經有麻煩了！」

明珠聽著，微笑不語。薩穆哈疑惑不解，問道：「皇上准他先行後奏，權力大得很啊！他有什麼麻煩？」

科爾昆道：「陳廷敬知道銅料虧空案，卻隱匿不報，這可是大罪啊！」

明珠聽了，仍是微笑。科爾昆心裡其實比誰都害怕，他料定倉庫必是虧空不小，自己又是剛剛離任。

一大早，陳廷敬約了科爾昆、許達商議，打算另起爐灶，會同寶泉局上下官吏監督鑄造，看看每百斤銅到底能鑄多少錢，用多少耗材，需多少人工。科爾昆知道陳廷敬的用意仍是想弄清寶泉局多年的糊塗帳，心裡是一萬個不情願，卻也只好說：「聽憑陳大人定奪！」

陳廷敬便問許達：「許大人，一座爐需人工多少？」

許達道：「回陳大人，一座爐，需化銅匠一名、錢樣匠兩名、雜作工兩名、刷灰匠一名、銼邊匠一名、滾邊匠一名、磨洗匠兩名、細錢匠一名，八項役匠，通共十一名，另外還有爐頭一名、匠頭兩名。」

陳廷敬略微想了想，說：「好，你按這個人數找齊一班役匠。人要隨意挑選，不必專門挑選最好的師傅。那個爐頭向忠就不要叫了吧。」

寶泉局衙門前連夜新砌了一座鑄錢爐。第二日，十幾個役匠各自忙碌，陳廷敬、科爾昆、許達並寶泉局小吏們圍爐觀看。鑄爐裡銅水微微翻滾，役匠舀起銅水，小心地倒進錢模。科爾昆忙往後退，陳廷敬卻湊上去細看。

大順忙說：「老爺，您可得小心點兒。」

陳廷敬笑道：「不妨，我打小就看著這套功夫。」

科爾昆聽著不解，問道：「陳大人家裡未必鑄錢？」

陳廷敬哈哈大笑，說：「哪有這麼大的膽子？我家世代鑄鐵鍋、鑄犁鏵，工序似曾相識啊！」

時近黃昏，總共鑄了三爐。陳廷敬吩咐停鑄，請各位到裡面去說話。往大堂裡坐下，許達先報上數目，道：「陳大人、科大人，今日鼓鑄三爐，得錢三十四串八百二十五文。每百斤銅損耗十二斤、九斤、八斤不等。」

陳廷敬道：「我仔細觀察，發覺銅的損耗並無定數，都看銅質好壞。過去不分好銅差銅，都按每百斤損耗十二斤算帳，太多了。我看定為每百斤折損九斤為宜。」

科爾昆說：「陳大人說的自然在理，只是寶泉局收購的銅料難保都是好銅啊！」

陳廷敬道：「這個嘛，責任就在寶泉局了。朝廷允許各關解送的銅料，六成紅銅，四成倭鉛，已經放得很寬了。如果寶泉局收納劣質銅料，其中就有文章了。」

陳廷敬又大致說了幾句，囑咐各位回去歇息，只把許達留下。科爾昆也想留下來，陳廷敬說不必了。科爾昆生怕許達變卦，心裡打著鼓離去了。

大夥兒就在衙門裡吃了晚飯，緊接著挑燈算帳。陳廷敬自己要過算盤，劈裡啪啦打了會兒，道：「過去的銅料折損太高了，每百斤應減少三斤，每年可節省銅八萬零七百多斤，可多鑄錢九千二百三十多串。」

劉景插話道：「也就是說，過去這些錢都被人貪掉了。」

馬明也接了腔，說：「僅此一項，每年就被貪掉九千二百多兩銀子。」

陳廷敬不答話，只望著許達。許達臉刷地紅了，說：「陳大人，卑職真是慚愧，來了幾個月，還沒弄清裡面的頭緒啊！」

陳廷敬笑道：「不妨，我們一起算算帳，你就弄清頭緒了。」

陳廷敬一邊看著手頭的帳本，一邊說道：「役匠工錢也算得太多了。每鼓鑄銅一百斤，過去給各項役匠工錢一千四百九十文。我算了一下，每項都應減下來，共減四百三十五文。比方匠頭兩名，過去每人給工錢七十文，實在太多了。這兩個人並不是鑄錢的人，只是採買材料、伙食，雇募役匠。他們的工錢每人只給四十文，減掉三十文。爐頭的工錢，從九十文減到六十文。」

許達小心問道：「陳大人，役匠們的工錢，都是血汗錢，能減嗎？」

陳廷敬說：「這都是按每日鼓鑄一百斤銅算的工錢，事實上每日可鼓鑄兩三百斤。我們今日就鑄了三百斤嘛。每個爐頭一年要向寶泉局領銅十二萬斤，就按我減下來的工錢算，每年也合七十二兩銀子，同你這個五品官的官俸相差無幾了！」

許達恍然大悟的樣子，道：「是啊，我怎麼就沒想過要算算呢？」

陳廷敬又道：「其他役匠們的工錢還要高些，化銅匠過去每化銅百斤，工錢一百八十文，減掉六十文，他一年還有一百四十四兩銀子工錢，仍比三品官的官俸要多！」

許達禁不住拱手而拜。「陳大人辦事如此精明，卑職真是佩服！慚愧，慚愧呀！」

陳廷敬拱手還禮道：「不不，這不能怪你。你到任之後，正忙著改鑄新錢，皇上就派我來了。你還沒來得及施展才幹啊！」

聽陳廷敬如此說，許達簡直羞愧難當，道：「我一介書生，勉強當此差事，哪裡談得上才幹。」

陳廷敬道：「許大人不必過謙了。降低役匠工錢，每年可減少開支一萬一千七百多兩銀子。」

許達沒想到光是工錢就有這麼大的漏洞，假使倉庫銅料再有虧空，那該如何是好？他拿不準是早早兒向陳廷敬道明實情，還是照科爾昆吩咐的去做。

許達正暗自尋思，陳廷敬又道：「許大人，我想看看役匠們領取工錢的名冊。」

許達說：「寶泉局只有每項工錢成例，並無役匠領工錢的花名冊。」

陳廷敬問道：「這就怪了！那如何發放工錢？」

許達說：「工錢都由爐頭向忠按成例到寶泉局領取，然後由他一手發放。」

陳廷敬點頭半晌，自言自語道：「這個向忠真是個人物！」

許達聽著，不知怎麼回答才好。夜已很深，許達就在寶泉局住下了。

陳廷敬囑咐道：「許大人，今日我們算的這筆帳，在外頭暫時不要說。尤其是減少役匠工錢，弄不好會出亂子的。」許達點頭應著，退下去歇息了。

43

夜裡，蘇如齋背了兩個錢袋去向忠家裡孝敬。向忠只顧抽著水煙袋，瞟了眼几案上的錢袋，臉上並無半絲笑意，只道：「好好幹，大家都會發財！」

蘇如齋說：「小的全聽向爺您的。」

向忠道：「嘴巴一定要緊，管好下面的夥計。」

蘇如齋說：「小的知道。小的聽說陳大人不好對付？」

向忠黑了臉說：「老子在寶泉局侍候過多少錢法官員，我自己都數不清了！沒有一個不被我玩轉的！他陳廷敬又怎麼了？老子就不相信玩不過他！」

這時，家人進來耳語幾句，向忠連忙站了起來，打發走了蘇如齋。家人領著蘇如齋從客堂裡出來，說：「蘇老闆，大門不方便，您往後門走吧。」蘇如齋哪敢多說，跟著家人往後門去。

向忠匆忙往大門跑去，迎進來的竟是科爾昆。向忠慌忙請安，道：「科大人深夜造訪，小的哪裡受得起！」

科爾昆輕聲道：「進去說話。」

進了客堂，科爾昆坐下，向忠垂手站著。科爾昆道：「坐吧。」

向忠低頭道：「小的不敢！」

科爾昆笑了起來，說：「你向爺哪有什麼不敢的？」

向忠忙說：「科大人折煞小的了！」

科爾昆道：「向忠，這不是在寶泉局衙門，不必拘禮。你坐下吧。」

向忠這才謝過科爾昆，側著身子坐下。科爾昆哈哈大笑道：「向忠，你不必在我面前裝孫子。你錢比我賺得多，家業比我掙得大。」

向忠站了起來，低頭拱手道：「科大人別嚇唬小的了。科大人有何吩咐，儘管直說。」

科爾昆道：「好，痛快！陳廷敬不光是要整我，還會整你的！」

向忠說：「你們官場上的事情，我不摻和。小的只是個匠人，他整我幹什麼？」

科爾昆笑道：「你別裝糊塗了！你是寶泉局鑄錢的老大，你做的事情，經不起細查的。」

向忠小心問道：「科大人意思，要我在陳廷敬身上打打主意？」

科爾昆說：「陳廷敬身上，你打不了主意的。」

向忠哼哼鼻子，說：「官不要錢，狗不吃屎！」

科爾昆立時作色，怒視向忠。向忠自知失言，連忙賠著不是，道：「當然當然，像科大人這樣的好官，天下少有！」

科爾昆冷笑道：「我也不用你戴高帽子。告訴你，陳廷敬家裡很有錢。」

向忠道：「您是說，他真不愛錢？做官的真不愛錢，我就沒轍了。」

科爾昆說：「你別老想著打陳廷敬的主意，他正眼都不瞅你！」

向忠心裡恨恨的，罵了幾句陳廷敬，問：「科大人有什麼妙計，您請吩咐！」

科爾昆說：「我這裡另有一本倉庫盤點的帳簿，同帳面是持平的。」

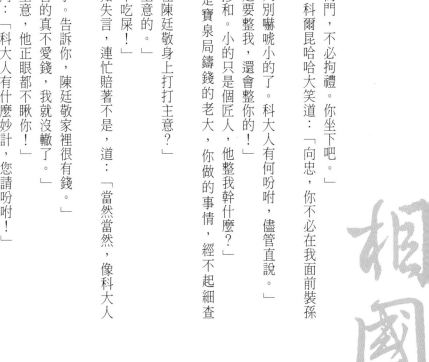

向忠滿臉不解，問：「科大人什麼時候盤點過倉庫？」

科爾昆笑道：「我同許大人交接的時候，你帶人參加了盤點。」

向忠聽著雲裡霧裡，半日才明白過來，說：「科大人意思，讓我作個證人？可這是假的呀！」

科爾昆說：「人家許達大人自己都簽了字，你怕什麼？」

原來科爾昆料想許達必定不肯心甘情願背黑鍋，那日夜裡他在許達家突然想起交接帳冊上有兩人的簽名，回去造了個倉庫盤點的假帳冊。向忠根本想不到許達簽名是真是假，只道：「科大人，小的說句沒良心的話，倉庫是否虧空，同小的沒關係啊！」

科爾昆冷笑道：「你別說得那麼輕巧！你做的事情，我是有所耳聞的！你得記住了，我沒事，你就沒事。我倒楣，就沒人救你了！」

向忠低頭想了半日，嘆道：「小的聽科大人吩咐！」

科爾昆道：「這件事我只交給你去周全，別的我不管了。」

向忠道：「科大人放心，小的自有辦法。」

第二日，向忠約了庫吏張光喝酒。酒喝下半罈，向忠便掏出個錢袋，道：「張爺，這些銀子是孝敬您的。」

張光笑道：「向爺總是這麼客氣。好，我收了。」

向忠舉了杯，道：「兄弟嘛，有我的，就有您的！張爺，光靠您那點兒銀子，養不活您一家老小啊！」

張光嘆道：「是啊，衙門裡給的銀子太少了。這些年都靠向爺成全，不然這日子真沒法過啊！」

向忠忙說：「張爺這是哪裡的話，我向某都幫您罩著啊！」

張光道：「這回來的許達大人是個書呆子，好對付。今後啊，我們更好賺錢。」

向忠舉杯敬了張光，說：「可是陳廷敬不好對付啊。」

張光搖頭道：「陳廷敬是大官，管不得那麼細的。大官我也見得多了，他們高高在上，只會哼哼哈哈打幾句官腔。」

向忠說：「我看陳廷敬厲害得很！」

張光笑道：「大官再厲害，我們也不用怕。他們鬥來鬥去，都是大官之間的事。」

向忠又舉杯敬酒，說：「張爺，萬一有什麼事，您願像親兄弟一樣幫忙嗎？」

張光酒已喝得差不多了，豪氣沖天，道：「咱們兄弟倆一家人不說兩家話！」

向忠便把倉庫假帳的事說了。張光頓時嚇得酒杯落地，酒也醒了大半，道：「向爺，您往倉庫進出銅料，我能關照的都儘量關照，只是這做假帳，我死也不敢。」

向忠笑道：「張爺，您是糊塗了吧？陳廷敬已把倉庫盤點過了，肯定帳實不符，您逃得脫罪責？」

張光道：「向爺您別想嚇唬我，我接手以來倉庫進出都有帳目，我一乾二淨！」

向忠笑道：「說您糊塗您還不認！倉庫裡到底有多少銅料，您清楚嗎？」

張光道：「歷任庫吏都沒有盤點，已是成例，就算虧了，也不干我的事，我也只認帳本！再說了，我如今作證，說科大人同許大人交接是盤點了的，帳實相符，那麼陳大人盤點時虧了，這虧下來的銅料不明擺著是我手裡虧的嗎？我自己把自己往死裡整？」

向忠聽張光說完，輕輕問道：「張爺，我孝敬過您多少銀子，您大概不記得了吧？」

張光臉色青了，說：「向爺，您這話可不像兄弟間說的啊！」

向忠黑著臉道：「兄弟？兄弟就得共生死！您不記得了，我可都記著帳。這麼多年，我孝敬您銀子九千多兩。九千多兩銀子，在那些王公大臣、豪商大賈那裡不算個數，在您就是個大數了。不是我寒磣您，您一個九品小吏，年俸不過三十兩銀子。九千兩銀子，等於您三百年的俸祿了！」

張光拍案而起，道：「向忠，你在害我！」

向忠倒是沉得住氣，招手請張光坐下。張光氣虎虎地坐下，罵個不止。向忠並不理他，獨自喝酒。張光罵得沒趣了，向忠才放下筷子道：「說白了，都因碰著陳廷敬，大家才這麼倒楣。歷任寶泉局郎中監督交接，都不興盤點實物，偏偏這回冒出個陳廷敬，科大人就背時了，您也會跟著獲罪。您要想想，不管科大人有沒有事，您都是脫不了干係的。不如您認下來，科大人會從中周全。再說了，許大人都認了，您何必不認？上頭追下來，是相信五品大員許大人，還是相信您這個九品小吏？」

張光自己滿滿倒了杯酒，咕嚕咕嚕喝下，垂頭想了半日，眼淚汪汪地說：「他娘的，我答應您吧。」

向忠哈哈笑道：「這就是好兄弟了！來來來，喝酒喝酒！」

44

許達在寶泉局衙門前下轎，抬頭望了眼轅門，不禁停下腳步。今兒大早許達回了趟戶部，科爾昆問他陳廷敬都說了些什麼，他只是搪塞。科爾昆不信，言語間頗不高興。許達這幾日心裡總是七上八下，沒有主張。他怕見科爾昆，也怕見陳廷敬。他站在轎前猶豫片刻，不由得長嘆一聲，低頭進了衙門。

陳廷敬正在二堂埋頭寫著什麼，許達上前拱手施禮：「陳大人，我回了趟戶部。」

陳廷敬道：「哦，許大人，請坐吧。科大人沒來？」

許達道：「科大人部裡有事，今日就不來了，讓我給陳大人說一聲兒。」

陳廷敬直道不妨，吩咐大順上茶。許達接過茶盅，不經意瞟了眼桌上的帳本。陳廷敬看在眼裡，道：「許大人，有句話我想點破，其實你我心裡都明白。」

許達說：「請陳大人明示。」

陳廷敬笑道：「你很想知道倉庫盤點結果？」

許達說：「陳大人不說，我不敢相問。」

陳廷敬又說：「科大人也很關心？」

許達望著陳廷敬，不知說什麼才好。

陳廷敬道：「我們現在先把錢鑄好，暫時不管倉庫盤點的事。到時候我自會奏明皇上，白的不會變成黑的。」

許達嘆道：「陳大人，其實這幾年您受了很多委屈，就因為白的變成了黑的，我們在下面都知道。」

陳廷敬也不禁長嘆一聲，道：「朝廷裡頭，有時候是說不清。不過，黑白最終還是混淆不了的。我們不說這些話了，看看錢廠去。」

錢廠裡，向忠正吩咐役匠們化錢，老師傅吳大爺跑過來問道：「向爺，您這是幹麼？」

向忠說：「熔掉！」

吳大爺忙說：「這不是才鑄的新錢嗎？可使不得啊！」

向忠橫著臉說：「上頭讓毀的，如何使不得！」

吳大爺喊道：「毀錢可是大罪！要殺頭的啊！」

向忠斥罵道：「你這老頭子怎麼這麼傻？把銅變成錢，把錢變成銅，都是上頭說了算！」

吳大爺說：「銅變成了錢，就沾了朝廷仙氣，萬萬毀不得的！」

向忠訕笑起來，道：「你這老頭子，就是迂！」

向忠說罷，又罵役匠們手腳太慢。吳大爺突然撲了上去，護著地上的銅錢，喊道：「使不得，使不得！天哪，這會斷了朝廷龍脈啊！」

正在這時，陳廷敬跟許達進來了。陳廷敬問道：「老人家，您這是幹什麼？」

吳大爺打量著陳廷敬，問：「大人，是您讓他們毀錢的吧？」

陳廷敬說：「是呀，怎麼了？」

許達道：「這位是朝廷派來專管錢法的陳大人。」

吳大爺哭著說：「陳大人，我從明朝手上就開始鑄錢，只知道把銅變成錢，從來沒有幹過把錢變成銅的事啊！崇禎十七年，銅價高過錢價，有人私自毀錢變銅，眼看著大明江山就完了！大人，這不吉利啊！」

陳廷敬讓人扶起吳大爺，說：「老人家，那是明朝氣數已盡，到了亡國的時候了，不能怪誰毀了錢。我們現在毀舊錢鑄新錢，就是不讓奸商有利可圖。聽任奸商擾亂錢法，那才是危害百姓，危害朝廷啊！」

陳廷敬說罷，鏟了一勺銅錢，匡地送進了熔爐。吳大爺撲地而跪，仰天大喊：「作孽啊，作孽啊！」

向忠不耐煩地吼道：「把老傢伙拉走！」

劉元領著幾個役匠，架著吳大爺走了。役匠們推著推車進來，有的拉著塊銅，有的拉著一錢四分的新錢，有的拉著舊銅器。陳廷敬上前撿起一個舊銅鼎，仔細打量，道：「舊銅器銅質參差不一，收購時要十分小心。」

許達說：「我們都向倉庫吩咐過，只收銅質好的舊銅器。」

陳廷敬擦拭著銅鼎上的鏽斑，吩咐劉景、馬明：「隨便拿幾件舊銅器，仔細洗乾淨，看看銅質如何！」

沒多時，舊銅器被洗得閃閃發光，拿了進來。陳廷敬說：「我們到外頭去看吧。」往外走時，馬明悄悄兒對陳廷敬說：「老爺，剛才那位老師傅好像嚷著要把向忠做的事都說出來，叫那些人捂著嘴巴拖走了。」

陳廷敬問：「你真聽到了？等會兒再說。」

露天之下，幾坨塊銅、幾件洗乾淨的舊銅器、一堆準備改鑄的制錢，並排放在案板上。陳廷敬過去仔細查看，大家都不說話。向忠在旁偷偷兒瞟著陳廷敬，神情不安。陳廷敬神色凝重，繼而微笑起來。

大順問道：「老爺，這些盆盆罐罐的顏色怎麼都一樣呀？對了，同塊銅、制錢的顏色也差不多。」

陳廷敬笑道：「都一樣就好呀。好，好！我原本擔心舊銅器銅質會很差。這下我放心了。你們看，這些銅器的成色同制錢相差無二，直接就可以拿來鑄錢了。這些塊銅也跟制錢成色一致，都可直接鑄錢。」

向忠暗自鬆了口氣，心想這些只會吃墨水的官兒都是傻瓜。陳廷敬又說：「塊銅是不能再收了，這些舊銅器，多多益善，可以多收！」

出了錢廠，回到寶泉局衙門，陳廷敬吩咐劉景，「舊銅器同塊銅一樣，都是毀錢的銅造出來的。明日開始，你就在寶泉局倉庫附近盯著，查出送舊銅器來的是什麼人。」

大順說：「原來老爺早看出問題了，我還納悶兒哩！」

陳廷敬笑道：「大順還算眼尖，一眼就看出來了。可你要記住，有些事不妨先放在心裡。」

大順點頭稱是。陳廷敬又囑咐馬明：「你暗自找找那位吳大爺，查查向忠這個人。我們眼下要查清兩樁事，一是倉庫銅料虧空，二是奸商毀錢鬻銅！」

45

陳廷敬擢升了都察院左都御史，仍管錢法事，弟弟陳廷統也放了徐州知府。這都是天大的喜事。陳廷敬辦完寶泉局公事，晌午回到了家裡。明珠、薩穆哈、科爾昆、高士奇、徐乾學、許達等同僚，並幾十位同寅（注1）、門生、同鄉上門道賀。府上熱鬧了半日，天黑才慢慢散了。

客人都送走了，馬明過來回話，「老爺，我到過吳大爺家裡，真問起來，他老人家又不敢說向忠半字了。」陳廷敬越發覺得向忠可疑，囑咐馬明再去找找吳大爺。劉景過來，說他在寶泉局倉庫外頭候了一整日，沒見有送舊銅器的，只好再守幾日。

正說著，大順進來說二老爺來了。陳廷敬便招呼弟弟去了書房，家人送了茶上來。陳廷統家裡自然也到了許多客人，都是來道賀的，方才散了去。兄弟倆說了些皇恩浩蕩、光宗耀祖的話，拉起了家常。陳廷敬忽見弟弟嘆氣，便問他什麼事。陳廷統只好說：「我手頭有些緊。」

陳廷敬說：「你一大家子，官俸確實不夠用，可家裡每年也都給了你不少錢呀！」

陳廷統說：「我不同你，你岳父家在京城有生意。」

陳廷敬便說：「廷統，我明日讓大順拿二百兩銀子，送到你家裡去。」

陳廷統道：「二百兩銀子哪裡夠？官場規矩您是知道的，我放了外任，得給兩江在京的官員、還有些別的要緊人物奉上別敬（注2），沒有幾千上萬兩銀子怎麼對付得了！」

陳廷敬聽了，唯有搖頭而已。此等陋規，陳廷敬自然是知道的，他也收過人家送的各種孝敬。京城做官實是清苦，離開那些炭敬、冰敬、別敬、印結銀等進項，日子是過不下去的。陳廷敬家還算殷實，並不指望別人送銀子，但你若硬不收別人銀子，在官場又難混得下去。不伸手問別人要銀子，就已經是講良心了。

陳廷敬沉默半日，說：「你就免俗，不送別敬如何？總不能為著這個又去借銀子吧？」陳廷統聽了，只不作聲。陳廷敬卻想起當年高士奇詐弟弟送銀子，差點兒惹出大禍。

過了幾日，劉景查明往寶泉局送舊銅器的原來是全義利記錢莊。陳廷敬囑咐暫時不要打草驚蛇，只命寶泉局不再收購舊銅器。向忠當日夜裡就把蘇如齋叫到家裡，交代他不要再往寶泉局送舊銅器了，不然會出大事。

蘇如齋急了，道：「向爺，我的那些銅怎麼辦呀？」

向忠淡淡說道：「鑄錢！」

蘇如齋卻嚇得半死，望著向忠大氣都不敢出了。

向忠笑道：「你蘇老闆敢毀錢，難道就不敢鑄錢了嗎？」

蘇如齋哭喪著臉道：「話雖是這麼說，但鑄錢畢竟罪重幾等，想著都怕啊。」

向忠道：「我料陳廷敬改鑄輕錢之後，新錢會大行於市。你是開錢莊的，手頭銅錢還怕多？要是不敢，你就留著那些銅壺銅罐自己慢慢玩兒吧。」

蘇如齋想了會兒，咬牙道：「好，小的就鑄錢！小的背後有您向爺撐著，我沒什麼不敢

注1　同寅：同僚。共事的官吏。
注2　別敬：送別時贈錢名目之一。

的。」

向忠道：「敢做就好。寶泉局的新錢模子，我給你送過來，再叫些信得過的師傅幫你。你只在工錢上不虧待他們，就保管沒事。」

向忠不再說話，吸了半日水煙袋，又道：「你還得替我去做件事。」

蘇如齋見向忠甚是神秘，料是大事，不敢多問，只等著聽吩咐。向忠道：「你去找找陳廷敬的弟弟陳廷統！」

原來，前幾日陳廷統依例去薩穆哈府上辭行，帶去的尺寸很見不得人。薩穆哈十分氣惱，說給科爾昆聽。科爾昆這人很詭，猜著陳廷統必定囊中羞澀，不然哪會破了官場規矩？他密囑向忠從中湊合，叫蘇如齋借錢給陳廷統。向忠把話細細說了，見蘇如齋半日不語，便道：「難道怕陳廷統沒錢還你不成？三年清知府，十萬雪花銀啊！」

蘇如齋道：「不是擔心這個，只是不懂向爺您的意思。陳廷敬處處為難我們，幹麼還要借錢給他弟弟？」

向忠道：「你只把這當椿生意去做，別的不用管了。」

第二日，蘇如齋上門拜訪陳廷統，見面就恭恭敬敬叩首道：「小的蘇如齋向知府大人請安！」

陳廷統頭回聽人喊知府大人，心中好生歡喜，臉上卻裝作淡然，道：「坐吧。看茶！」盡過禮數，陳廷統問道：「你我素昧平生，不知你有什麼事呀？」

蘇如齋笑道：「小的開著家錢莊，叫全義利記。小的是個做生意的，官場上的朋友也認識一些。近日聽說陳大人放了外差，特來恭喜。」

陳廷統道：「哦，是嗎？謝了。」

蘇如齋很是討好，說：「小的聽朋友們說起知府大人，很是敬佩。知府大人將來必為封疆大吏。」

陳廷統聽著心裡很受用，嘴上卻甚是謙遜，道：「哪裡哪裡，陳某這回蒙皇上隆恩，外放做個知府，只圖把徐州的事情做好就萬幸了！」

蘇如齋說了幾籮筐拍馬屁的話，才轉彎抹角繞到正題上，道：「知府大人要有用得著小的之處，儘管開口。小的別的幫不上，若是要動些銀子，還可效力。」

陳廷統道：「蘇老闆如此仁義，陳某非常感謝。只是你我並無交道，我哪敢動你的銀子？」

蘇如齋笑道：「不怕陳大人小瞧，小的就是想高攀大人您！咱們做生意的不容易，難免有個大事小事的，多個朋友多條路。再說這錢莊裡的錢，反正是要借出去的。」

陳廷統自然知道，依著先皇遺訓，官員向大戶人家借銀千兩，可是要治罪的。但窮京官外放，誰又沒有向人借過銀子呢？便有錢莊專做此等生意，聽說哪位京官放了外任，就上門去放貸。陳廷統原來聽了哥哥的話，不想借錢充作別敬。可他這兩日拜了幾位大人，那臉色實在難看。今日見有人上門放貸，想也許就是天意，便道：「蘇老闆倒是個直爽人，我就向你借一萬兩銀子吧。」

蘇如齋作揖打拱不迭，道：「感謝陳大人看得起小的，待會兒就把銀子送到您府上。」

46

陳廷敬早早來到南書房，徐乾學見了，忙施禮道：「哦，陳大人，您最近可忙壞了。」

陳廷敬道：「哪裡哪裡。徐大人，趁這會兒沒人，我有事要請您幫忙！」

徐乾學從未見陳廷敬這麼同他說話，不由得小心瞧瞧外頭，低聲道：「陳大人快請吩咐！」

陳廷敬說：「我這裡給皇上上了密奏。」

徐乾學說：「陳大人可是從來不寫密奏的呀！那可能就是天大的事了。乾學也不問，您快把摺子給我封了。」原來有日南書房的臣工們閒聊，突然想起陳廷敬供奉內廷二十多年，從來沒有上過密奏，便問了起來。陳廷敬說自己有事明明昭昭寫個摺子就是了，何須密奏？這話被人添油加醋，傳到了皇上耳朵裡，弄得龍顏不悅，尋個碴兒斥罵了陳廷敬。皇上原是需要有人上密奏的。從此陳廷敬不上密奏的名聲便傳出去了。徐乾學取來南書房的密封套，飛快地把摺子封好，寫上「南書房謹封」的字樣。陳廷敬還得去寶泉局，茶都沒顧得上喝就匆匆告辭了。

科爾昆早早兒去了吏部衙門，向明珠密報陳廷統借銀子的事。明珠問道：「陳廷統真借了這麼多銀子？」

科爾昆道：「事情確鑿。明相國，我看這事對我們有利。」

明珠頷首道：「京官外放，向有錢人家借銀子送別敬、做盤纏，雖說朝廷禁止，卻也是慣例了。是否追究，全看皇上意思。」
科爾昆問道：「明相國意思，我去找陳廷敬把話點破了，還沒法讓他收手？」
明珠道：「不妨試試。你得在皇上知道之前，先讓陳廷敬知道他弟弟借了一萬兩銀子。」
科爾昆說：「那我乾脆去找陳廷敬當面說。」
明珠搖頭道：「不不，你這麼去同陳廷敬說，太失官體。你得公事公辦，上奏皇上。」
科爾昆真弄不懂明珠的意思了，道：「明相國，您可把我弄糊塗了。要麼我上個密奏？」
明珠哈哈大笑，道：「你不必密奏，得明明昭昭的上摺子。摺子都得經徐乾學之手。」
科爾昆想想，道：「徐大人口風緊得很，他未必會告訴陳廷敬？」
科爾昆見明珠笑而不答，便道：「好，科爾昆這就寫摺子去！明相國，告辭了！」
科爾昆從吏部衙門出來，碰上高士奇，忙拱手道：「喲，高大人。」
高士奇笑道：「科大人，這麼巧。明相國有事找我哩。」
科爾昆說：「我也正從明相國那兒出來。」兩人道了回見，客客氣氣分手了。
高士奇進了吏部二堂，給明珠請了安，說有要事稟告。明珠見高士奇如此小心，便摒退左右，問道：「士奇，什麼要緊事？」
高士奇道：「今兒一早我去南書房，碰上陳廷敬才從裡頭出來。我進去一看，就見徐乾學手裡拿著封密奏，我猜八成就是陳廷敬上的。」
明珠道：「陳廷敬上了密奏？這倒是件稀罕事！」

高士奇說：「是呀，陳廷敬曾反對大臣上密奏，說天下沒有不可明說之事，皇上還為此罵過他。沒想到他這回自己也上密奏了。」

明珠略微想了想，說：「行，我知道了。士奇，此事不可同任何人說啊！」

高士奇點頭道：「士奇明白。」

高士奇回到南書房，見密奏已送進乾清宮了。他裝著沒事似的，也沒問半個字。到了午後，有人送進科爾昆的摺子，參的是陳廷統。徐乾學見了，吃驚不小。高士奇見徐乾學臉色大變，便問：「徐大人，科爾昆奏的是什麼事呀？」

這是不能相瞞的，徐乾學只好道：「科爾昆參陳廷統向錢莊借銀萬兩！」

高士奇倒抽一口涼氣，問：「真有這事？」

徐乾學道：「科爾昆可是說得字字確鑿。高大人，這如何票擬？」

高士奇嘆道：「真按大清律例，可是要問斬的！徐大人，看在廷敬面上，您是否去報個消息？」

徐乾學說：「我怎好去陳大人那裡報消息？我們只想想如何票擬，別真弄得皇上龍顏大怒。」

徐乾學說著，叫過南書房所有臣工商議。大夥兒七嘴八舌，都說此案尚須細查，明辨真相之後再作道理。徐乾學依著大夥兒商量的，起草了票擬，再送明珠審定去。

徐乾學嘴上不答應去陳廷敬那裡報信，夜裡卻悄悄兒就去了寶泉局衙門。他自然知道陳廷敬同高士奇只是面上和氣，猜想高士奇那話多半是假的。陳廷敬萬萬想不到徐乾學會夜裡跑到寶泉局來，他想肯定是今兒上的密奏有消息了，不料卻是陳廷統出了大事，忙問：「誰參的？哪家錢莊？」

徐乾學說：「科爾昆參的，廷統借銀子的錢莊是全義利記，老闆姓蘇。」

陳廷敬馬上就明白了，道：「這是有人做的圈套！廷統做事就是不過腦子。這種把戲，有人已玩過一次了。」

徐乾學說：「摺子我不能壓著，已到皇上那兒去了。我就猜中間必有文章，不然我也不會告訴您的。我只好起草了票擬，奏請皇上派人細查此案。」

陳廷敬仰天浩嘆，道：「這可是要殺頭的啊！」

徐乾學也陪著嘆氣，道：「陳大人，事情出了，您急也沒用。先看看到底是怎麼回事，再作道理吧。」

送走徐乾學，陳廷敬忙叫大順去弟弟家裡報信，囑咐他千萬別拿這銀子去送人了，到時候銀子賠不出來，罪越發重了。

第二日，乾清宮公公早早兒到了寶泉局衙門傳旨：「陳大人，皇上召您去哪！」

陳廷敬嚇了一大跳，不知皇上召他是為寶泉局銅料虧空案，還是為陳廷統的事情。容不得多想，陳廷敬忙隨公公入宮。他一路惴惴不安，皇上若是為陳廷統的事宣他進宮，他真沒轍了。他只能請求皇上派人查清緣由，別的不便多說。

皇上已聽政完畢，回到乾清宮西暖閣，正面壁而立，一聲不吭。陳廷敬小心上前，跪下請安：「臣陳廷敬叩見皇上。」

皇上頭也不回，問道：「寶泉局銅料虧空之事，都屬實嗎？」

陳廷敬見皇上問的是寶泉局事，略略鬆了一口氣。他聽出了皇上的怒氣，說話甚是小心，道：「臣同科爾昆、許達等親自監督，一秤一秤稱過，再同帳面仔細核對，準確無誤。」

皇上回過頭來，說：「許達到任幾個月，怎麼會虧空這麼多銅料？」

陳廷敬回道：「臣算過帳，按許達到任日期推算，他每日得虧銅五千斤左右。」

皇上說：「是呀，他得每日往外拉這麼多銅，拉到哪裡去呀？這不可能！廷敬你說說，你心裡其實是清楚的。你起來說話吧。」

陳廷敬謝恩起身，說：「臣明察暗訪，得知寶泉局歷任郎中監督交接，都只是交接帳本，倉庫盤存都推說另擇日期，其實就是故意拖著不作盤點。而接任官員明知上任有虧空，都糊塗了事，只圖快些混過任期，又把包袱扔給下任。反正各關年年往寶泉局解銅，只要沒等到缺銅停爐，事情就敗露不了。年月久了，就誰也不負責了。」

皇上拍著宮柱，大罵：「真是荒唐！可惡！陳廷敬，你明知銅料不是在許達手上虧空的，如何還要參他？」

陳廷敬回道：「許達只是辦事有欠幹練，人品還算方正。臣估計銅料虧空，各任郎中監督都有份兒。但要查清誰虧多少，已沒有辦法了。」

皇上問道：「你說應該怎麼辦？」

陳廷敬道：「參許達只是個由頭，為的是把事情抖出來。臣以為，治罪不是目的，要緊的是把銅料虧空補回來。從此以後，嚴肅綱紀，不得再出虧空。」

皇上又問：「怎麼補？」

陳廷敬說：「令歷任郎中監督均攤，填補虧空，不管他們現在做到什麼大官了。」

皇上斷然否決：「不，這辦法不妥！你的建議看似輕巧，實則是讓國朝丟醜！」

陳廷敬奏道：「皇上，督撫州縣虧空皇糧國稅，都有著令官長賠補的先例。臣建議歷任郎中監督賠補銅料，只是沿襲祖制。」

皇上道：「歷任郎中監督，現在都是大學士、尚書、總督、巡撫！你想讓天下人看大清滿朝盡是貪官？」

陳廷敬說：「虧空不賠補，不足以儆效尤，往後寶泉局倉庫還會虧空下去！」

皇上嘆息半日，連連搖頭道：「不，朕寧願冤死一個許達，也不能放棄朝廷的體面！」

陳廷敬重新跪下，道：「啟奏皇上，朝廷必須懲治貪官才有體面，袒護貪官只會喪失體面！」

皇上怒道：「放肆！貪官朕自會處置的。有人參了陳廷統，他向百姓借銀萬兩，情同索賄，這就是貪官，這就是死罪！」

陳廷敬大驚失色，忙往地上梆梆兒磕頭，只說自己管教弟弟不嚴，也是有罪的。皇上見陳廷敬這般樣子，勸慰道：「廷敬，你也不必太自責了。陳廷統固然有罪，但南書房的票擬說，此案還應細查，朕准了。可見明珠是個寬厚人。」

皇上哪裡知道，這都是徐乾學在其中斡旋。陳廷敬出了乾清宮，只覺得雙腳沉重，幾乎挪不動步子。他不打算即刻回寶泉局，乾脆去了都察院衙門。他獨自呆坐二堂，腦子裡一團亂麻。他知道肯定是全義利記設下的圈套，卻不能這會兒奏明皇上。說話得有實據，光是猜測不能奏聞。他料全義利記必定還有後臺，也得拿準了再說。

陳廷敬胸口堵得慌，哪裡也不想去，一直枯坐到午後。這時，許達領著個小吏送樣錢來了，道：「陳大人，我把這兩日鑄的樣錢送來了，請您過目。」

陳廷敬道了辛苦，接過一串樣錢走到窗口，就著光線細看，不停地點頭，道：「好，馬上將新鑄的制錢解送戶部！」

許達說：「我明兒就去辦這事兒。陳大人，我有句話不知當不當講。」

陳廷敬道：「許大人，我這裡你什麼話都可以說。」

許達說：「寶泉局成例，新鑄制錢都得往朝中大員那兒送樣錢，打入鑄錢折耗。我不知應不應該再送。」

陳廷敬低頭想了半日，問：「往日都送往哪些人，得送多少？」

許達說：「我查了帳，送往各位王爺、大臣共二十多人，每次送得也不多，八千文上下，每年送十次左右。」

陳廷敬道：「這還不算多？一年下來，每人得受一百兩左右銀子，相當於一個四品官的年俸！寶泉局一年得送出去近兩萬兩銀子！」

許達問：「陳大人，要不要我把這個受禮名單給您？」

陳廷敬想了想，搖頭長嘆一聲，道：「我不想知道這個名單。這是陋習，應該革除！」

陳廷敬正說著話，串繩突然斷了，制錢撒落一地。許達忙同小吏蹲在地上撿錢，陳廷敬也蹲了下來。撿完地上的錢，陳廷敬拍拍手道：「許大人請回吧。」

許達拱手告辭，才走到門口，又聽陳廷敬喊道：「許大人留步！」原來陳廷敬見牆角還有一枚銅錢，便撿了起來。

許達回來問道：「陳大人還有何吩咐？」

陳廷敬道：「這裡還有一錢。我初到寶泉局衙門，曾指天為誓，不受毫釐之私。可我當日就入行隨俗，受了這枚秦錢；剛才差點兒又受了一錢。許大人，我今日把這兩枚錢一併奉還。」

陳廷敬說著，又從腰間取下那枚古錢，放進小吏的錢袋。許達面有愧色，也取下腰間古錢，放入錢袋。陳廷敬笑笑，示意許達請回。許達才要出門，陳廷敬又叫住他。

許達回頭道：「陳大人還有事嗎？」

陳廷敬欲言又止，半日才說：「許大人，不論發生什麼事情，你要記住我那日說過的話，白的不會變成黑的。」

許達頗感蹊蹺，問：「陳大人，您今兒怎麼了？」

陳廷敬忙說：「沒沒，沒什麼，沒什麼。您請回吧。」

陳廷敬望著許達的背影，內心異常愧疚。

陳廷敬在都察院待到日暮方回。出了城，找徐乾學問計。徐乾學說：「皇上面前，您不能硬碰硬。您暫時只參許達，很是妥帖。我們設法保住他的性命，徐圖良策！」

陳廷敬說：「凡是跟銅料虧空案有關的官員，都巴不得許達快些死，他的命只怕保不住。」

徐乾學說：「既然如此，您越是不放過那些人，他們越發想快些置許達於死地！」

陳廷敬小聲道：「皇上特意提到廷統的事，說要處置他。徐大人，我說句大逆不道的話，皇上這分明是在同我做交易呀！」

徐乾學嘆道：「唉，皇上真要殺廷統，誰也沒有辦法啊！」

陳廷敬道：「徐大人，您可得從中斡旋，萬萬不能讓廷統出事啊！這分明是科爾昆故意設下的圈套，是我連累了廷統。廷敬拜託您了！」

徐乾學說：「陳大人，我會盡力的。」

47

第二日大早，陳廷敬囑咐劉景、馬明等依計而行，自己趕去乾清門奏事。皇上上朝就說今兒只議寶泉局案，其他諸事暫緩。陳廷敬便奏道：「啟奏皇上，臣會同戶部侍郎科爾昆、寶泉局郎中監督許達等，在寶泉局衙門前別立爐座，看鑄三爐，將銅料、役匠、需費物料等逐一詳加察核，發現各項耗費過去都有多報冒領，應加以核減。一、每鑄銅百斤，過去都按耗損十二斤上報，事實上九斤就夠了。減掉三斤耗損，每年節省銅八萬零七百多斤，可多鑄錢九千二百多串。二、役匠工錢也給得太多，可減去一萬一千七百多串。三、物料耗費應減掉一萬一千八百多串。臣的摺子裡有詳細帳目，恭請皇上御覽！」

科爾昆接過話頭，道：「啟奏皇上，臣雖參與看鑄，但陳廷敬所算帳目，臣並不清楚。」

皇上責問陳廷敬：「你督理戶部錢法，科爾昆是戶部侍郎，你們理應協同共事。你們算帳都沒有通氣，這是為何？」

陳廷敬道：「啟奏皇上，科爾昆任寶泉局郎中監督多年，鑄錢的各種細節都應清楚，不用我算給他聽。」

科爾昆說：「皇上經常教諭臣等體恤百姓，寶泉局役匠也是百姓。陳廷敬在役匠工錢上斤斤計較，實在有違聖朝愛民之心。況且，寶泉局有成千役匠，一旦因為減錢鬧起事來，麻煩就大了。」

科爾昆說完，望了眼許達，示意他說話。許達卻並不理會，沉默不語。皇上想想，道：「科爾昆講得也有道理，一萬一千多串工錢，也就一萬一千多兩銀子。犯不著為這點兒錢惹得役匠們人心不穩。」

陳廷敬道：「啟奏皇上，工錢算得太離譜了。寶泉局到戶部不過六、七里地，解送一百斤銅所鑄的錢，車腳費得五十文，豈不太貴了？應減去一半！」

科爾昆說：「啟奏皇上，我真擔心核減役匠工錢，激起民變啊！」

陳廷敬道：「啟奏皇上，事實上役匠到手的工錢，早被人減下來了！」

皇上問道：「這是什麼意思？」

陳廷敬回道：「化銅匠每化銅百斤，核定工錢是一百八十文，其實化銅匠只得六十文。」

皇上又問：「錢哪裡去了？」

陳廷敬奏對：「臣查訪過，發覺工錢被爐頭克扣了。」

皇上大怒。「放肆！這等爐頭實在可惡！何不儘早拿了他？」

陳廷敬從容奏道：「情勢複雜，容臣一件件奏明！臣這裡還有一本，參寶泉局郎中監督許達，虧空銅料五十八萬六千二百三十四斤！」

許達大驚失色，惶恐地望著陳廷敬。殿內立時嗡聲一片，臣工們有點頭的，有搖頭的。皇上輕輕地咳嗽一聲，殿內立即安靜下來。

許達上前跪下，奏道：「啟奏皇上，陳廷敬所參不實呀！陳廷敬的確盤點過銅料倉庫，但算帳臣同科爾昆等都沒有參與，並不知道虧空一事。」

陳廷敬道：「許達的確不知道倉庫是否虧空！」

許達道：「啟奏皇上，臣任寶泉局郎中監督至今方才半年，怎會虧空這麼多銅料？臣的確不知道有無虧空，臣從科爾昆那裡接手，只交接了帳本，倉庫沒有盤存。」

科爾昆馬上跪下下來，道：「啟奏皇上，許達他在撒謊！臣同他帳本、庫存都交接清楚了，帳實相符，並無虧空。臣這裡有盤存帳本！」

陳廷敬同許達都很吃驚，望著科爾昆把帳本交給了張善德。皇上接過帳本，說：「一個說沒盤存，一個說有盤存帳本為證。朕該相信誰？」

許達哭奏道：「啟奏皇上，科爾昆欺蒙君聖呀！」

科爾昆卻是鎮定自若。「啟奏皇上，臣有天大的膽子，也不敢做出個假帳本來！那上面有許達自己的親筆簽名。」

許達連連叩頭喊冤：「那是假的！我沒有簽過名！我只在帳本交接時簽了名，並沒有在倉庫盤點帳冊上簽名！」

陳廷敬道：「皇上，臣到寶泉局督理錢法幾個月，從未聽說科爾昆同許達盤點過倉庫。」

薩穆哈終於沉不住氣了，上前跪道：「啟奏皇上，臣暫且不管陳廷敬所奏是否屬實，只是以為，他督理錢法，就是要鑄好錢，而不是去盤存倉庫。此舉意在整人，有失厚道。既然有失厚道，是非曲直就難說了。」

高士奇站出來節外生枝，道：「啟奏皇上，臣聽說寶泉局每鑄新錢，都要給有些官員送樣錢。不知陳廷敬把樣錢送給哪些人了？」

原來自陳廷敬去了寶泉局督理錢法，高士奇再也沒有收到過樣錢，暗自生恨。明珠聽了高士奇這話，知道不妙。

果然皇上問道：「送什麼樣錢？難道樣錢還有什麼文章？」

陳廷敬奏道：「高士奇講的樣錢，同皇上知道的樣錢是兩回事。臣到寶泉局之前，未曾聽見有送樣錢一說。皇上，臣可否問問高士奇收過樣錢沒有？」

高士奇頓時慌了，說：「臣從未收過樣錢！」

陳廷敬說：「既然從未收過樣錢，怎會知道樣錢一說！」

皇上怒道：「你們真是放肆！只顧在朕面前爭吵，為何不告訴朕這樣錢是怎麼回事？」

陳廷敬奏道：「啟奏皇上，以往寶泉局每鑄新錢，都要往有些王公大臣家送樣錢，每年要送出近兩萬兩銀子，打入折耗。臣以為這是陋習，已令寶泉局革除！」

皇上惱怒至極，卻冷笑起來，道：「哼，好啊！朕看到的樣錢是象牙雕的，是看得吃不得的畫餅，你們收的樣錢可是嘣嘣響的銅錢！寶泉局是替朝廷鑄錢的，不是你們自己家蒸餑餑，想送給誰嘗嘗就送給誰！」

聽得皇上斥罵完了，科爾昆小心道：「啟奏皇上，臣有事奏聞。」

皇上瞟了他一眼，未置可否。科爾昆琢磨皇上心思，好像可以讓他講下去，便道：「新任徐州知府陳廷統，向京城全義利錢莊借銀萬兩，按大清例律，應屬索賄，其罪當誅！」

陳廷敬雖早已心裡有底，聽著仍是害怕。徐乾學站出來說話：「啟奏皇上，全義利是錢莊，不管官紳民人，皆可去那裡借錢。陳廷統問錢莊借錢，跟勒索大戶是兩碼事。請皇上明鑒！」

皇上道：「剛才說到這麼多事，你一言未發。說到陳廷統，你就開腔了。徐乾學，你是否有意袒護陳廷統？」

徐乾學道：「臣不敢枉法偏袒。剛才議到諸事，這會兒容臣說幾句。」

皇上抬手道：「不，這會兒朕不想聽你說。明珠，你怎麼一言不發？」

明珠道：「臣正惶恐不安哪！」

皇上問道：「你有什麼不安的？」

明珠低頭道：「臣雖未曾做過錢法郎中監督，卻督理過戶、工二部錢法。寶泉局一旦有所差池，臣罪在難免。」

皇上點頭道：「明珠向來寬以待人，嚴以責己，實在是臣工們的楷模。剛才陳廷敬等所奏諸事，牽涉人員甚多，得有個持事公允的人把著。明珠，朕著你召集九卿詹事科道，共同商議，妥善處置！」

明珠喊了聲「嗻」，恭恭敬敬領了旨。

皇上冷冷道：「許達不必回寶泉局了，陳廷統也不必去徐州了，科爾昆朕料他也沒這麼大的膽子做假帳！」

皇上說得淡淡的，陳廷敬聽了卻如炸雷震耳。許達早已臉色青白，呆若木雞。科爾昆且驚且喜，只願菩薩保佑他僥倖過關。

乾清門這邊唇槍舌戰，寶泉局錢廠那邊卻正在鬧事。一大早，役匠早早的起床升爐，劉元過來喊道：「今日不准升爐。」

役匠問道：「為什麼呀？」

劉元說：「咱們不鑄錢了！」

役匠又問：「好好的，怎麼不鑄錢了？」

劉元好不耐煩，說：「問這麼多幹麼？向爺說不鑄了就不鑄了。聽你的還是聽向爺的？」

役匠們聽說是向忠發了話，誰也不敢升爐了。

蘇如齋不知道刀已架在他的脖子上了，他的全義利記正在熱火朝天鑄錢。蘇如齋拿起剛鑄好的銅錢，道：「去，拿寶泉局的錢來看看。」

夥計跑進屋子，拿了串官鑄制錢出來。蘇如齋反覆驗看好半日，笑道：「你們誰能認出哪是寶泉局的錢，哪是全義利的錢？」

夥計道：「分不清，分不清！」

這時，一個夥計匆匆跑了過來，驚慌道：「東家，來了許多官軍！」

蘇如齋還沒來得及問個究竟，卻見百多號官軍衝進來了。原來領人來的正是劉景，只見他厲聲喝道：「都不許動！把這些假錢、銅器、塊銅，統統查抄！」

蘇如齋愣了半日，突然大喊大叫：「我朝廷裡有人！你們不准動我的東西！」

劉景冷笑道：「哼，朝廷裡有人？誰是你的後臺誰就完蛋！」

蘇如齋喊道：「陳廷敬、陳廷統兩位大人，都是我的朋友！」

劉景喝道：「今日派人來抓你的正是陳廷敬大人！把這個人綁了！」

幾個官軍立即按倒蘇如齋，把他綁得像端午節的粽子。

馬明同寶泉局小吏們來到錢廠，見役匠們都歇著，便問：「怎麼回事？」

一個役匠道：「我們不幹了。」

馬明又問：「怎麼不幹了？」

役匠道：「功夫手上管，幹不幹是我們自己的事！」

向忠正躺在炕上，瞇著眼睛抽水煙袋。外頭有人嚷嚷，他只當沒聽見。劉元慌忙跑進來報信：「向爺，有人從外頭回來，說全義利記被衙門抄了，蘇如齋跟夥計們都被抓起來了！」

向忠驚得坐了進來，問：「啊？知道是哪個衙門嗎？」

劉元道：「聽說領頭的是陳廷敬的人。」

向忠摔了水煙袋，罵道：「奶奶的陳廷敬！」

劉元說：「向爺，同衙門，我們可不能硬碰硬啊！」

向忠站了起來，拍桌打椅道：「陳廷敬敢把咱一千多號役匠都抓起來？咱還不相信有這麼大的牢房關咱們！老子就是要同他玩硬的！」

散了朝，明珠立馬在吏部衙門召集九卿詹事科道會議。薩穆哈同科爾昆先到了，逕直進了二堂。科爾昆說：「明相國，我琢磨著，寶泉局銅料虧空案，咱皇上可並不想按陳廷敬的意思辦。」

明珠點點頭，又搖搖頭，誰也弄不清他的心思。

薩穆哈見明珠這般樣子，心中暗急，說：「明相國，陳廷敬是想借銅料虧空案，整垮滿朝大臣哪！」

明珠道：「我等只管遵循皇上意思辦事，不用擔心！」

科爾昆見明珠說話總是隔著一層，心中不快，卻只好拿陳廷敬出氣：「他陳廷敬總把自己扮成聖人！」

明珠道：「陳廷敬有他的本事，你得佩服！錢法還真讓他理順了。新錢鑄出來，已經沒有奸商毀錢了。好了，你倆先去正堂候著吧。各位大人馬上就到了。」

薩穆哈、科爾昆從二堂出來，正好陳廷敬、徐乾學也到了。官場上的人，暗地裡恨不得捅刀子，面子上還是要過得去的。薩穆哈拱手朝陳廷敬道：「陳大人會算帳、善理財，我這戶部尚書，還是您來做算了。」

薩穆哈這話雖是奉承，陳廷敬卻聽出弦外之音，輕輕地頂了回去，笑道：「我們都是替朝廷當差的，哪裡是薩穆哈大人讓誰做什麼官，他就做什麼官！」

薩穆哈聽了只好賠笑。人都到齊了，各自尋座位坐下。這時，明珠才從裡面笑咪咪出來，大家忙站了起來，都道著明相國好。明珠先坐下，再招呼道：「坐吧，坐吧，大家坐吧。」

大家坐下，都望著明珠，等他發話。明珠道：「皇上著我同諸公會審寶泉局倉庫虧空一事，望各位開誠佈公，盡抒己見。陳大人辦事精明，大家有目共睹。滿朝臣工都辦不好的錢法，陳大人一接手，立即有了起色。」

薩穆哈接了腔：「明相國，如此說來，我們在座的都是飯桶，只有陳大人頂天立地了？」

明珠笑道：「我這是就事論事。陳大人治理錢法有他一套本事，我們都是看到了的。」

明珠越是向著陳廷敬說話，別人對陳廷敬就越是嫉恨。薩穆哈又道：「聽說陳大人奏請皇上，寶泉局虧空的銅料，要我們歷任郎中監督賠補。」

一時滿堂譁然，都朝陳廷敬搖頭。科爾昆道：「敢問陳大人，我們這些任過郎中監督的人，任期有長有短，不知是該均攤虧空，還是按任期長短攤？」

陳廷敬道：「如果誰能拿出倉庫交接帳簿，確認沒有虧空的，可以一兩銅都不賠。」

薩穆哈道：「科爾昆大人有倉庫交接帳簿，說明我們各任郎中監督都沒有虧銅，都是在許達手裡虧的。」

陳廷敬道：「薩穆哈大人，您得相信一個道理，白的不可能變成黑的。」

科爾昆說道：「陳大人意思，我科爾昆是做了假帳？皇上都量我沒有這麼大的膽子，陳大人實在是抬舉我了。」

薩穆哈道：「我們信了陳大人，歷任郎中監督都是貪官；信了科大人，就只有許達是貪官。」

明珠道：「話不能這麼說嘛，我們相信事實！」

在座好些人都是當過寶泉局差事的，有話也不便直說。場面僵了片刻，高士奇道：「從順治爺手上算起，至今四十多年，寶泉局經歷過這麼多郎中監督，若都要一追到底，我體會這該不是皇上的意思。」

徐乾學說：「皇上寬厚仁德，但寶泉局虧下的是朝廷的銀子，這個窟窿也不應瞅著不管。陳大人的想法是務必填補虧空，至於如何填補，我們還可想想辦法。」

明珠問：「徐大人有何高見？」

徐乾學說：「我粗略算了一下，寶泉局虧空的銅料，大約合六萬一千多兩銀子。」

徐乾學話沒說完，科爾昆打斷他的話頭，說：「我也算了帳，如果要我們歷任郎中監督賠，每人要賠四千五百多兩銀子。」

薩穆哈馬上嚷了起來。「我居官幾十年，兩袖清風，賠不起這麼多銀子。」

明珠道：「道理不在是否賠得起，而在該不該賠。如果該賠，賠不起也要賠，拿腦袋賠也要賠。」

科爾昆道：「我相信歷任郎中監督都是清廉守法的，拿不出銀子來賠補。賠不起怎麼辦?統統殺掉？」

高士奇道：「國朝做官的，俸祿不高。陳廷統外派做知府，不是還得借盤纏嗎？」

陳廷敬聽高士奇這麼說話，便道：「明珠大人，我們還是先議寶泉局虧空案。如果說到廷統，我就得回避了。」

明珠點頭道：「陳大人說得在理，我們一件件兒議。先議定銅料虧空案吧。」

向忠叉腰站在一張椅子上喊道：「弟兄們，陳廷敬要減我們的工錢。我們是靠自己的血汗掙錢，他憑什麼要減我們的？」

役匠們憤怒起來，吼道：「不能減我們的工錢!我們要吃飯!我們要活命！」

馬明喊道：「各位師傅，你們聽我說，你們聽我說！」

場面卻甚是混亂，沒人聽馬明的。向忠又喊道：「弟兄們，這些爐座是誰砌的？」

役匠們叫道：「我們砌的！」

向忠說：「我們自己砌的，我們想怎麼著就怎麼著，是不是？」

役匠們高喊：「我們聽向爺的！」

馬明大聲喊道：「師傅們，盤剝你們的是向忠！」

向忠哈哈大笑，道：「我盤剝他們？你問問，誰說我盤剝他們了？」

一位役匠說：「我們都是向爺找來做事的，沒有向爺，我們飯都沒吃的！我們不聽你的，我們相信向爺！」

劉元扛著把大錘，說：「我們自己的東西，今兒把它砸了！」

劉元說罷，掄起錘子就往爐子砸去。役匠們一窩蜂地跑去找行頭，錘子、鏟子、鐵棒，找著什麼算什麼，劈裡啪啦朝鑄錢爐砸去。

馬明急得沒法子，連聲喊道：「師傅們，你們上當了！你們別上當呀！」

劉元兇狠地朝馬明叫道：「你還要叫喊，我們連你的腦袋一起砸！」

役匠們聽見了劉元的喊話，又一窩蜂朝馬明他們擁來。馬明抽出刀，橫眼向著眾人，道：「各位師傅，你們不要過來！」

劉元冷笑道：「過來又怎麼樣？你還敢殺了我們不成？」

馬明喝道：「誰帶頭造反，自有國法處置！」

向忠這會兒又躺在裡頭抽水煙袋去了，由著外頭去打打殺殺。寶泉小吏悄聲兒招呼馬明：「馬爺，他們人太多了，我們硬鬥是鬥不過的！」

馬明同寶泉小吏們只得退了出來，遠遠的站在錢廠外頭。錢廠早已被砸得稀爛。劉元領人擁到門口，喊道：「有種的，你們進來呀！砸爛你們狗頭！」

馬明又急又恨，道：「我這可怎麼向老爺交代！我真是無能呀！」

小吏道：「馬爺，你不必自責，這種情形誰來了都不頂事的。」

馬明道：「快快派人送信出去！」

這位小吏道：「哪裡去另外找人？我去算了。」

寶泉小吏飛馬進城，尋了半日才知道陳廷敬去吏部衙門了。小吏又趕到吏部衙門，同門首衙役耳語幾聲。吏部衙役大驚，忙跑進二堂，顧不得規矩，急急喊道：「明相國，外頭來了個寶泉局的人，有要緊事稟報。」

明珠問：「什麼大事？叫他進來當著各位大人的面說。」

寶泉小吏被領了進來，道：「明相國，各位大人，大事不好了！錢廠役匠們聽說要減工錢，造反了，把錢廠砸了個底朝天。」

薩穆哈立馬橫了一眼陳廷敬，對明珠說：「明相國，果然不出所料，役匠們反了吧？這都是陳廷敬做的好事！」

陳廷敬甚是奇怪，問：「役匠們怎知減工錢的事？」

薩穆哈道：「沒有不透風的牆！」

陳廷敬說：「我想知道是哪堵牆透了風！」

科爾昆陰陽怪氣地說：「減工錢是陳大人您奏請皇上的，您該知道是誰透了風。」

陳廷敬知道事不宜遲，在這裡爭吵徒勞無益，便道：「明相國，各位大人，皇上說過，錢法之事，我可以先行後奏。」

明珠點頭說：「皇上確實有過這道口諭。」

陳廷敬拱手道：「那麼我今日就要先行後奏了。」

明珠問：「陳大人您想如何處置？」

陳廷敬說：「我要立刻去錢廠，請科大人隨我一道去。」

明珠道：「這樣啊，行行。科大人，你隨陳大人去寶泉局吧。」

科爾昆本不想去，卻又不能推辭。陳廷敬便說：「各位大人先議著，我少陪了。」

陳廷敬同科爾昆各自騎了馬，往錢廠飛奔。劉景早已把蘇如齋等關了起來，這會兒也同衙役們跟著陳廷敬往錢廠去。

陳廷敬趕到錢廠的時候，向忠正在那裡向役匠們喊話：「弟兄們，我們都是一條船上的人了，砸錢廠人人有份，誰也不許做縮頭烏龜！只要弟兄們齊心協力，陳廷敬就沒辦法把我們怎麼樣！要把我們全部殺了嗎？皇帝老子都沒這個膽量！要把我們都抓起來嗎？真還沒這麼大的牢房！」

向忠正說著，見陳廷敬領著人進來了，便惡狠狠地咬著牙齒，喊道：「弟兄們，操傢伙！」

役匠們手裡的錘子、棍子攥得緊緊的，個個瞪眼伸脖形同鬥雞。

陳廷敬望了眼役匠們，回頭冷冷說道：「把科爾昆綁了！」

陳廷敬此言一出，所有人都被唬住了。科爾昆愣了半日，突然大叫起來：「陳廷敬，我可是朝廷二品命官，你真是膽大包天了！」

陳廷敬又厲聲喊道：「你們還站著幹麼？綁了！」

劉景、馬明立馬上前，按倒科爾昆，把他綁了起來。陳廷敬心裡有數，不管科爾昆自己三年任內是否虧空了銅料，但他是剛卸任的錢法郎中，罪責是逃不脫的，不如乾脆抓了他，鎮鎮眼前陣勢。役匠們見綁這麼大的官，果然慌得不知如何是好。向忠也被鎮住了，呆立不語。

陳廷敬道：「師傅們，你們上當了！科爾昆這樣的貪官勾結爐頭向忠，長年盤剝你們！」

向忠叫道：「兄弟們，陳廷敬胡說！沒我向忠，你們飯都沒地方吃！」

畢竟見陳廷敬綁了科爾昆，役匠們不敢胡來。向忠卻是個不怕死的，突然揮棍朝陳廷敬劈去。向忠手中的棍子才舉到半空，自己不知怎麼就哎呀倒地。原來珍兒飛身過來，拿劍挑中向忠的手臂。幾個衙役擁上前去，綁了向忠。

這時，吳大爺從人群中鑽了出來。這幾日，馬明找遍北京城，都沒有找著吳大爺，卻叫珍兒找著了。吳大爺朝役匠們喊道：「師傅們，向忠一直在喝我們的血，我們都蒙在鼓裡不知道啊！陳大人派人找到我問話，我才知道寶泉局發給我們的工錢，叫向忠吃掉大半！向忠怕我把錢廠裡的事情說出去，叫劉元殺我滅口！我幸虧躲得快，不然就沒這把老骨頭了！」

向忠趴在地上，仍在叫囂：「吳老頭你找死！」

有位役匠問道：「陳大人，您為什麼要減我們的血汗錢？」

陳廷敬反問他：「誰告訴你要減工錢？」

役匠說：「向爺！」

陳廷敬說：「減你們工錢的，正是你們這個向爺！他同科爾昆這種貪官暗中勾結，克扣你們的工錢！」

吳大爺道：「師傅們聽我說幾句。陳大人不僅不減大家的錢，還要加錢！陳大人要減的只是被向忠盤剝的錢。化銅匠工錢從六十文加到一百二十文，樣錢匠工錢從八十文加到一百八十文，反正大家都有加的！」

剛才問話的役匠又問道：「我們洗磨匠加到多少？」
陳廷敬道：「洗磨匠甚是要緊，加到二百六十文。」
洗磨匠高聲喊道：「弟兄們，我們真的上當了，我們聽陳大人的！」
役匠們這才丟掉手中傢伙，罵向忠真是狗娘養的。
陳廷敬又正色道：「我還要說幾句話。師傅們聽信惡人調唆，砸壞錢廠，按律是要治罪的。念你們受了蒙蔽，罪就免了。但你們要把錢廠按原樣修整好，不領工錢！」
役匠們安靜片刻，嗡嗡起來，有願意的，有不情願的。
吳大爺說：「師傅們，陳大人說得在理，我們得聽陳大人的。」
洗磨匠應承說：「好吧，我們把錢廠修整好！」

48

第二日，明珠趕往暢春園奏事。皇上聽明珠說完，神色不悅，道：「如此說來，陳廷敬所奏件件屬實？」

明珠道：「件件屬實。寶泉局銅料倉庫歷年帳實不符，所任官員都有責任。科爾昆聽任爐頭向忠蒙混，自己也從中漁利，也是事實。最可恨的是爐頭向忠，把持錢廠三十多年，作惡多端。奸商蘇如齋擾亂錢法，罪大惡極。」

皇上搖頭嘆道：「既然如此，銅料虧空案不論牽涉到誰，一查到底。該抄家的抄家，該奪官的奪官，該殺頭的殺頭！那些個奸商惡棍，不用多說，把案子問明白嚴辦就是了。」

皇上其實並不想處置太多官員，但他嘴上得顧及大清例律。明珠摸透了皇上心思，便說：「皇上從嚴執法，這是國家大幸。寶泉局銅料虧空案，雖然事實確鑿，但牽涉人員太多，而且年月久遠，很難分清子丑寅卯。追查起來，弄不好就會冤枉好人，難免引起朝野震動。」明珠說到這裡，故意停下來，暗窺皇上神色。

皇上問：「你說如何處置？」

明珠道：「臣以為，這件事只追到科爾昆和許達為止。」

皇上問：「只追他倆，虧空的銅料怎麼辦？」

明珠道：「皇上，臣料想，虧空的銅料不僅已經補上了，而且大有盈餘。」

皇上大為疑惑，問：「誰有這麼多銀子賠補？」

明珠道：「陳廷敬已抄了爐頭向忠和奸商蘇如齋的家，查獲了大量贓物。只要皇上准了，科爾昆跟許達的家也可查抄。」

皇上心想陳廷敬倒是揣透了自己的心思，最要緊的是把寶泉局虧空補上，不必處置太多的人。皇上點頭半日，問道：「科爾昆、許達兩人如何處置？」

明珠說：「科爾昆罷官，許達殺頭。」

皇上不說話，只微微點頭。過了好半日，皇上才說：「錢法倒是讓陳廷敬弄順了。自從改鑄輕錢，奸商毀銅無利可圖，百姓手裡就有制錢用了。」

幾日以後，皇上在乾清門聽政，議到許達之罪，說是當斬。

陳廷敬立馬跪下，奏道：「許達不能殺！」

皇上沉著臉，不說話。明珠道：「啟奏皇上，許達辦差不力，聽任奸商胡作非為，寶泉局損失極大，應予嚴懲！」

陳廷敬說：「該殺的是科爾昆！他勾結奸商倒賣銅料，從中漁利。更有甚者，爐頭向忠把新鑄制錢直接送到奸商蘇如齋那裡，熔銅之後又賣給寶泉局。蘇如齋還用毀錢之銅假造舊銅器，後來膽大包天乾脆鼓鑄假錢。向忠、蘇如齋這等奸人如此大膽，都因仗著科爾昆這個後臺！」

皇上怒道：「不要再說了！朕聽著這幫奸人幹的壞事，會氣死去！」

殿內安靜下來，一時沒人再敢奏事。

皇上只好望著陳廷敬說：「你還沒說完吧？」

陳廷敬便道：「許達任寶泉局郎中監督不久，臣就去督理錢法了。如果只要在寶泉局任上就是有罪，臣也有罪，臣與許達同罪，該殺！」

皇上愈發氣惱，拍了龍案道：「陳廷敬，你說這等氣話何意？罵朕昏君是嗎？別忘了大臣之體！」

這時，薩穆哈上前跪道：「請皇上息怒！臣以為陳廷敬話說得衝撞了些，卻也在理。臣也以為許達可以寬大處置，科爾昆該斬！」

原來薩穆哈巴不得科爾昆快死，以免引火焚身。薩穆哈又道：「原先新錢屢次增加重量，錢鑄出來卻見不到，都是科爾昆夥同爐頭向忠和奸商蘇如齋在中間搗鬼！」

皇上閉上眼睛，甚是難過，說：「向忠、蘇如齋、張光那幫奸人，統統殺了！」

明珠又道：「啟奏皇上，科爾昆案，臣以為可以再審。倘若罪證屬實，按律當斬！」

薩穆哈卻道：「臣以為事實已經很清楚了，不必再審。」

皇上說：「朕以為科爾昆案已經很清楚，不用再審了。殺掉吧。許達，改流伊犁！」皇上話說得很硬，沒誰敢多說了。

皇上疲憊不堪，閉目靠在龍椅上，輕聲問道：「陳廷統怎麼處置？」

畢竟礙著陳廷敬，半日沒人吭聲。高士奇乾咳一聲，小心道：「按律當斬！但此事頗為奇怪，應慎之又慎。」

徐乾學奏道：「啟奏皇上，現已查明，科爾昆為了牽制陳廷敬辦案，同爐頭向忠合謀，指使蘇如齋給陳廷統借銀子。陳廷統原先並不認識蘇如齋。」

皇上氣極，道：「這個科爾昆，沒有絲毫讀書人的操守，實在可惡。可陳廷統畢竟向人家借了錢！民間有句話，蒼蠅不叮無縫的蛋！」

陳廷敬道：「舍弟陳廷統辜負皇上恩典，聽憑發落！」

皇上冷冷道：「陳廷敬，朕這裡說的不是你的什麼弟弟，而是朝廷命官。」

陳廷敬不便再說話，心裡只是乾著急。徐乾學又道：「如果不赦免陳廷統，就真中了科爾昆的奸計。再說了，臣先前曾經奏明皇上，陳廷統向錢莊借錢，同向一般人民借錢應是兩碼事。」

皇上沉吟思索片刻，道：「科爾昆斬立決，許達流放伊犁。向忠、蘇如齋、張光等統統殺了。上述人等家產抄沒，一概入官。陳廷統案事出有因，從輕發落。放他下去做個知縣吧。」

臣工們便道了皇上英明，都放下心來。陳廷敬還想說話，見徐乾學使了眼色，只好不說了。

皇上道：「科爾昆品行如此糟糕，竟然連年考核甚優，此次又破格擢升侍郎。明珠，我要問問你這吏部尚書，這是為何？」

明珠忙上前跪下，道：「臣失察了，請皇上治罪。」

皇上說：「明珠，你不要做老好人，什麼事都自己兜著。」

一時沒人說話，皇上便說：「看樣子沒人敢承認了？」

薩穆哈臉上冒汗，躬身上前跪下。「皇上恕罪！臣被科爾昆蒙蔽了！」

皇上道：「算你還有自知之明。你在戶部尚書任上貪位已久，政績平平。錢法混亂，你也難辭其咎。念你年事已高，多次奏請告老，准你原品休致！罰俸一年！」

薩穆哈其實從來沒有說過告老乞休的話，皇上這麼說了，他也只好認了，忙把頭磕得梆梆兒響，道：「臣領罪，臣謝皇上恩典！」

這日衙門裡清閒，陳廷敬請了徐乾學，找家酒樓喝酒。陳廷敬高舉酒杯，道：「徐大人，多虧您從中周旋，不然廷統這回就沒命了。來，我敬您！」

徐乾學道：「陳大人不必客氣，同飲吧。」

陳廷敬說：「科爾昆的交接帳簿，再也沒人過問了。」

徐乾學說：「明眼人都知道那個帳簿是假的，皇上難道不知道？皇上不想過問，你就不要再提了。皇上只需倉庫銅料補上，幾十年的糊塗帳就讓它過去算了。」

陳廷敬搖頭嘆息，獨自喝了杯悶酒。

徐乾學說：「我們身為人臣，只能盡力，不可強求。」

陳廷敬道：「是呀，我看出來了，皇上很多事情都裝糊塗。罷薩穆哈官，也只是表面文章，認真追究起來，只怕該殺。平日替科爾昆鼓噪的也並非薩穆哈一人。還有那些多年收取寶泉局樣錢的王公大臣，皇上也不想細究。」

徐乾學道：「皇上有皇上的想法，他不想知道自己朝中盡是貪官。」

陳廷敬說：「許達流放伊犁，處罰太重了。他只是書生氣重了些，辦事有欠精明。」

徐乾學說：「先讓皇上順順氣，就讓他去伊犁吧。告訴您一個好消息。」

陳廷敬忙問：「什麼好消息？」

徐乾學說：「御史張鵬翮很快回京了！」

陳廷敬甚是歡喜，問：「真的？這可太好了！」

徐乾學道：「還能有假？這都搭幫張英大人，他回家守制之前，尋著空兒找皇上說了，皇上就准了。皇上也是人嘛，讓他消消氣，就沒事了。放心，許達過個一年半載，我們讓他回來。」兩人喝酒聊天，日暮方散。

沒過幾日，張鵬翮真的回來了，授了刑部主事。張鵬翮當日夜裡就登門拜訪了陳廷敬。兩人執手相對，不禁潸然落淚。

陳廷敬道：「張大人，您可受苦了！」

張鵬翮倒是豪氣不減當年，道：「哪裡啊，不苦不苦！我這幾年流放在外，所見風物都是我原先從未聽聞過的，倒讓我寫了幾卷好詩！唉，陳大人，我早聽說了，您這幾年日子也不好過啊。」

陳廷敬苦笑道：「沒辦法啊，真想好好做些事情，難。」

張鵬翮道：「明珠口蜜腹劍，操縱朝政，很多人都還受著蒙蔽啊。」

陳廷敬說：「您出去這些年，朝廷已物是人非。凡事心裡明白就得了，言語可要謹慎。」

張鵬翮笑道：「我反正被人看成釘子了，就索性做釘子。下回呀，我就參掉明珠！」

陳廷敬搖手道：「此事萬萬不可！」

張鵬翮問：「為什麼？」

陳廷敬說：「皇上這會兒還需要明珠，你參不動他！」

張鵬翮搖頭而笑，道：「我這個人的毛病，就是總忘記自己是替皇上當差！」

很快就是深秋了。兩個解差押著許達，走著出了京城。到了郊外，解差要替許達取下木枷，許達道：「這怎麼成？」他真是有些迂，心想既然皇上定了他的罪，縱然冤枉也是罪臣，就該戴著枷。

解差說：「許大人，陳大人吩咐過，出了北京城，就把您的木枷取下，不要讓您受苦。」

許達這才讓解差取下木枷，也不去多想陳廷敬好意。許達雙腕早被磨出了血痕，他輕輕揉著手腕，仰望灰濛濛的天空。

解差又道：「許大人，請上車吧。」

原來不遠處停著一輛馬車。解差說：「這也是陳大人替您雇的車。陳大人反覆叮囑，讓我們一路上好好兒照顧您！今兒巧得很，陳大人弟弟要去鳳陽做知縣，不然陳大人自己會來送您的。」

許達搖頭苦笑道：「今兒是什麼好日子？一個流放伊犁，一個發配鳳陽。」

陳廷敬總覺得自己愧對許達，本預備著要來送行的。只是陳廷統也正是這日啟程，他就顧不過來了。陳廷敬在城外長亭置了酒菜，同弟弟相對而飲。亭外秋葉翻飛，幾隻烏鴉立在樹梢，間或兒叫上一兩聲。珍兒跟大順、劉景、馬明都隨了來，他們都遠遠的站在一邊。

陳廷敬舉了酒杯說：「廷統，你這麼愁眉苦臉的去做知縣，我放心不下啊！」

陳廷統說：「哥，我實在高興不起來。」

陳廷敬說：「你這回是從刀口上撿回性命，應該慶幸才是！」

陳廷統搖頭嘆息，道：「只怪自己糊塗！」

陳廷敬說：「鳳陽地瘠民窮，做好那裡的知縣，很不容易。過去的事情就不要再想，只管把這個七品芝麻官做好。喝了這杯酒，你好好上車吧。」

兄弟倆乾了杯，出了亭子。陳廷統說了些哥哥珍重的話，上了馬車。馬車漸行漸遠，陳廷敬突然悲從中來，背過身去。

49

錢市總算平穩了，皇上仍是放心不下，怕有反覆。近兩年錢市一波三折，弄得朝廷疲於應付。這日晌午，皇上來到南書房，進門就問寶泉局近日是否有事。不等陳廷敬開口，高士奇搶著說話：「啟奏皇上，臣等接了戶部一個摺子，寶泉局告急，倉庫裡快沒銅了，錢廠眼看著要停爐。原是十三關辦銅不力，而陳廷敬又下令不准收購民間銅料、銅器，寶泉局難以為繼。」

皇上便問陳廷敬：「為何弄成這個局面？」

陳廷敬道：「臣等剛才正在商議票擬，原想奏請皇上，一，今後各關辦銅，不管塊銅、舊銅、銅器，只要是好銅，都解送入庫；二，令天下產銅地方聽民開採，給百姓以實惠，給官員以獎勵。」

高士奇道：「皇上，陳廷敬起初禁止收購塊銅，只令收購銅器，後來連銅器都不准收了。這會兒他又說塊銅、舊銅、銅器都可收購。朝令夕改，反覆無常，百姓無所適從，朝廷威嚴何在？」

徐乾學等也都自有主張，紛紛上奏。幾個人正爭執不下，明珠道：「想必陳廷敬自有考慮。但開採銅礦一事，因地方官倘加稅太重，百姓不堪重負，早已成為弊政！」

皇上想陳廷敬能把錢法理順，此時必定自有想法，便道：「廷敬，朕想聽你說說。」

陳廷敬道：「啟奏皇上，收購銅料一事，此一時彼一時。起初錢重，奸商毀錢有利可圖，所以禁止收購銅塊；奸商既然可以毀錢鑄成銅塊，同樣可以毀錢造作舊銅器，因此舊銅器也不能收購；臣曾故意鼓勵收購舊銅器，為的是查出奸商蘇如齋。現在錢價已經平穩，奸商毀銅無利可圖，只要是好銅，寶泉局都可收購！」

皇上點頭道：「廷敬有道理！」

陳廷敬又道：「但民間舊銅畢竟有限，要緊的是開採銅礦，增加銅的儲備。明珠所言，開採銅礦，只是讓地方多了個敲詐百姓的藉口，的確是這回事。因此，臣奏請皇上，取消採銅徵稅，聽任百姓自行開採！」

高士奇馬上反駁，「皇上，陳廷敬這是迂腐之論！取消採銅稅收，會導致朝廷稅銀短少！」

陳廷敬不急不躁，緩緩道來，「啟奏皇上，按理說，採銅稅徵得多，銅就應該採得多。但各地解送入庫的銅並不見增加，原因在哪裡呢？因為稅收太重，採銅不合算，百姓並沒有採銅。官府卻不管你百姓是否採銅，銅稅照收，其實是壓榨百姓。」

皇上擊掌道：「朕以為廷敬說到點子上了。廷敬，你說下去。」

陳廷敬說：「更何況，天下有銅十分，雲南占去八九。取消採銅稅，只對雲南稅收有所影響，對其他各省並無大礙。」

皇上再次擊掌道：「既然如此，朕准陳廷敬所奏：一，各關辦銅，不管塊銅、舊銅、銅器，只選好銅解送；二，令天下產銅地方聽民開採，取消採銅稅，地方官員督辦採銅有功者記錄加級，予以獎勵。著明珠、陳廷敬會同九卿會議提出細則。」

明珠同陳廷敬領了旨，皇上又道：「陳廷敬督理錢法十分得力，所奏辦銅之策亦深合朕意。你做事心細，帳也算得很清，朕特簡你做工部尚書。」

陳廷敬誠惶誠恐跪下謝恩，連呼肝腦塗地在所不惜。皇上請陳廷敬起來，又說：「朕知道你平日喜歡琴棋書畫，今日賜你西洋所進玻璃象棋一副！」

張善德早預備著盤子站在旁邊，馬上遞了過來。陳廷敬接過玻璃象棋，再次跪下謝恩。皇上見臣工們對那玻璃象棋豔羨不已，便道：「各位臣工盡心盡力，朕都很滿意。明珠是朕首輔之臣，自不用多說。陳廷敬的幹才，徐乾學的文才，高士奇的字，朕都十分看重！」

聽了皇上這番話，臣工們都跪下謝恩。

皇上移駕還宮，時候已是不早，臣工們各自散去。徐乾學今兒當值，夜裡得睡在這兒。高士奇住在禁城，走得晚些。高士奇見沒了人，便道：「徐大人，您做尚書做在前頭，如今陳大人眼看著就要到您前面去了啊！」

徐乾學道：「高大人這是哪裡的話？陳大人人品才學，有口皆碑，得到皇上恩寵，應是自然。按輩分算，我還是陳大人的後學哪！」

高士奇道：「徐大人生就是做宰相的人，肚量大得很啊！今兒皇上一個個兒說了，我只會寫幾個字，您徐大人好歹還有一筆好文章，人家陳大人可是幹才啊！俗話說，百無一用是書生，文章再好，字再好，比不上會幹事的！」

徐乾學道：「得到皇上嘉許，乾學已感激不盡，哪裡想這麼多！」

高士奇道：「我琢磨皇上心思，因為這次督理錢法，陳廷敬在皇上那裡已是重如磐石了！今兒皇上那話，不就是給我們幾個排了位嗎？我只是以監生入博學鴻詞，總被那些讀書人私下裡小瞧，這就是命了。您徐大人呢？堂堂進士出身啊！」

徐乾學便道：「士奇，我們不說這個，不說這個！」

高士奇仍笑著說：「徐大人，這裡沒有別人，士奇只是想同你說幾句體己話。您想陳廷敬文才、幹才都是不錯的，為什麼官兒反而升得慢呀？張英大人、您徐大人，都是陳廷敬後面的進士，尚書卻做在他前頭！」

徐乾學道：「皇上用人，我們做臣子的怎好猜度？」

高士奇笑道：「想您徐大人也是看在眼裡的，只是口風緊。我說呀，就是他陳廷敬不夠朋友，不講義氣！當年因為科考，陳廷敬惹上官司，差點兒要殺頭的，全仗明相國暗中相助，他才保住了性命。可您看他對明相國如何？離心離德！」

徐乾學這幾年可謂扶搖直上，名聲朝野皆知。他事事肯幫陳廷敬，一則因為師生之誼，一則因為自己位置反正已高高在上。今兒聽皇上說到幾位大臣，倒是把陳廷敬的名字擺在前邊兒，徐乾學心裡頗不自在。只是他不像高士奇那樣沉不住氣，凡事盡可能放在心裡。如今高士奇左說右說，他也忍不住了，笑道：「待哪日陳大人做到首輔大臣，我們都聽他的吧。」

高士奇聽出徐乾學說的是氣話，知道火候夠了，便不再多說，客氣幾句告辭回家。

50

時近年關，紫禁城裡張燈結綵，一派喜氣。原是早幾日傳來捷報，臺灣收復了。皇上選了吉日，擺駕暢春園澹寧居，各國使臣都趕去朝賀。皇上吩咐使臣們一一上前見了，各有賞賜。

禮畢，明珠奏道：「啟奏皇上，而今正是盛世太平，萬國來朝。臺灣收復，又添一喜。臣綜考輿圖所載，東至朝鮮、琉球，南至暹羅、交趾，西至青海、烏思藏諸域，北至喀爾喀、厄魯特、俄羅斯諸部，以及哈密番彝之族，使鹿用犬之區，皆歲歲朝貢，爭相輸誠。國朝聲教之遠，自古未有。」

皇上頷首笑道：「朕已御極二十二年，夕惕朝乾，不敢有須臾懈怠。前年削平三藩，四邊已經安定；如今又收復了臺灣，朕別無遺憾了！」

俄羅斯使臣跪奏道：「清朝皇上英明，雖躬居九重之內，光照萬里之外。」

朝鮮使臣也上前跪奏：「朝鮮國王恭祝清國皇上萬壽無疆！」

使臣們紛紛高呼：「恭祝皇上萬壽無疆！」

皇上笑道：「國朝德化天下，友善萬邦，願與各國世代和睦，往來互通。賜宴！」

沒多時，宴席就傳上來了。皇上就在御座前設了一桌，使臣跟王公大臣通通在殿內席地而坐。

皇上舉了酒杯，道：「各位使臣，各位臣工，大家乾了這杯酒！」

眾人謝過恩，看著皇上一仰而盡，才一齊乾杯。張善德剝好了一個石榴，小心遞給皇上。皇上細細咀嚼著石榴，道：「京城冬月能吃上這麼好的石榴，甚是稀罕。這石榴是暹羅貢品，朕嘗過了，酸甜相宜，都嘗嘗吧。」

使臣跟王公大臣們又是先謝了恩，才開始吃石榴。皇上忽見陳廷敬望著石榴出神，便問：「廷敬怎麼不吃呀？」

陳廷敬回道：「臣看這石榴籽兒齊刷刷的成行成列，猶如萬國來朝，又像百官面聖，正暗自驚奇。」

皇上哈哈大笑，道：「說得好！陳廷敬是否想作詩了？」

陳廷敬忙拱手道：「臣願遵命，就以這石榴為題，作詩進呈皇上。」

皇上大喜，道：「好，寫來朕看看。」

張善德立馬吩咐下面公公送來文房四寶，擺在陳廷敬跟前。陳廷敬跪地而書，很快成詩。公公忙捧了詩稿，呈給皇上。

皇上輕聲念了起來，「仙禁雲深簇仗低，午朝簾下報班齊。侍臣密列名王右，使者曾過大夏西。安石種栽紅豆蔻，火珠光迸赤玻璃。風霜歷後含苞實，只有丹心老不迷。」

皇上吟罷，點頭半晌，大聲道：「好詩，好詩呀！朕尤其喜歡最後兩句，風霜歷後含苞實，只有丹心老不迷。這說的是老臣謀國之志，忠心可嘉哪！」

陳廷敬忙跪了下來，道：「臣謝皇上褒獎！」

皇上興致甚好，道：「今日是個大喜的日子，朕命各位能文善詩的大臣，都寫寫詩，記下今日盛況！」眾臣高喊遵旨。

高士奇還得接收南書房送來的摺子，喝了幾杯酒就先出來了。正好碰上索額圖急急地往澹寧居趕，忙站住請安：「奴才見過索大人！皇上又要重用大人了，恭喜恭喜！」

索額圖冷冷地問道：「你怎麼不在澹寧居？」

高士奇道：「南書房每日都要送摺子來，奴才正要去取哪！」

索額圖又問：「今兒皇上那兒有什麼事嗎？」

高士奇回道：「見了各國使臣，賜了宴，又命臣工們寫詩記下今日盛況。皇上正御覽臣工們的詩章。陳廷敬寫了幾句詠石榴的詩，皇上很喜歡。」

索額圖哼著鼻子說：「我就看不得你們讀書人這個毛病，寫幾句詩，尾巴就翹到天上去了！」

高士奇忙低頭道：「索大人教訓得是！」

索額圖瞟了眼高士奇，甩袖而去。高士奇衝著索額圖的背影打拱，暗自咬牙切齒。

索額圖到了澹寧居外頭，公公囑咐說：「皇上正在御覽大臣們的詩，索大人進去就是，不用請聖安了。」

公公雖是低眉順眼，說話口氣兒卻是棉花裡包著石頭。索額圖心裡恨恨的，臉上卻只是笑著，躬著身子悄聲兒進去了，安靜地跪在一旁。

皇上瞟了眼索額圖，並不理他，只道：「朕遍覽諸臣詩章，還是陳廷敬的《賜石榴子詩》最佳！清雅醇厚，非積字累句之作也！」

陳廷敬再次叩頭謝恩，內心不禁惶恐起來。皇上今日多次講到他的詩好，他怕別人心生嫉妒，日後不好做人。

皇上又道：「陳廷敬督理錢法，功莫大矣！倘若錢法還是一團亂麻，遲早天下大亂，哪裡還談得上收復臺灣！」

陳廷敬愈加惶惶然，叩頭道：「臣遵旨辦差而已，都是皇上英明！」

皇上同臣工們清談半日，才望了眼索額圖說：「索額圖，你也閒得差不多了，仍出來當差吧。」

索額圖把頭叩得梆梆響，道：「臣願為皇上肝腦塗地！」

皇上又道：「你仍為領侍衛內大臣，御前行走！」

索額圖叩頭不已。「臣謝主隆恩！」

明珠心裡暗驚，卻笑咪咪地望著索額圖。索額圖不理會明珠的好意，只當沒有看見。

過了幾日，索額圖抽著空兒把高士奇叫到府上，問道：「說說吧，皇上怎麼想起讓老夫出山的？」

索額圖靠在炕上，閉著眼睛抽水煙袋。高士奇垂手站著，望著前面的炕沿兒，索額圖並沒有叫他坐的意思。他就只好站著，說：「皇上高深莫測，士奇摸不準他老人家的心思。」

索額圖仍閉著眼睛，問：「士奇？士奇是個什麼勞什子？」

高士奇忙低頭道：「士奇就是奴才，奴才說話不該如此放肆！」

索額圖睜開眼睛罵道：「你在皇上面前可以口口聲聲稱士奇，在老夫這裡你就是奴才！狗奴才，放你在皇上身邊，就是叫你當個耳目，不然老夫要你何用！」

高士奇忙跪下，道：「奴才不中用，讓主子失望了！」

索額圖拍著几案斥罵道：「滾，狗奴才！」

高士奇回到家裡，氣呼呼地拍桌打椅。侍女遞上茶來，叫他反手就打掉了。侍女嚇得大氣不敢出，忙跪下去請罪。

高士奇厲聲喝道：「滾，狗奴才！」

侍女嚇得退了出去。高夫人道：「老爺，您千萬別氣壞了！老爺，我就不明白，您連皇上都不怕，為什麼要怕索額圖呀？」

高士奇咬牙道：「說過多少次了你還不明白，皇上不會隨便就殺了我，索額圖卻可以隨便搬掉我的腦袋！」

高夫人道：「索額圖哪敢有這麼大的膽子？」

高士奇說：「索額圖是個莽夫！以索額圖的出身，他殺掉我，皇上是不會叫他賠命的。」

高夫人說：「既然如此，咱趁皇上現在寵信你，不如早早把索額圖往死裡參！」

高士奇搖頭道：「婦人之見！咱們這皇上呀，看起來好像是愛聽諫言，其實凡事都自有主張。只有等他老人家真想拿掉索額圖的時候，我再火上加油，方才有用。」

高夫人哭了起來，說：「怕就怕沒等到那日，您就被索額圖殺掉了！」

高士奇聽了夫人這話，拍桌大叫，「索額圖，我遲早有一日要食其肉，寢其皮！」

徐乾學從戶部衙門出來，正要往乾清宮去，碰上了高士奇。兩人見了禮，並肩而行。高士奇悄聲兒問道：「徐大人，咱皇上怎麼突然起用索額圖了？」

徐乾學笑道：「高大人入值南書房日子比我長多了，您看不出來，我怎麼看得出來？」

高士奇說：「徐大人不必謙虛，您入值南書房後連連擢升，做了刑部尚書又做戶部尚書。為什麼？您腦子比我好使，皇上寵信您！」

了。」

徐乾學忙道：「哪裡哪裡！既然高大人信得過，我不妨瞎猜。我想，許是明相國要失寵

高士奇問道：「難道皇上想搬掉明珠，重新重用索額圖？」高士奇見徐乾學點了點頭，他恨恨道，「我倒寧願明相國當權！」

徐乾學笑道：「高大人此話，非丈夫之志也！」

高士奇歪頭望了徐乾學半日，問：「徐大人有何打算？」

徐乾學悄聲兒說：「既不能讓明珠繼續把持朝政，又不能讓索額圖飛揚跋扈。」

高士奇問道：「那我們聽誰的？」

徐乾學搖頭笑笑，嘆息起來。

高士奇知道徐乾學肚裡還有話，便問：「請徐大人指教！」

徐乾學停了半晌，一字一句悄聲兒說道：「你我取而代之！」

高士奇怔了會兒，長嘆了口氣道：「唉，士奇真是慚愧！我殿前行走二十多年，蒙皇上寵信，得了些蠅頭小利，就沾沾自喜。真沒出息！」

徐乾學說：「只要你我同心，一定能夠把皇上侍候得好好的！」

高士奇點頭道：「好，我就跟徐大人一塊兒，好好的侍候皇上！」

徐乾學說：「對付明珠和索額圖，不可操之太急，應靜觀情勢，相機而行。眼下要緊的是不能讓一個人出頭。」

高士奇問：「誰？」

徐乾學笑道：「不用我明說，您心裡明白。」

高士奇立馬想到了陳廷敬，便同徐乾學相視而笑。兩人正說著話，突然望見前頭宮門高聳，忙收起話題，躬著身子，袖手而入。

兩人進了南書房，陳廷敬等早在裡頭忙著了。見過禮，各自忙去。

過了晌午，皇上召南書房大臣們去乾清宮奏事。明珠、陳廷敬、徐乾學、高士奇趕緊進宮去了。南書房自然是收到摺子若干，連同票擬一一扼要奏聞。皇上仔細聽著，准了的就點點頭，不准的就聽聽臣工們怎麼說。念到雲南巡撫王繼文的摺子，皇上甚是高興。原來王繼文上了摺子說，雲南平定以來，百姓安居樂業，民漸富足，氣象太平，請於滇池之濱修造樓閣，擬稱「大觀樓」，傳皇上不朽事功於千秋！

皇上點頭不止，道：「王繼文雖然是個讀書人，五年前隨軍出征，負責督運軍餉、糧草，很是幹練。雲南平定不出三年，竟有如此氣象，朕甚為滿意。不知這大觀樓該不該建？」

明珠聽皇上這意思，分明是想准了王繼文的摺子，便說：「啟奏皇上，王繼文疏浚滇池，不僅治理了滇池水患，利於雲南漕運，又得良田千頃，一舉多利。王繼文真是難得的人才，臣以為他摺子所奏可行。」

陳廷敬當然也聽明白了皇上的意思，卻道：「按朝廷例制，凡有修造，動用庫銀一千兩以上者，需工部審查，皇上御批。因此，臣以為，大觀樓建與不建，不應貿然決定。」

徐乾學說：「臣以為，我皇聖明之極，並非好大喜功之人主。然而，修造大觀樓，不僅僅是為了光昭皇上事功，更是為了遠播朝廷聲教。」

陳廷敬道：「大觀樓修與不修，請皇上聖裁。只是臣以為雲南被吳三桂塗炭多年，元氣剛剛恢復，修造大觀樓應該慎重！」

陳廷敬說得雖然在理，皇上聽著卻是不快，但又不便發作，只得叫大臣們好生議議。可是沒幾日就快過年了，衙門裡都封了印，待議諸事都拖了下來。

51

很快就到陽春三月，皇上駕臨豐澤園演耕。御田旁設了黃色幃帳，皇上端坐在龍椅上，三公九卿侍立在側。四位老農牽著牛，恭敬地站在御田裡。明珠領著四個侍衛抬來御犁架好，然後上田跪奏：「啟奏皇上，御犁架好了。」

皇上點點頭，放下手中茶盅。索額圖拿盤子託著御用牛鞭，恭敬地走到皇上面前，跪奏：「恭請皇上演耕！」

皇上站起來，拿起牛鞭，下到田裡。四位老農低頭牽著牛，四個侍衛扶著犁，皇上只把手往犁上輕輕搭著，揮鞭策牛，駕地高喊一聲。高士奇提著種箱緊隨在皇上後頭，徐乾學撒播種子。皇上來回耕了四趟，上田歇息。公公早端過水盆，替皇上洗乾淨腳上的泥巴，穿上龍靴。明珠、索額圖、陳廷敬等三公九卿輪流著耕田。

皇上望著臣工們耕田，又同明珠、陳廷敬等說話，道：「如今天下太平，百姓各安其業，要獎勵耕種，豐衣足食。去年受災的地方，朝廷下撥的種子、銀兩，要儘快發放到百姓手裡。速將朝廷勸農之意詔告天下。」

明珠低頭領旨。皇上又道：「治理天下，最要緊的是督撫用對了人。朕看雲南巡撫王繼文就很不錯，雲南百姓都喊他王青天。」

明珠道：「皇上知人善任，蒼生有福。」

皇上突然想起王繼文的摺子，問：「王繼文奏請修造大觀樓，摺子都上來幾個月了，怎麼還沒有著落？」

陳廷敬奏道：「啟奏皇上，臣等議過了，以為應叫王繼文計算明白，修造大觀樓得花多少銀兩，銀子如何籌得。還應上奏樓閣詳圖，先請皇上御覽。」

皇上說：「即便如此，也應早早的把摺子發還雲南。」

陳廷敬回道：「啟奏皇上，摺子早已發還雲南，臣會留意雲南來的摺子。」

皇上不再多問，陳廷敬心裡卻疑惑起來。他見朝廷同各省往來文牒越來越慢，往日發給雲南的文牒，一個月左右就有回音，最多不超過兩個月，如今總得三個月。王繼文上回的摺子，開年就發了回去，差不多三個月了，還沒有消息。

原來，各省往朝廷上摺子、奏摺的，都必須事先送到明珠家裡，由他過目改定，再發回省裡，重新抄錄，加蓋官印，再經通政使司送往南書房。明珠只道這是體會聖意，省裡官員也巴不得走走明珠的門子。這套過場，南書房其他人通通不知道。

這日夜裡，明珠府上客堂裡坐了十來個人，都是尋常百姓穿著，正襟危坐，只管喝茶，一言不發。他們的目光偶爾碰在一起，要麼趕緊避開，要麼尷尬地笑笑。他們都是各省進京奏事的官差，只是互不透露身分。明珠的家人安圖專管裡外招呼，他喊了誰，誰就跟他進去。他也不喊客人的名字，出來指著誰，誰就站起來跟著他走。

安圖這會兒叫的是湖南巡撫張汧的幕僚劉傳基。劉傳基忙應聲而起，跟著安圖往裡走。安圖領著他走到一間空屋子，說：「你先坐坐吧。」

劉傳基問：「請問安爺，我幾時能見到明相國？」

安圖說：「老爺那邊忙完了，我便叫你。」

劉傳基忙道了謝，安心坐下。安圖又道：「我還得交代你幾句。你帶來的東西老爺都收下了，我家老爺領了你們巡撫的孝心。只是等會兒見了老爺，你千萬別提這事兒。」

劉傳基點頭道：「庸書明白了。」

安圖出去一會兒，回來說：「你跟我來吧。」

劉傳基起身跟在安圖後面，左拐右拐幾個回廊，進了一間屋子。明珠坐在炕上，見了劉傳基，笑咪咪地點頭。

劉傳基施了大禮，道：「湖南巡撫幕賓劉傳基拜見明相國。」

明珠笑道：「你們巡撫張汧大人，同我是老朋友。他在我面前誇過你的文才。快快請坐。到了幾日了？」

劉傳基道：「到了三日了。」

明珠回頭責怪安圖：「人家從湖南跑來一趟不容易，怎麼讓人家等三日呢？」

安圖低頭道：「老爺要見的人太多了，排不過來。」

明珠有些生氣，道：「這是處理國家大事，我就是不吃不睡，也是要見他們的。」

劉傳基拱手道：「明相國日理萬機，甚是操勞啊！庸書新到張汧大人幕下，很多地方不懂禮，還望明相國指教。」

明珠搖頭客氣幾句，很是感慨的樣子說：「替皇上效力，再辛苦也得撐著啊！皇上更辛苦。我這裡先把把關，皇上的擔子就沒那麼重了。」

劉傳基連忙點頭稱是。明珠道：「閒話就不多說了。湖南連年災荒，百姓很苦，皇上心憂如焚哪！你們巡撫奏請蠲除賦稅七十萬兩，我覺得不夠啊！」

劉傳基大喜道：「明相國，如果能夠多免掉些，湖南百姓都會記您的恩德啊！」

明珠說：「免掉八十萬兩吧。」

劉傳基跪了下來，說：「我替湖南百姓給明相國磕頭了！」

明珠扶了劉傳基，道：「快快請起！摺子你帶回去，重新起草。你們想免掉八十萬兩，摺子上就得寫一百萬兩。」

劉傳基面有難色，道：「明相國，救災如救命，我再來回跑一趟，又得兩個月。」

明珠道：「這就沒有辦法了。你重新寫個摺子容易，可還得有巡撫官印呀！」

劉傳基想想，也沒有辦法，道：「好吧，我只好回去一趟。」

明珠道：「摺子重寫之後，直接送通政使司，不要再送我這裡了。要快，很多地方都在上摺子奏請皇上減免賦稅。遲了，就難說了。」

劉傳基內心甚是焦急，道：「我就怕再回去一趟趕不上啊。」

明珠不再說什麼，和藹地笑著。劉傳基只好連連稱謝，告辭出來。

安圖領著劉傳基，又在九曲回廊裡兜著圈子。

安圖問道：「下面怎麼辦，你都懂了嗎？」

劉傳基說：「懂了，明相國都吩咐了。」

安圖搖搖頭，道：「這麼說，你還是不懂。」

劉傳基問：「還有什麼?安爺請吩咐！」

安圖道：「皇上批你們免一百萬兩，但湖南也只能蠲免八十萬兩，多批的二十萬兩交作部費。」

劉傳基大吃一驚，道：「您說什麼？我都弄糊塗了。」

安圖沒好氣，說：「清清楚楚一筆帳，有什麼好糊塗的？你們原來那位師爺可比你明白多了。告訴你吧，假如皇上批准湖南免稅一百萬兩，你們就交二十萬兩作部費。」

劉傳基問道：「也就是說，皇上越批得多，我們交作部費的銀子就越多？」

安圖點頭道：「你懂了。」

劉傳基性子急躁，顧不得這是在什麼地方，直道：「原來是這樣？我們不如只請皇上免七十萬兩。」

安圖哼了一聲，說：「沒有我們家老爺替你們說話，一兩銀子都不能免的！」

劉傳基搖頭嘆道：「好吧，我回去稟報巡撫大人。」

三日之後，明珠去南書房，進門就問：「陳大人，雲南王繼文的摺子到了沒有？」

陳廷敬說：「還沒見到哩，倒是收到湖南巡撫張汧的摺子，請求蠲免賦稅一百萬兩。」

明珠聽著暗自吃了一驚，不相信劉傳基這麼快就回了趟湖南，肯定是私刻官印了。他臉上卻沒事似的，只接過摺子，說：「湖南連年受災，皇上都知道。只是蠲免賦稅多少，我們商量一下，再奏請皇上。」

夜裡，明珠讓安圖去湖南會館把劉傳基叫了來。原來劉傳基擔心再回湖南跑一趟蠲免賦稅就會落空，真的就私刻了巡撫官印。劉傳基自然知道這是大罪，卻想那明珠伸手要了二十萬兩銀子，他知道了也不敢說的。

安圖領著劉傳基去見明珠，邊走邊數落道：「劉師爺，你也太不懂事了。咱家老爺忙得不行了，你還得讓他見你兩次！咱老爺可是從來不對人說半句重話的，這回他真有些生氣了。」

劉傳基低頭不語，只顧跟著走。明珠見劉傳基進了書房，劈頭就罵了起來：「傳基呀，你叫我說你什麼好呢？你竟敢私刻巡撫官印，你哪來這麼大膽子？張汧會栽在你手裡！」

劉傳基心裡並不害怕，卻故意苦著臉道：「庸書只想把差事快些辦好，怕遲了，皇上不批了。不得已而為之。」

明珠搖頭不止，道：「你真是糊塗啊！你知道這是殺頭大罪嗎？事情要是讓皇上知道了，張汧也會被革職查辦！」

劉傳基道：「這事反正只有明相國您知道！求您睜隻眼閉隻眼，就沒事。」

明珠長嘆道：「張汧是我的老朋友，我是不會把這事稟報皇上的。皇上已經恩准，蠲免湖南賦稅一百萬兩，你速速回湖南去吧。」

劉傳基跪下，深深叩了幾個頭，起身告辭。明珠又道：「傳基不著急，我這裡還有封信，煩你帶給張汧大人。」

劉傳基接了信，恭敬地施過禮，退了出來。安圖照明珠吩咐送客，劉傳基猶豫再三，吞吞吐吐地說：「安爺，請轉告明相國，二十萬兩部費，我們有難處。」

安圖生氣道：「你不敢當著咱老爺的面說，同我說什麼廢話？我正要告訴你哩，部費如今是三十萬兩了！」

劉傳基驚得合不攏嘴，原來明珠抓住他私刻官印的把柄，又多要了十萬兩銀子。劉傳基瞪著安圖道：「皇上要是只免七十萬兩，湖南這兩年一兩銀子也不要向百姓要。如今皇上免我們一百萬兩，我們就得向百姓收三十萬兩。哪有這個道理？」

安圖道：「張汧怎麼用上你這麼個不懂事的幕僚！別忘了，你私刻官印，要殺頭的！」

劉傳基本來就是個有脾氣的人，他這會兒再也忍不住心頭之火，拂袖而出。

第二日，劉傳基並不急著動身，約了張鵬翮喝酒。原來劉傳基同張鵬翮是同年中的舉人，當年在京城會試認識的，很是知己，又一直通著音信。張鵬翮後來中了進士，劉傳基卻是科場不順，覓館為生逍遙了幾年，新近被張汧請去做了幕賓。劉傳基心裡有事，只顧自個兒灌酒，很快就醉了，高聲說道：「明珠，他是當朝第一貪官。」

張鵬翮忙道：「劉兄，你說話輕聲些，明珠耳目滿京城呀！」

劉傳基哪管那麼多，大聲說道：「我劉某無能，屢試不第，只好做個幕賓。可這幕賓不好做，得昧著良心做事！」

劉傳基說著，抱著酒壺灌了起來，又嚷道：「為著巡撫大人，我在明珠面前得裝孫子，可是我打心眼裡瞧不起他！我回去就同巡撫大人說，三十萬兩部費，我們不出！」

張鵬翮陪著劉傳基喝酒直到天黑，送他回了湖南會館。從會館出來，張鵬翮去了陳廷敬府上，把劉傳基的那些話細細說了。

陳廷敬這才恍然大悟，道：「難怪朝廷同各省的文牒往來越來越慢了！」

張鵬翮道：「現如今我們言官如有奏章，也得先經明珠過目，皇上的耳朵都叫明珠給封住了！陳大人，不如我們密參明珠。」

陳廷敬道：「魯莽行事是不成的，得先摸摸皇上的意思。平時密參明珠的不是沒有，可皇上都自有主張。」

張鵬翮搖頭長嘆，直道明珠遮天蔽日，論罪當死。

皇上那日在暢春園，南書房送上王繼文的摺子。皇上看罷摺子，說：「修造大觀樓，不過一萬兩銀子，都是由大戶人家自願捐助。准了吧。」

陳廷敬領旨道：「喳！」

皇上又道：「王繼文的字倒是越來越長進了。」

陳廷敬說：「回皇上，這不是王繼文的字，這是雲南名士闞禎兆的字。」皇上吃驚道：「就是那個曾在吳三桂手下效力的闞禎兆？」

陳廷敬道：「正是。當年吳三桂同朝廷往來的所有文牒，都出自闞禎兆之手。臣嘆服他的書法，專門留意過。」

皇上嘆道：「闞禎兆，可惜了。」

陳廷敬說：「闞禎兆替吳三桂效力，身不由己。畢竟當時吳三桂是朝廷封的平西王。」

皇上點點頭，不多說話，繼續看著摺子。

明珠奏道：「啟奏皇上，噶爾丹率兵三萬，渡過烏傘河，準備襲擊昆都倫博碩克圖、車臣汗、土謝圖汗，且聲言將請兵於俄國，會攻喀爾喀。」

皇上長嘆一聲，道：「朕料噶爾丹遲早會反的，果然不出所料。」

皇上說罷下了炕，踱了幾步，道：「調科爾沁、喀喇沁、翁牛沁、巴林等部，同理藩院尚書阿喇尼所部會合。另派京城八旗兵前鋒兩百、每佐領護軍一名、漢軍兩百名，攜炮若干，開赴阿喇尼軍前聽候節制。」

明珠領了旨，直道皇上聖明。皇上又道：「噶爾丹無信無義，甚是狡惡，各部不得輕敵。糧餉供給尤其要緊，著令雲貴川陝等省督撫籌集糧餉，發往西寧。」

明珠領旨道：「喳，臣即刻擬旨。」

皇上沉吟半晌，又道：「徐乾學由戶部轉工部尚書，陳廷敬由工部轉戶部尚書。」

陳廷敬同徐乾學聽了都覺突兀，雙雙跪下謝恩。

皇上道：「朕不怕同噶爾丹打仗，只怕沒銀子打仗。陳廷敬善於理財，你得把朕的庫銀弄得滿滿的！」

陳廷敬叩頭領旨，高喊了一聲喳。

陳廷敬同徐乾學擇了吉日，先去工部，再到戶部，交接印信及一應文書。徐乾學說：「這幾年南方各省連年災荒，皇上給有些省免了稅賦；而朝廷用兵臺灣，所耗甚巨。如今西北不穩，征剿噶爾丹必將動用大量錢糧。陳大人，您責任重大啊！」

陳廷敬道：「我粗略看了看各清吏司送來的文書、帳目，覺著雲南、四川、貴州、廣西等沒有錢糧上解之責的省，庫銀大有文章。」

徐乾學道：「陳大人這個猜測我也有過。這些省只有協餉之責，庫銀只需戶部查點驗收，不用解送到京，全由督撫支配。我到戶部幾個月，還沒來得及過問此事。」

陳廷敬道：「大量庫銀全由地方支配，如果監督不力，必生貪污！」

徐乾學含含糊糊道：「有可能，有可能。」

王繼文同幕僚闞禎兆、楊文啟在二堂議事。楊文啟說：「撫臺大人，免徵銅稅是陳廷敬的主意，修造大觀樓陳廷敬也不同意。陳廷敬真是個書呆子！」

闞禎兆卻道：「撫臺大人，我以為皇上准了陳大人的奏請，不徵銅稅，自有道理。銅稅重了，百姓不肯開採，朝廷就沒有銅鑄錢啊。」

楊文啟說：「可是沒了銅稅，巡撫衙門哪裡弄銀子去？還想修什麼大觀樓！」

闞禎兆道：「撫臺大人，大觀樓不修也罷。」

王繼文聽任兩位幕僚爭了半日，才道：「闞公，您可是我的幕賓，屁股別坐歪了呀！」

闞禎兆道：「撫臺大人花錢雇我，我理應聽命於您。但我做事亦有分寸，請撫臺大人見諒！」

楊文啟說起風涼話來，道：「同為撫臺大人幕賓，闞公為人做事，卻是楊某的楷模！」

王繼文聽出楊文啟的意思，怕兩人爭吵起來，便道：「好了好了，兩位都盡心盡力，王某感激不盡。闞公，我王某雖無劉備之賢，卻也是三顧茅廬，懇請您出山，就是敬重您的才華。修造大觀樓，皇上已恩准了，就不是修不修的事了，而是如何修得讓皇上滿意！」

闞禎兆只好道：「闞某盡力而為吧。」

王繼文命人選了個好日子，攜闞禎兆、楊文啟及地方鄉紳名士在滇池邊卜選大觀樓址。眾人沿著滇池走了半日，處處風光絕勝，真不知選在哪裡最為妥當。

王繼文說：「皇上恩准我們修造大觀樓，此處必為千古勝跡，選址一事，甚是要緊。」

楊文啟道：「湘有岳陽樓，鄂有黃鶴樓，而今我們雲南馬上就有大觀樓了！可喜可賀！」

鄉紳名士們只道天下升平，百姓有福。闞禎兆卻沉默不語，心事重重的樣子。

王繼文問道：「闞公，您怎麼一言不發？」

闞禎兆道：「我在想籌集軍餉的事。」

王繼文說：「這件事我們另行商量，今日只談大觀樓卜選地址。」

闞禎兆點點頭，心思仍不在此處，道：「朝廷令雲南籌集糧餉軍馬從川陝進入西寧，大有玄機啊！」

王繼文問：「闞公以為有何玄機？」

闞禎兆道：「只怕西北有戰事了。」

王繼文說：「我也是這麼猜想的，但朝廷只讓我們解糧餉，別的就不管了。闞公，您看這個地方行嗎？」

闞禎兆抬眼望去，但見滇池空闊，浮光耀金，太華山壁立水天之際，其色如黛。闞禎兆道：「此處甚好，撫臺大人，只怕再沒這麼好的地方了。」

王繼文極目遠眺，凝神片刻，不禁連聲叫好。又吩咐風水先生擺開羅盤，作法如儀。從者亦連連附和，只道是形勝之地。大觀樓址就這麼定了。

真正叫人頭痛的事是協餉。一日，王繼文同闞禎兆、楊文啟商議協餉之事，問道：「闞公，庫銀還有多少？」

闞禎兆說：「庫銀尚有一百三十萬兩。」

楊文啟很是擔憂，說：「撫臺大人，今後沒了銅稅，真不知哪裡弄銀子去。」

闞禎兆道：「只有開闢新的財源了。」

王繼文嘆道：「談何容易！」

闞禎兆說：「我同犬子望達琢磨了一個稅賦新法，現在只是個草案。改日送撫臺大人過目。」

王繼文聽了並不太在意，只道：「多謝闞公操心了。我們先商量協餉吧，朝廷都催好幾次了。我雲南每次協餉，都是如期如數，不拖不欠，皇上屢次嘉賞。這回，我們也不能落在別人後面！」

闞禎兆說：「要在短期內籌足十七萬兩餉銀，十三萬石糧食，一萬匹軍馬，非同小可啊！撫臺大人，以我之見，不如向朝廷上個摺子，說說難處，能免就免，能緩就緩。」

王繼文搖頭道：「不，我從隨軍削藩之日起，就負責督辦糧餉，從未誤過事。不是我誇海口，我王某辦事幹練，早已名聲在外，朝野盡知。」

楊文啟奉承道：「是啊，皇上很器重撫臺大人的才幹。」

闞禎兆說：「撫臺大人，我真是沒法著手啊！」

王繼文想想，道：「既然闞公有難處，協餉之事就由文啟辦理，您就專管督建大觀樓。建樓也難免有些繁瑣事務，也由文啟幫您操持。」

楊文啟在旁邊點頭，闞禎兆卻慚愧起來，說：「闞某才疏力拙，撫臺大人還是放我回家讀書澆園去吧。」

王繼文笑道：「闞公不必如此。您雖然未有功名，卻是雲南士林領袖，只要您成日坐在巡撫衙門，我王某臉上就有光啊！」

闞禎兆連連搖頭：「闞某慚愧，實不敢當！」

王繼文道：「大觀樓必為千古勝跡，需有名聯傳世才是。勞煩闞公夢筆生花，撰寫佳聯。」

楊文啟朝闞禎兆拱手道：「文啟能為闞公效力，十分榮幸。」

闞禎兆嘆道：「闞某無用書生，只能寫幾個字了！」

王繼文自嘲道：「王某才真叫慚愧，徒有書生之名，又有平藩武功，其實是書劍兩無成。聽京城裡來的人說，皇上看了雲南奏摺，直誇王繼文的字寫得好。我無意間掠人之美，真是無地自容！」

王繼文雖然直道慚愧，言語間卻神色曖昧。闞禎兆自然聽明白了，他對名聲本來就看得很淡，樂意再做個順水人情，笑道：「既然皇上說那是撫臺大人的字，就是撫臺大人的字。從今往後雲南只有撫臺大人的字，沒有闞某的字。」

王繼文正中下懷，卻假意道：「不是這個意思，不是這個意思啊！」說罷大笑起來。

53

劉傳基回到湖南，不敢先說自己私刻巡撫官印的事兒，連蠲免賦稅的事都不忙著說，只趕緊把明珠的信交給張汧。張汧本來惦記著蠲免賦稅的事，可他拆開明珠的來信，不由得大喜過望。原來湖廣總督出缺，明珠有意玉成張汧。張汧高興得直在屋裡踱步，道：「到底是故舊啊，明相國有好差事總想著我！傳基您知道嗎？明相國要保我做湖廣總督！」

劉傳基忙道了恭喜，心裡卻愈加沉重。他見張汧這般模樣，更不便把蠲免賦稅的事馬上說出來。他只嘆明珠為人貪婪，口蜜腹劍，居然沒人看穿！難怪皇上都叫他蒙蔽了！

張汧春風得意，高興了半日，才想起蠲免賦稅的事來。劉傳基便一五一十地說了，卻仍不敢講他私刻官印的事。

張汧聽著，臉色愈來愈難看，問道：「三十萬兩？」

劉傳基點頭道：「正是！」

張汧嘆息一聲，半日無語。這明擺著是要他拿三十萬兩銀子買個總督做，明珠也太黑了。可天下哪個督撫不是花錢買來的呢？他當年被皇上特簡做了巡撫，私下裡少不得也花了銀子，卻沒有這麼多啊！

劉傳基說：「庸書在京城裡探得明白，這在明相國那裡，已是多年規矩了。」

張汧說：「規矩我自然知道，可三十萬兩，也太多了。」

劉傳基又道：「所謂侯門深似海，往日只是在書上讀到，這回往京城裡跑一趟，方知官府家的門難進哪！」

張汧仍是嘆息，道：「銀子肯定要給的，就少給些吧。十萬兩，總夠了吧？」

劉傳基道：「撫臺大人，不給三十萬兩只怕不行。」

張汧說：「我明白傳基的意思，不如數給銀子，我的總督就做不成。人在官場，身不由己，裡頭規矩是要講的。但太昧良心，我也做不來。湖南近幾年都遇災，怎能再往百姓那裡攤銀子？」

劉傳基道：「撫臺大人，傳基敬佩您的官品，但這三十萬兩銀子您是要給的。」

張汧搖頭道：「我體諒您的一片苦心，我這總督做不成就不做罷了，只給十萬兩！」

劉傳基突然跪了下來，流淚道：「撫臺大人，傳基害了您！」

張汧被弄得丈二和尚摸不著頭腦，忙問：「傳基您這是為何？」

劉傳基這才說道：「送給明珠大人的摺子，都讓他一字一句改了，我得重新抄錄，卻沒有官印。我怕來回耽擱，誤了時機，免不了賦稅，就私刻了巡撫官印。這事讓明相國知道了。」

張汧大駭而起，連聲高喊：「傳基誤我！傳基誤我！」

劉傳基既愧又悔，說：「我原想，光是為了進明相國的門，就送了上萬兩銀子。明相國開口就要二十萬兩銀子，他哪怕知道我私刻官印，料也不會有事。哪知他反過來還多要十萬兩，變成三十萬兩！」

張汧跺著腳，連連嘆氣，直道奈何。過了好一會兒，張汧才道：「傳基您起來，事已至此，您跪著又有何用！如此說，這三十萬兩銀子是一兩也少不得了。我剛收到朝廷官文，湖南需協餉十九萬兩。這裡又冒出明相國部費三十萬兩，銀子哪裡來！」

劉傳基說：「我在京城風聞西北有人反了，可能協餉就為這事。」

張汧這會兒腦子裡只想著銀子，沒在意劉傳基說的西北戰事，問道：「藩庫還有多少銀子？」

劉傳基回道：「八十萬兩。庫銀是不能動的。」

張汧道：「我們湖南需上交錢糧的有二十三個富縣，仍向他們徵收吧。沒有別的辦法啊！」

劉傳基道：「這幾年湖南幾乎處處有災呀！」

張汧道：「正常年份，這二十三個富縣需負擔漕糧十五萬石，田賦銀九十萬兩。姑念這兩年災害，今年只徵協餉十九萬兩，部費三十萬兩，總共四十九萬兩，比往年還是減少了許多。傳基，沒有辦法，就這麼定了。」

劉傳基道：「撫臺大人，您巡撫湖南幾年，深受百姓愛戴。如今百姓有難處，理應體恤才是。再向百姓伸手，會毀大人英名啊！禍由我起，就由我擔著好了。撫臺大人，我甘願承擔私刻官印之罪，要殺頭就殺頭，不能害了您！」

張汧緘默良久，搖頭道：「傳基，您擔得起嗎？就算砍掉您的頭，我這做巡撫的也難逃罪責！」

劉傳基痛哭流涕，悔恨交加，只道自己白讀了幾十年書。張汧也不覺落淚，道：「我今後哪怕想做個好官也做不成了！」

54

南書房大臣們都去了暢春園侍駕，近日皇上為征剿噶爾丹調兵遣將，甚是繁忙。大臣們不時被叫到澹寧居，問長問短。皇上心思縝密，細枝末節通要過問。大臣們更是警醒，凡是關乎西北的事，不敢稍怠，即刻奏聞。

這會兒，南書房收到幾個協餉的摺子，明珠便叫上陳廷敬和徐乾學，去了澹寧居面奏皇上。明珠奏道：「收到理藩院尚書阿喇尼的摺子，奏報雲南巡撫王繼文協餉甚是賣力，雲南所徵餉銀、餉糧、軍馬已全部運抵西寧！阿喇尼專此替王繼文請功。」

皇上大喜，道：「朕早就說過，王繼文可不是個只會讀死書的人，他隨軍入滇，為平息吳三桂叛亂出過大力的！廷敬哪，這麼個當家理財的好巡撫，朕怎麼從來沒聽你說過他半個好字？」

陳廷敬說：「王繼文協餉如此之快，的確出臣意料。臣一直擔心雲南協餉會有困難。雲南本來不富，又兼連年戰亂，如今又取消了銅稅。臣原本以為，王繼文應奏請朝廷減免協餉才是。」

皇上道：「可人家王繼文到底還是如期如數完成協餉了呀？」

陳廷敬說：「臣以為，國朝的好官，既要效忠朝廷，又要愛護百姓。如果只顧向朝廷邀功，不管百姓疾苦，也算不上好官。臣說這話並非評說王繼文。」

皇上非常不快，道：「朕真不知道陳廷敬同王繼文的過節打哪兒來的。」

陳廷敬道：「啟奏皇上，臣同王繼文沒有過節，臣只是據理推測，就事論事。」

皇上知道陳廷敬的話自有道理，但朝廷目前就需要鼓勵各省協餉。皇上略作沉吟，便升了王繼文的官，道：「著王繼文署理雲貴總督，仍巡撫雲南事務！」

明珠領旨道：「臣即刻擬旨。」

皇上又問：「湖廣總督誰去合適？」

明珠道：「九卿會議遵旨議過，擬推湖南巡撫張汧擢補！」

陳廷敬昨日參與了九卿會議，當然巴不得張汧出任湖廣總督。可他畢竟同張汧沾親，會上沒有說話。

皇上道：「張汧也是個能辦事的人，為官也清廉，准了。」

徐乾學又奏道：「啟奏皇上，這裡正好有王繼文的摺子，大觀樓已經落成，奏請皇上御筆題寫樓名！」

皇上道：「王繼文巡撫雲南有功，這千古留名的美事，就讓給王繼文去做吧。」

王繼文升任雲貴總督，同僚、屬官、幕賓、鄉紳自要慶賀一番。這日，巡撫衙門擺了宴席，黑壓壓的到了上百賓客。王繼文高舉酒杯，道：「我王繼文能得皇上賞識，多虧諸公鼎力相助！我這裡謝了！」

王繼文先舉了杯，一飲而盡。眾賓客連聲道賀，仰首乾杯。喝了半日酒，王繼文突然發現沒見著闞禎兆，便悄聲兒問楊文啟：「咦，怎麼不見闞公？」

楊文啟道：「回制臺大人(注)，闞公一早就出門了，沒準又在大觀樓。」

王繼文心裡不快，嘴上卻道：「闞公為大觀樓日夜操勞，真是辛苦了。」

楊文啟說：「制臺大人，庸書說句難聽的話，他闞禎兆也太清高了！這麼大喜的日子，他再忙也要喝杯制臺大人的喜酒才去嘛！」

王繼文拍了拍楊文啟的肩膀說：「文啟不可這麼說，闞公不拘禮節，正是古名士之風。這裡且讓他們喝著，你隨我去大觀樓看看。」

王繼文同楊文啟出了巡撫衙門，策馬去了滇池之濱。遠遠的望見大觀樓，王繼文頗為得意，心想自己平生功業將以此樓傳世，真可以名垂千古！到了大觀樓下，見兩個衙役站在樓外，躬身道：「制臺大人，闞公吩咐，誰也不許上去。」

王繼文回頭道：「文啟在這裡候著吧，我上去看看。」

王繼文獨自上得樓來，只見闞禎兆一手捧著酒壺，一手揮毫題寫：大觀樓。

闞禎兆自個兒端詳半日，略為點頭，又筆走龍蛇，寫下一副對聯：

天境平函，快千頃碧中，淺淺深深，畫圖得農桑景象。雲屏常峙，看萬峰青處，濃濃淡淡，回環此樓閣規模。

闞禎兆全神貫注，不知道王繼文已悄悄站在他身後了。王繼文不由得又是搖頭又是點頭，撫掌道：「好，好，好字好聯啊！」

闞禎兆回頭望望王繼文，並不說話，仰著脖子喝了口酒，又提筆寫道：雲南巡撫王繼文撰聯並題。

王繼文故作吃驚，望著闞禎兆道：「闞公，不可不可，如此沽名釣譽的事，王某不敢做，恐後人恥笑。」

闞禎兆滿口酒香，哈哈笑道：「闞某不過山野村夫，不會留名於世的。後人只知有制臺大人，不會知道有我闞某。」

王繼文聞得此言，朝闞禎兆深深鞠了一躬，道：「闞公美意，繼文多謝了！請闞公受我一拜！」

闞禎兆已是酩酊大醉，似笑非笑地望著王繼文，也沒有還禮，仍端著酒壺狂飲。一群白鷗從樓前翩然飛過，漸漸遠去。

注　制臺：職官名。明、清時總督的尊稱。清代始，正式以總督為地方最高長官，轄一省或二、三省，綜理軍民要政，為正二品官，加兵部尚書銜省為從一品。事實上，總督兼兵部尚書及都察院右都御史銜，已成定例。

55

皇上在乾清門聽政，陳廷敬上了摺子奏道：「臣以為，沒有上解庫銀之責的省份，每年稅賦收入只需戶部派員查驗，全由地方自行支配。這個辦法已執行多年，倘若監督不力，必生貪污。因此，臣奏請皇上准予戶部隨時查驗各省庫銀！」

皇上道：「陳廷敬的擔心似乎亦有道理，只是朕不想作個無端猜忌的皇上。督撫都是朕親點的，朕豈能不信任他們？」

陳廷敬道：「國有國法，家有家規。倘若皇上把戶部查驗地方庫銀作為例行之規，也就名正言順了。」

皇上問明珠：「明珠，你以為如何？」

明珠道：「陳廷敬的提議出自公心，無可厚非。只是挨個兒查起來，難免弄得人心惶惶。臣以為此事應該謹慎。」

皇上似有不快，道：「明珠說話越來越模稜兩可了。」

陳廷敬又道：「督撫虧空庫銀的事過去也是發生過的，都因監督不力。與其等到出了事再去查辦官員，倒不如先行查驗，敲敲警鐘。法之為法，要緊的是不讓人犯法。」

皇上聽了陳廷敬這番話，微微點頭。

徐乾學見皇上點了頭，忙道：「啟奏皇上，陳廷敬奏請之事，正是臣在戶部任上想做而沒來得及做的。臣以為此法當行。」

皇上道：「好吧，朕准陳廷敬所奏。你想從哪個省查起？」

陳廷敬道：「回稟皇上，臣打算先查雲南。」

皇上臉色驟變，道：「啊？先查雲南？好啊，陳廷敬，朕到底看出來了。朕賞識王繼文，剛升了他雲貴總督，你就偏要查雲南。你不給朕安上個失察的罪名，心裡就不舒坦！」

陳廷敬忙叩頭道：「啟奏皇上，臣無意逆龍鱗犯天威。臣以為查王繼文理由有三條：倘若王繼文聚財有方，可為各省借鑒，朝廷庫銀將更加充足，此其一也。倘若雲南真的富裕，就應擔負上解庫銀之責，可為朝廷出更大的力，此其二也。萬一王繼文玩了什麼花樣，就該及早阻止，免得釀成大禍，此其三也。」

皇上嘆道：「朕儘管心裡很不痛快，還是准予戶部去雲南查驗。既然如此，陳廷敬就親赴雲南吧。」陳廷敬領旨謝恩。

大觀樓的匾額和對聯剛掛了上去，鞭炮聲震耳欲聾。幾個讀書人扯著喉嚨同王繼文攀談，都說制臺大人的書法、聯句與大觀樓同成三絕，制臺大人不愧為天子門生，真是雲南士林楷模。王繼文聽著很是受用，連連點頭而笑，請各位上樓攬勝。眾人都想湊在前頭同王繼文套近乎，闞禎兆卻故意落在人後。

上了大觀樓，卻見這裡早已佈置好酒席。王繼文招呼大家入座，道：「雲南清明太平，百姓叫好，都因諸位同心協力。沒有你們幫襯著，我王某縱有三頭六臂，也是不成事的。今日趁這大觀樓落成典禮，本官略備菲酌，請諸位盡興！來，乾了這杯酒！」

豪飲半日，幾個讀書人就風雅起來。有人說道：「今日會飲大觀樓，實乃盛事，應有詩文記述盛況。制臺大人為雲南士林領袖，必有美文佳句，可否讓學生開開眼界？」

又有人說：「制臺大人的書法可是卓然一家啊！」

王繼文謙虛道：「闞公在此，本官豈敢班門弄斧！」

闞禎兆喝著酒，聽王繼文說起他，忙說：「制臺大人過謙了。闞某已是老朽，早江郎才盡了。制臺大人是文韜武略之全才，深得皇上寵信。制臺大人為雲南士林領袖，名至實歸。」

王繼文高舉酒杯，道：「今日我們只管喝酒，飽攬滇池勝景，客氣話就不再說了。來來，喝酒！」

正在興頭上，一個小吏走到闞禎兆面前，耳語幾句，交給他一封信函。闞禎兆起身走到外面廊簷下，拆信大驚，道：「快請制臺大人出來說話。」

小吏應聲進去，伏在王繼文耳邊密語。王繼文放下筷子，說：「各位請喝好，兄弟去去就來。」

王繼文趕緊來到廊簷下，直問闞公何事。闞禎兆說：「制臺大人，明相國來了密信，朝廷已派陳廷敬大人趕來雲南，查驗庫銀。」

王繼文看著明珠的信，心跳如鼓，甚是慌亂，臉上卻只做沒事似的，說：「闞公，暫且放下，我們進去喝酒吧。」

闞禎兆說：「您不著急，我可替您著急啊！」

王繼文擺擺手，道：「急也沒用，先應付了今日場面再說吧。走，進去喝酒！」

王繼文心裡有事，更是豪飲，喝得大醉。夜裡，闞禎兆守在王繼文府上客堂裡，三番五次問制臺大人酒醒了沒有。家人只道還沒有哩，正說著胡話哩。王繼文的夫人急得沒法子，守在床邊催著，「老爺您醒醒，闞公一直等著您哪！」

王繼文哪裡聽得見夫人說話，只顧胡言亂語：「陳廷敬他查呀，老子怕他個屁！雲南天高皇上遠，吳三桂能在這兒同皇帝老子分庭抗禮三十多年，我王某就不能自雄一方？」

夫人嚇壞了，告祖宗求菩薩的，道：「老爺求您快別胡說了，這話傳出去可是殺頭的啊！」

王繼文直睡到第二日早上，酒才醒來。聽夫人說闞禎兆在客堂裡候了個通宵，忙從床上爬起，說：「怎可怠慢了闞公，為何不叫醒我呢？」

王繼文草草洗了把臉，匆匆來到客堂，見闞禎兆已窩在椅子裡睡著了。他放輕腳步，闞禎兆卻聞聲醒來。

王繼文拱手道：「闞公呀，我真是失禮。不曾想就喝醉了！」

闞禎兆望望王繼文的家人，王繼文會意，道：「你們都下去吧。」

王繼文等家人們退下，才道：「大事不好，闞公，您替我想個法子吧。」

闞禎兆問道：「制臺大人，我不知道您到底有什麼麻煩。」

王繼文奇怪地望著闞禎兆，問道：「闞公真不知我有什麼麻煩，您為何急成這樣？」

闞禎兆說：「水至清則無魚。不論哪省巡撫衙門，只要朝廷想查，總會查出事來的。我急的是這個。」

王繼文點點頭，嘆道：「闞公所言極是。陳廷敬是來查庫銀的，我們雲南庫銀帳面上尚有一百三十多萬兩，實際庫存只怕沒這麼多。」

闞禎兆問道：「這是為何？」

正說著，楊文啟進來了。王繼文請楊文啟坐下，說道：「闞公您是知道的，雲南過去靠朝廷撥銀兩，撤藩之後不撥了，雖說不需上解朝廷庫銀，但協餉每年都不能少。我王繼文之所以受皇上恩寵，就因能辦事。我每年協餉都不敢落於人後。」

闞禎兆這下明白了，問：「所以您就挪用了庫銀？」

王繼文低頭嘆道：「正是！」

闞禎兆急得直拍雙膝，道：「這可是大罪啊！」

王繼文說：「我原本想，各省庫銀朝廷不會細查，我一則可以拆東牆補西牆，二則今後設法增加稅賦來填補，朝廷不會知道的。」

闞禎兆問：「藩庫裡的銀子，到底還有多少，制臺大人心中有數嗎？」

王繼文望望楊文啟，楊文啟說：「估計還有四十萬兩。」

闞禎兆驚得合不攏嘴：「天哪，差九十萬兩？制臺大人，我替您效力快三年了，您可從來沒有向我交過底啊！」

王繼文搖頭道：「王某慚愧！我知道闞公是個正直人，不敢讓您知道這些事情。」

闞禎兆長嘆一聲，說：「如此說來，制臺大人只是把闞某當個擺樣。」

王繼文道：「聖人有言，君子不器。闞公您是高潔清雅之士，錢糧俗務都是楊文啟在操辦。」

闞禎兆說：「好個君子不器！既然如此，你三番五次請我到巡撫衙門裡來幹什麼！」

王繼文道：「王某坦言，巡撫衙門有了闞公就有了清譽。我雖然把您請進來做幕賓，但官場總得按官場的規矩來做。」

闞禎兆甚是憤然，卻禁不住哈哈大笑，道：「我闞某自命聰明，不料在制臺大人面前卻是個聾子、瞎子、擺設！想那吳三桂，對朝廷不忠不義，對我闞某卻是至誠至信。」

王繼文羞愧道：「闞公切勿怪罪，王某不是有意相欺！還請闞公萬萬替我想個法子，暫且躲過此難。日後您怪我罵我都行。」

闞禎兆起身道：「制臺大人既然另有高明相託，您還是讓我回家去吧。」

王繼文站起來央求道：「真正遇臨大事，非闞公不可。闞公不能見死不救啊！」

闞禎兆拱手道：「制臺大人，您還是讓我遁跡江湖算了。不然，等陳廷敬到了，我知情不報，有負朝廷；實情相告，有負制臺大人。」闞禎兆說罷，拂袖而去。

陳廷敬的馬車快近昆明，天色漸晚。他吩咐不去巡撫衙門打擾了，就在官驛住下。馬明飛馬前去，沒多時打探回來，說進城處就是鹽行街，官驛也正在那裡。十幾個人都是百姓打扮，逕直往鹽行街去。珍兒男子打扮，仗劍騎馬，隨著陳廷敬馬車走。劉景支吾道：「老爺，我同馬明有個不情之請。」

陳廷敬問：「什麼不情之請？說吧！」

劉景望著馬明，馬明只是笑。兩人都不敢說，望望珍兒。

珍兒笑道：「他倆呀，想請老爺教他們下象棋！」

陳廷敬聽了很是高興，道：「你們感興趣？好啊，我正愁出門沒人陪我下棋哪！」

大順笑了起來，說：「他倆哪是什麼感興趣啊，是稀罕皇上賜的玻璃象棋，說那不知是怎麼做的，光溜光溜，清涼清涼。」

陳廷敬哈哈大笑。

說話間到了鹽行街，但見鋪面林立，多是鹽行、錢莊、茶莊、客棧。陳廷敬掀簾望去，卻見店鋪少有幾家開門的，甚是奇怪。

馬明說：「劉景兄，店鋪這麼早就關門了？」

劉景道：「我也不明白，興許是此地風俗？」

馬明說：「鹽行、錢莊早些關門還說得過去，客棧怎麼也早早關門？正是鳥投林人落店的時候啊。」

到了官驛前，陳廷敬等落車下馬。驛丞聽得動靜，出門打望。

劉景問：「官爺，我們可否在貴驛留宿一晚？」

驛丞問：「不知你們是哪方貴客？」

馬明道：「我們是生意人。」

驛丞拱手道：「這是官驛，只留宿官差，生意人不敢留宿，對不住了。」

劉景說：「客棧都關門了，我們沒地方可去啊。」

驛丞很為難的樣子，說：「我實在沒有辦法。」

馬明道：「我們沒地方可住，官爺，您就請行個方便吧。」

大順說：「我們照付銀錢就是。」

任他們七嘴八舌，驛丞只是不肯通融。珍兒嗞地抽出劍，朝劍上吹了口氣，也不望人，只問：「你是驛丞吧？」

驛丞抬眼望了一下馬背上這位白臉俠士，慌忙說：「在下正是。」

珍兒把劍往鞘裡匡地送了進去，道：「你是驛丞就做得了主。我們進去吧，就住這裡了。」

驛丞見這勢頭，不敢再多說，只得點頭道：「好吧，各位請進吧。」見珍兒這般作派，陳廷敬忍俊不禁，笑了起來。陳廷敬回頭問驛丞：「敢問驛丞如何稱呼？」

驛丞道：「在下喚作向保！」

陳廷敬哦了一聲，背著手進了驛站。驛站裡沒啥好吃的，都草草對付了，回房洗漱。陳廷敬讓珍兒叫了劉景、馬明過來，吩咐道：「我們出去走走。這鹽行街是昆明去往京城的要道，鋪面林立，應是十分熱鬧的地方，如今卻如此冷清，必有蹊蹺。」

陳廷敬領著珍兒、劉景、馬明、大順出了驛站，天已完全黑下來了。鋪面前的燈籠都熄著，大順說：「黑燈瞎火的，真不對勁兒！」

沒有燈火，卻反襯得月朗天青。陳廷敬不說話，往前隨意走著。忽聽不遠處傳來幽幽樂聲。

劉景問：「這是吹的什麼呀？從來沒聽見過。」

陳廷敬傾耳而聽，道：「我也沒聽過，可能就是人們說的葫蘆絲吧。」

循聲而去，便到一個園子門前，卻見園門關著。劉景剛想敲門，又怕驚著正在吹樂的人，試著輕輕一推，門居然開了。

陳廷敬猶豫片刻，輕手輕腳進了園子。月色下，但見庭樹古奇，有亭翼然。亭內有人正低頭吹著一樣葫蘆狀的樂器，聲音婉轉幽細。陳廷敬停下腳步，正要好好欣賞，猛然間只聽得刷的一聲抽刀的聲音，十幾條漢子不知從哪兒一閃而上，圍了過來。珍兒見狀唰地抽出劍來，閃身跳到吹樂人前面，拿劍抵住他的脖子。那人並不驚慌，樂聲卻停了。

那人聲音低沉，問道：「你們是什麼人呀？」

陳廷敬忙說：「我們是外鄉人，打北邊來。聽得先生吹的樂器，我未曾見識過，忍不住想進來看看，並非有意打擾先生。珍兒，快把劍拿開。」

那人道：「原來只為聽葫蘆絲啊！」

陳廷敬又道：「珍兒，快把劍拿開。」

珍兒喊道：「叫他們的人先退下。」

大順道：「老爺，果然是葫蘆絲哎，您猜對了。」

那人說：「如此說，還真是為聽葫蘆絲來的。你們都下去吧。」

家丁們收刀而下，珍兒也收了劍。那人站了起來，說：「我們這裡民風蠻悍，做生意十分不易，家中定要有壯士看家護院。失禮了，失禮了。」

陳廷敬拱手道：「哪裡哪裡，原是我們打攪了！」

那人客氣起來，道：「既然來了，各位請入座吧。看茶！」

陳廷敬坐下了，珍兒等都站在旁邊。說話間有人倒茶上來，陳廷敬謝過了，道：「在下姓陳，來雲南做茶葉、白藥生意。敢問先生尊姓大名？」

那人道：「在下闞望達，世代鹽商，到我手上已傳五世。」

陳廷敬道：「先生姓闞？原來是闞禎兆先生的本家。」

闞望達欠了欠身子，道：「闞老先生是雲南名士，晚生只知其名，並無交往。」

陳廷敬說：「闞先生的人品學問，尤其是他的書法，可是名播京師。」

闞望達道：「晚生也仰慕闞先生，沒想到他老人家的大名，你們北方人都知道。」

陳廷敬笑道：「闞先生被雲貴總督、雲南巡撫王繼文大人尊為幕賓，天下人都知道啊。」

闞望達道：「據我所知，早在半年前，闞先生便辭身而去，退隱林泉了。」

陳廷敬驚問道：「原來這樣？」

這時，闞家管家過來道：「大少爺，時候不早了，老夫人吩咐，您得歇著了。」

闞望達說：「我今日遇著貴客，想多聊幾句。」

管家又說：「大少爺，老爺吩咐過，您不要同……」

闞望達打斷管家的話，說：「知道了，你去吧。」

陳廷敬便道：「闞公子早些歇著吧，我們不打攪了。」

闞望達道：「不妨，且喝了茶再走。」

陳廷敬說：「我們今兒來時，天色還不算太晚。我本想趕早找幾家店打聽打聽生意，卻見店鋪早早就關門了。」

大順插話說：「就連客棧都關門了，奇怪。」

闞望達笑道：「我也不好說。生意是人家自己的事，店門早關晚關，也沒有王法管著。」

陳廷敬問：「您家的店鋪也早早關了嗎？」

闞望達笑道：「大家都早早關了，我不敢一枝獨秀啊，只好也關了。」

陳廷敬道：「那倒也是。」

大順見闞望達說話有些吞吞吐吐，便道：「我家老爺誠心討教，可闞公子說話卻總繞彎子。」

闞望達抬眼道：「這位兄弟說話倒是直爽。」

陳廷敬便道：「大順不得無禮。」

闞望達又問：「客棧都關門了，你們住在哪裡？」

陳廷敬說：「我們住在官驛。」

闞望達警覺起來，問：「官驛？你們是官差？」

陳廷敬說：「我們是生意人。」

闞望達說：「官驛可不留宿生意人啊。」

大順道：「我們死纏硬磨，答應多給銀錢，官驛才讓我們住的。」

闞望達點點頭，仍是疑惑。劉景說：「闞老闆，我們覺著昆明這地方，總有哪兒不對勁啊。」

闞望達哈哈大笑，說：「天南地北，風物迥異，肯定覺著大不一樣啊。就說這葫蘆絲，你們北方人聽都沒聽說過！」

大順道：「你看，闞老闆又打哈哈繞彎子了。」

闞望達聽了，愈發哈哈大笑。陳廷敬順手拿起石桌上的葫蘆絲，就著月光，仔細看著。

闞望達問：「先生感興趣？」

大順說：「我家老爺可是琴棋書畫，無所不精！」

闞望達忙拱手道：「失敬，失敬！」

陳廷敬笑道：「哪裡，您別聽他瞎吹。我可否試試？」

闞望達說：「先生您請。」

陳廷敬試著吹吹，沒多時便吹出了曲調。闞望達甚是佩服，點頭不止。珍兒瞟了眼闞望達，一臉的傲氣。

夜色漸深，陳廷敬道了打攪，起身告辭。闞望達送客到園門口，道：「幸會幸會！你們在昆明如有不便，找我就是。」

陳廷敬道：「謝，若有要麻煩您的地方，我就不講客氣了。」

陳廷敬往回走時，方看出剛才進去的是闞家後院，正門另外開著。

回到驛站，陳廷敬百思不解，道：「昆明的確太安靜了。」

珍兒說：「老爺，那闞望達言辭閃爍，您怎麼不細問下去？」

陳廷敬說：「一不是公堂之上，二又不知闞望達底細，如何細問？我們得慢慢兒摸。」

馬明說：「我看這闞望達倒像個知書達理的儒生。」

劉景道：「未必！我們當年在山東德州遇著的朱仁，在山西陽曲遇著的李家聲，不都是讀書人嗎？結果怎麼樣？惡霸！」

馬明問道：「陳大人，您猜王繼文知道您到昆明了嗎？」

陳廷敬說：「他哪會不知道！我一路便裝而行，只是為了少些應酬，快些趕路，並沒有效仿皇上微服私訪的意思。人過留名，雁過留聲，所謂微服私訪都是假的！」

陳廷敬說話間，無意中望見牆角的箱子，似覺有些異樣。珍兒上前打開箱子看看，道：「老爺，好像有人動過箱子哩。」

陳廷敬忙問：「象棋還在嗎？」

珍兒說：「象棋還在。」

陳廷敬鬆了口氣，說：「御賜象棋還在就沒事。不過幾套官服，他動了也白動，還敢拿去穿不成？王繼文肯定知道我來了。」

劉景說：「王繼文知道您來了，卻裝著不知道，肯定就有文章了。」

馬明說：「是啊，當年去山東，巡撫富倫也裝作不知道您來了，結果怎樣？」

陳廷敬說：「不要先把話說死，也不要急著去找王繼文。明兒珍兒跟大順陪我去遊滇池，劉景、馬明就在昆明城裡四處走走。」

珍兒聽說遊滇池，甚是高興，道：「那可是天下名勝啊！太好了！」

56

翌日，劉景、馬明去鹽行街看看，店鋪都關著門。劉景道：「日上三竿了，怎麼店鋪還沒開門呢？」

馬明說：「傳聞南方人懶惰，也許真是民風如此？」

卻見有家叫和順鹽行的鋪面開著門，仔細瞧瞧，原來這家鋪子同昨日進去的那個園子連著，肯定就是闞家的了。

馬明說：「進去看看？」

劉景說：「不去吧，免得人家疑心。」

兩人正在猶豫，裡面卻走出個黑臉漢子，兇著臉問話：「你們鬼鬼祟祟，什麼人？」

劉景道：「這就怪了，我倆站在街上說話，關你什麼事了？」

黑臉漢道：「站遠些說去，別站在店門口！」

馬明道：「不許別人在你們門口停留，你們做什麼生意？你們這是鹽行，又不是皇上禁宮！」

黑臉漢很是蠻橫，道：「關你屁事！」

兩人離開和順鹽行，繼續往前走。劉景說：「昨夜我們見著闞望達，可是位儒雅書生呀。」

馬明道：「未必我們又碰著假模假樣的讀書人了？」

他倆正說著，忽聽得喧嘩之聲，原來一些衙役正在擂門捶戶。和順鹽行對面的大理茶行門開了，夥計打著哈欠問道：「幹啥呀？」

衙役大聲喊道：「快快把店門打開！從今日起，各店必須卯時開門，不得遲誤！」

夥計說：「沒有生意做，開門幹什麼？」

衙役喝道：「不許胡說，當心吃官司！」

只見衙役們一路吆喝過去，店門一家一家開了。

劉景說：「我還以為王繼文怕店家亂說話，不許他們開門哩，原來是沒有生意。」

馬明說：「王繼文強令店家開門，原來是做給欽差看的！可怎麼會沒有生意呢？」

兩人已走到了鹽行街盡頭，劉景道：「我倆上大理茶行去坐坐，那裡正好對著和順鹽行。」

大理茶行裡頭空蕩蕩的，貨櫃上稀稀落落放著些普洱茶餅。夥計見了客人，忙遞上茶來，道：「兩位客官，請喝口茶吧，生意是沒法做。」

劉景問：「我們想要普洱茶，為什麼你們有生意不做？」

夥計道：「二位看看我們這店，像做生意的嗎？沒貨！」

馬明問：「雲南普洱茶，天下絕無僅有，怎會沒貨呢？」

夥計搖頭道：「整條街上，已經三四個月沒做生意了！」

這就奇怪了，劉景趕緊問道：「為什麼呀？」

夥計支吾道：「我們不敢多說，怕吃官司。」

馬明道：「做生意，怎麼會吃官司？」

夥計道：「不敢說，我們不敢說。」

劉景道：「如此說，我們這回來雲南，空跑一趟囉？」

夥計說：「你們要是做鹽生意，可去和順鹽行看看。整條鹽行街，只有闞家還能撐著。」

馬明問：「為何單單闞家還能做生意？」

夥計悄聲兒道：「闞家闞禎兆老爺是巡撫衙門裡的人，他家當然不一樣！」

劉景、馬明二人聽了，甚是吃驚。夥計掀起竹簾，說：「你們看，整條街冷火秋煙，只有和順鹽行門前車來車往。」

劉景、馬明透過竹簾望去，果然見幾輛馬車停在闞家鋪子門口。

夥計又道：「二位上他家去可得小心啊。」

劉景問：「小心什麼？」

夥計說：「闞家少當家闞望達，一個白面書生，我們誰也看他不懂。前不久，他家突然新雇了百十號家丁，個個都是好身手。」

這裡正說著，突然聽得闞家門前哄鬧起來。夥計望望外頭，說：「準是福源鹽行大少爺向雲鶴又來鬧事了。向雲鶴本是闞望達的同窗好友，近日隔三岔五到和順行門前叫罵。」

劉景起身說：「馬兄，我們看看去！」

夥計道：「二位，闞家門前的熱鬧可不是好看的，你們可要當心啊！」

和順鹽行前面漸漸圍了許多人，劉景、馬明站在人後觀望。

向雲鶴在和順鹽行鋪前高喊道：「闞望達，你給我滾出來！」

那個黑臉漢子叉腰站在鋪門前，道：「向雲鶴，我們東家念你是同窗好友，不同你計較，你為何每日來此撒野？」

向雲鶴喊道：「闞家坑害同行，獨霸鹽市，豢養惡奴，欺小凌弱，真是喪盡天良！」

黑臉漢兇狠地說：「你滿口瘋話，小心你的狗頭！」

這時，闞家管家出來，同黑漢耳語幾句。黑臉漢放緩語氣，對向雲鶴說：「向公子，我家少爺請你裡面說話。」

向雲鶴道：「我才不願踏進闞家門檻，闞望達有種的就給我滾出來！」

黑臉漢再沒說話，只做了個手勢，便有幾個漢子擁上來，架走了向雲鶴。向雲鶴拼命掙扎著，喊道：「你們休得放肆！」

馬明道：「劉景兄，我們又碰上惡霸了。進去救人！」

劉景說：「不忙，先看看動靜。」

兩人回到大理茶行，喝了幾盅茶，忽聽外頭又哄鬧起來。掀簾看時，卻見向雲鶴滿身是血，叫人從闞家裡頭抬了出來。

馬明急了，責怪劉景，說：「我說要出事的，你還不信！」

劉景也慌了，道：「看來闞家不善，我們快去報告老爺！」

陳廷敬來到滇池，但見一位老者正在水邊釣魚。此人正是闞禎兆。他身著白色粗布褂子，一頂竹笠，鬚髮飄逸，宛如仙君。

陳廷敬上前拱手道：「和風麗日，垂釣林下，讓人好生羨慕呀！老先生，打攪了！」

闞禎兆頭也不回，應道：「村野匹夫，釣魚只為糊口，哪裡顧得上這滿池波影，半池山色！」

陳廷敬哈哈大笑道：「聽先生說話，就不是靠釣魚為生的人。在下剛打北邊來，對雲南甚是生疏，可否請教一二？」

闞禎兆眉宇稍稍皺了一下，似有警覺，道：「老朽孤陋寡聞，只知垂釣，別的事充耳不聞，沒什麼可以奉告呀！」

陳廷敬說：「兩耳不聞窗外事的人，說不定心裡恰恰裝著天下事。」

闞禎兆這才回頭望望陳廷敬，問道：「不知先生有何事相問？」

陳廷敬道：「雲南風物、官場風紀，我都想知道。」

闞禎兆暗自吃驚，問道：「官場風紀？難道您是官差？敢問大人尊姓大名，老朽該如何稱呼？」

陳廷敬笑道：「本人姓陳名敬，是個生意人。生意人嘛，怎可不問官場上的事？請教先生尊姓大名。」

闞禎兆便猜著這人就是陳廷敬了。陳廷敬原名陳敬，當年被順治皇帝賜名，早已是士林美談。

闞禎兆答道：「老兒免貴姓闞，您叫我闞老頭子便是！」

大順在旁說道：「真是巧了，昨兒一進昆明就遇著位姓闞的，今兒又遇著一位。」

陳廷敬也猜著此人就是闞禎兆，便說：「我倒是知道貴地有位闞禎兆先生，學問書法十分了得，我是傾慕已久啊。」

闞禎兆卻說：「老兒還真沒有聽說過這位本家。」

陳廷敬並不把話挑破，只說：「闞禎兆先生的大名可是遠播京師，您這位本家反倒不知道啊！」

闞禎兆說：「慚愧慚愧！」

這邊珍兒同大順悄悄說話。「大順，敢情姓闞的人說話都這麼彆扭？」

陳廷敬也不管闞禎兆樂不樂意，就在他近處的石頭上坐了下來。攀談半日，闞禎兆方才講到雲南官場人事，道：「王繼文任巡撫這幾年，雲南還算太平，百姓負擔也不重。只看這太平日子能過多久。」

闞禎兆同陳廷敬說著話，眼睛卻只望著水裡的浮標。陳廷敬問：「闞先生是否看破什麼隱情？」

闞禎兆笑道：「我一個鄉下糟老頭子，哪有那等見識？只是空長幾十歲，見過些事兒。當年平西王吳三桂鎮守雲南，頭幾年百姓的日子也很好過啊。」

正說著話，忽聽後面又有人聲。回頭一看，原來是王繼文趕到了。王繼文匆匆上前，朝陳廷敬拱手而拜：「雲貴總督、雲南巡撫王繼文拜見欽差陳大人！恭請皇上聖安！」

陳廷敬忙站起來還禮：「見過制臺王大人。皇上龍體康健，皇上想著你們哪！」

闞禎兆也站了起來，微微向陳廷敬低了頭，道：「原來是欽差大人，老兒失禮了。」

王繼文心下大驚，卻只當才看見的樣子，說：「哦，闞公也在這裡！」

陳廷敬故意問道：「哦，你們認識？」

王繼文剛要開口，闞禎兆搶先說話了：「滇池雖水闊萬頃，來此垂釣者並不太多。巡撫大人有時也來垂釣，因此認得老兒。」

王繼文聽闞禎兆這麼一說，忙借話搪塞：「正是正是，下官偶爾也來滇池垂釣，故而認識闞公。」

這時，劉景、馬明飛馬而至。劉景道：「老爺，我們有要事相報！」

陳廷敬問：「什麼事如此緊急？」

馬明望望四周，道：「老爺，此處不便說話。」

王繼文忙說：「欽差大人，下官後退幾十步靜候！」

陳廷敬便道：「好，你們暫且避避吧。」

王繼文邊往後退，邊同闞禎兆輕聲說話：「闞公，您可是答應我不再過問衙門裡的事啊！」

闞禎兆說：「老朽並沒有過問。」

王繼文說：「陳大人昨夜上和順鹽行同貴公子見面，今日又在此同您會晤，難道都是巧合？」

闞禎兆道：「老夫也不明白，容老夫告辭！」

闞禎兆扛著釣竿，轉身而去。望著闞禎兆的背影，王繼文心裡將信將疑，又驚又怕。回頭一看，又不知劉景、馬明正向陳廷敬報告什麼大事，心中更是驚慌。

陳廷敬聽了劉景馬明之言，心裡頗為疑惑。難道闞家真是昆明一霸？闞禎兆名播京師，世人都說他是位高人雅士啊。

劉景見陳廷敬半日不語，便道：「我倆眼見耳聞，果真如此。」

馬明說：「我還真擔心向雲鶴的死活！」

陳廷敬略作沉吟，說：「你們倆仍回鹽行街去看看，我這會兒先應付了王繼文再說。」

陳廷敬打發兩人走去了，便過去同王繼文說話。王繼文忙迎了上來，說：「欽差大人，雲南六品以上官員都在大觀樓候著，正在等您訓示。」

陳廷敬笑道：「我哪有什麼訓示！我今日是來遊滇池的。聽說大觀樓氣象非凡，倒是很想去看看。」

一時來到大觀樓，見樓前整齊地站著雲南六品以上官員。王繼文喊了聲見過欽差陳大人，官員們齊聲涮袖而拜。陳廷敬還了禮，無非說了些場面上的話，便請大家隨意。

陳廷敬這才仰看樓閣，但見「大觀樓」三字筆墨蒼古，凌雲欲飛。陳廷敬朝王繼文拱手道：「制臺大人，您這筆字可真叫人羨慕啊！」

王繼文連連搖頭：「塗鴉而已，見笑了。」

陳廷敬復又念了楹聯，直誇好字佳聯。王繼文便道：「獻醜了！欽差大人的書法、詩文在當朝可算首屈一指。早知道欽差大人會來雲南，這匾額、對聯就該留著您來寫。」

陳廷敬搖頭道：「豈敢豈敢！這千古留名的事，可是皇上賜予您的，別人哪敢掠美？」

王繼文便拱手朝北，道：「繼文受皇上厚恩，自當效忠朝廷，肝腦塗地，在所不惜！」

上了樓，陳廷敬極目遠眺，讚嘆不已，道：「您看這煙樹婆娑，農舍掩映，良田在望，正是制臺大人對聯裡寫到的景象！」

王繼文說：「滇池之美，天造地設，下官縱有生花夢筆，也不能盡其萬一。」

陳廷敬想著自己家鄉山多林密，可惜少水。這滇池勝景人間罕見，又是四季如春，真趕得上仙境了。陳廷敬回身，見廊柱上也有王繼文題寫的對聯，便道：「制臺大人，您的字頗得闞禎兆先生神韻啊！」

王繼文有些尷尬，便道：「欽差大人目光如炬啊！闞禎兆先生是雲南名流，他的書法譽滿天下。闞公曾為下官幕賓，同他終日相處，耳濡目染，下官這筆字就越來越像他的了。欽差大人的字取法高古，下官慚愧，學的是今人。」

陳廷敬笑道：「制臺大人這麼說就過謙了。古人亦曾為今人，何必厚古薄今呢？」

王繼文直道慚愧，搖頭不止。

下了樓，王繼文說：「欽差大人，轎子已在樓下恭候，請您住到城裡去，不要再住驛館了。」

陳廷敬道：「驛館本來就是官差住的，有什麼不好？」

王繼文說：「那裡太過簡陋，下官過意不去啊！」

陳廷敬笑道：「制臺大人不必客氣，三餐不過米麵一斤，一宿不過薄被七尺，住在哪裡都一樣。」

王繼文見陳廷敬執意要住在驛館，便不再多說了。回城的路上，卻見劉景、馬明策馬過來。劉景下馬走到陳廷敬轎邊，悄聲兒說：「回陳大人，闞望達已被巡撫衙門抓走了！」

陳廷敬問：「向雲鶴呢？」

馬明說：「向雲鶴被抬回家去了，死活不知。」

王繼文隱約聽得陳廷敬他們在說闞望達，知道瞞不過去，便道：「看來欽差大人剛到雲南，就對闞望達有所耳聞了。闞望達豢養惡奴，欺行霸市，同行憤恨，屢次到巡撫衙門聯名告狀。今日他又縱容家丁行兇，打傷同行商人向雲鶴。剛才在滇池邊，下官接到報信，立即著人將闞望達捉拿，不曾想驚動了欽差大人。」

陳廷敬問：「聽說和順鹽行的東家，就是您原來的幕僚闞禎兆？」

王繼文嘆道：「下官不敢再讓闞禎兆做巡撫衙門的幕僚，正為此事。不過，這都是闞禎兆的兒子闞望達做的事，玷污了他父親的清譽，真是讓人痛心！請欽差大人放心，此案我自會查個水落石出，秉公辦理！」

陳廷敬道：「好吧，這事我不過問。制臺大人，皇上命我來雲南查看庫銀，純屬例行公事，並沒有其他意思。朝廷已把查看各省庫銀定為常例，有關省份都要查看的。」

王繼文道：「下官知道，欽差大人只管清查，需下官做什麼的，但請吩咐！」

陳廷敬卻是說得輕描淡寫，道：「此事簡單。請制臺大人先把庫銀帳目給我看看，我們再一道去銀庫盤存，帳實相對，事情就結了。」

王繼文說：「我馬上吩咐人把帳本送到官驛！」

夜裡，陳廷敬看著帳簿，珍兒同大順在旁伺候。

大順說：「我總覺得鹽行街不對勁兒。店鋪林立，卻沒人做生意。原來還有闞家的和順鹽行做生意，這會兒和順鹽行也關門大吉了。」

陳廷敬想那闞家的事委實蹊蹺，只是不知癥結所在。

又聽珍兒在旁邊說：「老爺，我覺著制臺大人也有些怪怪的。」

陳廷敬問：「怎麼怪怪的？」

珍兒說：「我在您背後一直看著制臺大人，他的臉陰一陣陽一陣。您在大觀樓看他寫的字，我瞧他大氣都不敢出。等您誇他字寫得好，他才鬆了口氣。後來您說他的字很像闞禎兆的字，他又緊張了。」

陳廷敬哈哈大笑，說：「那字本來就不是他寫的，是闞禎兆寫的。」

珍兒吃驚道：「原來老爺一眼就看出來了？」

陳廷敬說：「讀書人都能一眼看出來。」

珍兒說：「王繼文也是讀書人，他怎麼可以請別人寫字，自己留名？」

陳廷敬說：「讀書人跟讀書人，也不一樣。」

大順樂了，笑道：「這麼說，我要是做了大官，我也是想寫字就寫字，想作畫就作畫了？」

陳廷敬搖頭苦笑，仍埋頭看著帳本。忽聽得外頭有響動，大順出去看看，不曾見著什麼。

陳廷敬道：「你們得留神那位驛丞。照說他應該知道我們是什麼人了，他卻假裝不知道，大可懷疑。」

珍兒說：「我想昨日就是他動了老爺的箱子。」

闞禎兆星夜造訪王繼文，一臉怒氣，問道：「我闞家犯了什麼王法？我兒子做了什麼惡事？」

王繼文道：「闞公息怒！向雲鶴差點兒被您家打死啊！」

闞禎兆憤然道：「向雲鶴的傷根本就不是我們家裡人打的，這是栽贓陷害！」

王繼文說：「闞公呀，向雲鶴好好的，被您家家丁強拉進院裡去，又被打得半死從您家抬出來，街坊鄰居都可作證，難道還能有假？」

咐！」

闞禎兆說：「制臺大人，向雲鶴是你們衙門裡去的人打的，我不願相信這是您的吩咐！」

王繼文說：「闞公，這件事我會盤查清楚，但請您一定體諒我的苦心。我也是為您闞家著想。欽差在此，我不把望達弄進來，難道還要欽差親自過問此案不成？真把望達交到陳廷敬手裡，就禍福難測啊！」

闞禎兆怒道：「笑話！我家望達並沒有犯法，怕他什麼欽差？」

王繼文說：「這種大話闞公就不要說了。您家生意做得那麼大，就挑不出毛病？無事還會生非哩！文啟，你送送闞公！」

楊文啟應聲進來，說：「闞公，您請回吧，我送送您！」

闞禎兆甩袖起身道：「告辭，不必送了。」

楊文啟仍跟著闞禎兆出了巡撫衙門，一路說著好話。到了門外，闞禎兆沒好氣，說：「不必送了，我找得著家門！」

楊文啟道：「闞公不必這麼不給面子嘛，你我畢竟共事一場。請吧。」

闞禎兆理也不理，走向自家馬車。楊文啟趕上去，扶著馬車道：「闞公，制臺大人礙著情面，有些話不好同您直說。闞公，衙門裡的事，您就裝聾作啞吧。」

闞禎兆說：「我是百姓一個，並不想過問衙門裡的事。」

楊文啟道：「可陳廷敬一到昆明，就同你們父子接了頭呀。」

闞禎兆這才明白過來，問道：「制臺大人捉拿我家望達，就為此事？」

楊文啟並不回答，只道：「您保管什麼都不說，您家望達就沒事兒。您要是說了什麼，您家望達我就不敢擔保了。何況，闞公您別忘了，昆明商家關門大吉，可都是您闞公的責任啊！」

闞禎兆呸了聲，道：「楊文啟，你們怎敢把這事都栽在我身上？」

楊文啟嘿嘿一笑，不再答話。闞禎兆大罵幾聲小人，叫家人趕車走了。一路上，闞禎兆憤懣難填，思來想去痛悔不已。半年前，他本已離開巡撫衙門，可王繼文又找上門來，求他最後一次幫忙。他礙著面子，只得答應。沒想到，終究鑄成大錯！

當日夜裡，劉景、馬明摸黑來到向家福源鹽行，敲了半日門，才有人小聲在裡頭問道：「什麼人？我們夜裡不見客！」

劉景道：「我們是衙門裡的人！」

聽說衙門裡的人，裡頭不敢怠慢，只好開了門。向家老爺向玉鼎出來見過了，聽說兩位是欽差手下，便引他們去了向雲鶴臥房。向雲鶴躺在床上，閉目不語。

劉景問道：「向公子，闞家為什麼要打你？」

向雲鶴微微搖頭，並不說話。

向玉鼎說：「兩位見諒，小兒沒力氣說話。」

馬明道：「令公子身子有些虛，我們還是出去說話吧。」

客堂裡，劉景問道：「向老闆，聽說闞望達打傷了令公子，就被巡撫衙門抓走了，原是同行告他惡行種種。闞望達都做過哪些壞事？」

向玉鼎嘆道：「我家雲鶴同闞望達本是同窗好友，但幾個月前闞望達同他父親闞禎兆設下毒計，坑害同行，弄得我們生意都做不成。眾商敢怒不敢言，只有我家雲鶴，性子剛直，寫了狀子，跑去各家簽名，聯名把闞家告到巡撫衙門。」

馬明問：「闞家怎麼坑害你們？」

向玉鼎只是搖頭，道：「不敢說，我不敢說啊！」

劉景說：「你們既然已把闞家告到衙門裡去了，還有什麼不敢說的？」

向玉鼎道：「誰都不敢出頭，只有我家雲鶴魯莽！」

劉景道：「俗話說得好，有理走遍天下，你怕什麼？」

向玉鼎說：「誰跟我們講理？人家闞家是什麼人？闞禎兆早在平西王手裡就是衙門裡的幕僚，官官相護啊！」

劉景說：「我們欽差大人是皇上派來的，辦事公道，你但說無妨。」

向玉鼎搖頭半日，說：「就是皇帝老子自己來了，下道聖旨也就拍屁股走人了，我們祖祖輩輩還得在雲南待下去，衙門還是這個衙門，惡人還是這些惡人！我是不敢說的，你去問問別人，看他們敢不敢說。」

向玉鼎半字不吐，劉景、馬明只得告辭。兩人從福源鹽行出來，忽見前面有個黑影閃了一下不見了。

劉景悄聲道：「馬兄，有人盯著我倆。」

馬明不動聲色，也不回頭。兩人忽快忽慢，施計甩掉那個影子，躲進暗處。那人躊躇片刻，返身往回走了。

劉景輕聲道：「跟上，看看他是什麼人。」

兩人悄悄兒跟著那個黑影，原來那人進了城，去了巡撫衙門。衙門前燈籠通亮，照見那人原是驛丞向保。

陳廷敬聽說了向保跟蹤的事，心想等到明兒他如仍假裝不知道驛站裡住著欽差，就真不尋常了。又想這向保只是個無品無級的驛丞，竟然直接聽命于巡撫大人，太不可思議了。

大順還在說王繼文要人家替自己寫字的事，道：「老爺您可真沉得住氣，知道大觀樓上的字不是王大人寫的，還直誇他的字寫得好。」

劉景、馬明莫名其妙，聽珍兒說了，才知道大觀樓上的字其實是闞禎兆寫的。劉景便說：「如此說，王繼文真是個小人。」

陳廷敬搖頭道：「僅憑這一點，便可想見王繼文是個沽名釣譽的人。但我此行目的，不是查他字寫得怎麼樣，而是看他倉庫裡的銀子是否短少。」

第二日，陳廷敬身著官服，出了驛站門口。向保慌張追了出來，跪在陳廷敬面前道：「小的不知道大人是官差，冒犯之處，萬望恕罪！」

陳廷敬說：「你不知道我是官差，哪來的罪過？起來吧。」

向保仍是跪著，不敢起來。

珍兒說：「這位是欽差陳大人。從今日起，誰也不准進入欽差大人房間。裡面片紙點墨，都是要緊的東西，你可要小心！」

向保叩頭道：「小的派人成日守著，蚊子也不讓飛進去！」

珍兒說：「丟了東西，只管問你！」

向保叩頭如搗蒜，道：「小的知道，小的知道！」

陳廷敬逕直去了藩庫（注），王繼文早已領著官員們候著了。王繼文上前拜道：「下官未到驛館迎接，望欽差大人恕罪！」

陳廷敬笑道：「繁文縟節，不必拘泥。」

王繼文說：「藩庫裡的銀子，下官只有看守之責，收支全由朝廷掌握。陳大人，您請！」

王繼文領著陳廷敬進了藩庫，但見裡面裝銀錠的箱子堆積如山。王繼文說：「帳上一百三十萬兩庫銀全在這裡。下官已安排好庫兵，可一一過秤，請陳大人派人監督就是。」

陳廷敬笑道：「我管過錢法，一萬兩銀子堆起來該有多少，心中大致有譜，也不一定一一過秤。」

王繼文一聽，千斤石頭落地，忙道：「聽憑欽差大人安排。」

陳廷敬忽然停下腳步，說：「把這堆銀子打開看看吧。」

王繼文命人抬來箱子，道：「請欽差大人過目。」

陳廷敬拿起一塊銀錠，看看底部，一個「雲」字。陳廷敬放下銀錠，並不說話。王繼文望望陳廷敬眼色，吩咐庫兵繼續開箱。陳廷敬又拿起一個銀錠，仍見底部有個「雲」字。打開十來箱後，陳廷敬見銀錠底部竟是一個「福」字；再打開一箱，銀錠底部是個「和」字。

王繼文臉上開始冒汗，不敢多話，只低頭站著。陳廷敬道：「制臺大人，這可不是官銀呀？」

王繼文馬上跪了下來，道：「下官有事相瞞，請欽差大人恕罪！」

陳廷敬見王繼文這般模樣，實在想給他在下屬面前留點面子，便道：「你們都下去吧，我同制臺大人有話說。」

藩庫裡只有他倆了，陳廷敬請王繼文起來說話。王繼文爬起來，拱手謝過，說：「下官有罪，事出有因。雲南被吳三桂蹂躪幾十年，早已滿目瘡痍，民生凋敝。繼文見百姓實在困苦，冒著背逆朝廷之大罪，私自把庫銀借給商家做生意，利息分文不取，只待他們賺了錢，便還上本錢。還算老天有眼，三年過去了，商家們都賺了錢，剛把本錢如數還上。銀子尚未來得及重新翻鑄，打上官銀字型大小。不曾想，欽差突然來到，下官未能把事做周全。」

陳廷敬不太相信事情真有如此湊巧，便問道：「所有商家都把銀子還上了嗎？」

王繼文說：「回欽差大人，都還上了。」

陳廷敬越發疑心了。生意場上有發財的，有虧本的，哪有家家都賺錢的？他一時又抓不住把柄，便說：「繼文一心愛民，朝廷的銀子也沒什麼損失，我還有什麼話說呢？」

王繼文又跪下來說：「雖然如此，也是朝廷不允許的，下官仍是有罪！」

陳廷敬說：「你寫道摺子，把事情原委說清楚，我自會在皇上面前替您說話的。」

王繼文支吾著，不知如何答話。

陳廷敬問：「繼文有難處嗎？」

王繼文道：「既然朝廷銀子絲毫無損，可否請欽差大人替我遮掩！繼文當萬分感謝！」

陳廷敬搖頭道：「兄弟縱有成全之意，卻也不敢欺君呀！」

王繼文長跪不起，言辭淒切。「下官實在是愛民有心，救民無方，不然哪會出此下策！欽

注　藩庫：清代布政司所管轄的倉庫，用以儲藏錢穀。

差大人可去問問雲南百姓，我王繼文是否是個壞官！」

陳廷敬不能讓王繼文就這麼跪著，便說：「繼文請起，這件事容我再想想，今日不說了。」

出了藩庫，陳廷敬同王繼文別過，仍回驛館去。一路走著，劉景說：「難道王繼文真是王青天？」

馬明道：「我們辛苦地跑到雲南一趟，居然查出個清官！」

陳廷敬掀開車簾，道：「話不能這麼說。我們查案的目的，不是要查出貪官。真能查出清官，這才真是百姓之福，朝廷之幸。」

珍兒道：「可我看王繼文不像清官。」

陳廷敬說：「如果真像王繼文自己所說，他所作所為雖然有違朝廷制度，卻也實在是為雲南百姓做了件好事。」

說話間已到鹽行街。大順道：「可你們瞧瞧，店鋪門是開著，卻冷冷清清，哪像做生意發大財的樣子？」

陳廷敬吩咐下車，道：「劉景、馬明，你們二位走訪幾戶商家，問問巡撫衙門向他們借銀子的事兒。」

劉景說：「好吧，老爺您先回去歇息吧。」

馬明道：「大順，昆明也許暗藏殺機，你得寸步不離老爺！」

大順笑道：「您二位放心，我跟著老爺幾十年了，從來還沒有過閃失哩！」

珍兒啥也不說，只拍拍腰間的劍。

陳廷敬笑道：「我沒事的。大順你也不能跟我閒著，你去趟闞禎兆鄉下莊上，請他來驛館敘話。」

楊文啟卻趕在大順之前就到了闞家莊上，找到闞禎兆說：「藩庫之事差點兒被陳廷敬看破，幸好制臺大人急中生智，敷衍過去了。」

闞禎兆不冷不熱，道：「陳大人是那麼好敷衍的人？」

楊文啟說：「撫臺大人就怕陳廷敬來找您，吩咐我專此登門，同闞公商討對策。」

闞禎兆道：「紙是包不住火的！」

楊文啟笑笑，喝了半日茶，說：「闞公，您家望達性子剛烈，在獄中多次都要尋死，我吩咐獄卒日夜看守，不得出任何差池。」

闞禎兆拍了桌子，道：「你這是什麼意思？你在要脅我！」

楊文啟說：「闞公，話我已經說得很明白了，您看著辦吧。」楊文啟說罷，放下茶盅，甩手而去。

楊文啟走了沒多久，大順到了闞家莊上。家人先給大順上了茶，才去請了闞禎兆出來見客。

大順深深施了禮，說：「闞公，我家老爺、欽差陳廷敬大人恭請您去驛館敘話。」

闞禎兆冷冷道：「我同您家老爺並無交往，我也早不在衙門裡做事了，恕不從命。」

大順抬頭一看，大吃一驚，問道：「您不是那位在滇池釣魚的闞先生嗎？」

闞禎兆道：「是又如何？」

大順說：「闞公葫蘆裡賣的什麼藥呀？那日您硬說不認識闞禎兆先生！」

闞禎兆嘆道：「我並沒有胡說，當年那位聲聞士林的闞禎兆已經死了，現如今只有一位垂釣滇池的落魄漁翁！」

大順道：「闞公您這都是讀書人說的話，我是個粗人，不懂。我只是奉欽差之命，請闞公去驛館一敘。」

闞禎兆笑道：「我若是官場中人，欽差寅時召，不敢卯時到。可我是鄉野村夫，就不用管那麼多了。您請回吧，恕我不送！」

闞禎兆說罷，轉身進去了。大順被晾在客堂，只好怏怏而回。

劉景、馬明頭一家就去了大理茶行，夥計知道二位原是欽差手下，畢恭畢敬。劉景問：「你們家向巡撫衙門借過多少銀子？」

夥計說：「這得問我們東家。」

馬明問：「你們東家呢？」

夥計說：「東家走親戚去了，兩三日方能回來。」

問了半日，夥計只是搪塞，又道：「您二位請走吧，不然東家怪罪下來，我這飯碗就砸了！」

劉景說：「官府問案，怎麼就砸了你飯碗了？就是你東家在，也是要問的！」

夥計作揖打拱的，說：「你們只是不要問我。我只想知道，欽差大人什麼時候離開昆明？」

劉景道：「案子查清，我們就回京覆命！」

夥計說：「拜託了，你們快快離開昆明吧！」

馬明生氣起來，說：「你什麼都不肯說，案子就不知道何時查清，我們就走不了！」

夥計說：「你們不走，我們就沒法過日子了。欽差早走一日，我們的倒楣日子就少一日。」

劉景要發火了，道：「欽差大人奉皇上之命，清查雲南庫銀開支，這都是替百姓辦事，你們怎麼只希望欽差大人早些走呀？」

夥計說：「這位官老爺的話小的答不上來，我只想知道欽差何日離開。」

馬明圓睜怒眼，道：「荒唐，欽差大人倒成了你們的災星了！」

夥計嚇得跪了下來，仍是什麼都不肯說。

兩人出門，又走了幾家，大家都是半字不吐，只問欽差大人何時離開。

聽大順一說，陳廷敬知道那位在滇池釣魚的老漢果然就是闞禎兆。闞禎兆在雲南算個人物，那日王繼文竟沒有引見，其中必有隱情。

大順在旁說道：「我看這姓闞的鬼五神六，肯定不是什麼好東西！」

陳廷敬又想巡撫給商家借銀一事，誰都守口如瓶，蹊蹺就更大了。

劉景說：「我們原以為只有向雲鶴家不敢說，我們走了這麼多家，誰都不敢說。」

大順道：「我說呀，別這麼瞻前顧後的，不如明兒到巡撫衙門去，找王繼文問個明白！」

陳廷敬笑道：「我是去巡撫衙門審案，還是幹啥？審個巡撫，還得皇上御批哩！你們呀，得動腦子！」

珍兒問道：「老爺，王繼文說他為商家們做了那麼大的好事，可商家們卻是閉口不提，這不太奇怪了嗎？」

馬明道：「豈止是閉口不提！他們聽見巡撫衙門幾個字臉就變色！」

珍兒說：「那許是王繼文並沒有給商家借過銀子！可商家的銀子怎麼到了藩庫裡呢？」

陳廷敬眼睛頓時放亮，拍掌道：「珍兒，你問到點子上了！」

珍兒恍然大悟，說：「我明白了！」

陳廷敬點頭道：「珍兒猜對了。」

劉景同馬明面面相覷，拍拍腦袋說原來是這麼回事。大順一時沒想清楚，問：「你們都說明白了，明白什麼了呀？」

大夥兒哈哈大笑起來，直指著大順搖頭。

陳廷敬道：「珍兒，你說說。」

珍兒說：「王繼文並沒有借過銀子給商家，而是他虧空了庫銀，臨時借了商家的銀子放在藩庫裡湊數，想蒙混過關！」

陳廷敬點頭道：「這就是為什麼鹽行街關門的原因。商家那裡銀子盤不過來，要麼就進不了貨，要麼就欠著人家的款，哪有不關門的？王繼文知道朝廷有欽差要來，就早早的把商家的銀子借來了。誰家做生意的能熬得過幾個月沒銀子？」

大順拍拍後腦勺，直道自己是木魚腦袋，又說：「知道是這樣，那不更好辦了？把商家們召到巡撫衙門裡去，同王繼文當面對質，真相大白！」

馬明朝大順搖頭，道：「商家們在自己家裡都不敢說，到了巡撫衙門還敢說？」

珍兒說：「老爺，我有個辦法，不用審案，就會真相大白！」

陳廷敬忙問：「什麼辦法？快說說。」

珍兒說：「放出消息，告訴商家，只說借給巡撫衙門的銀子，限明兒日落之前取回，不然充公！」

陳廷敬連說這真是個好法子，便吩咐大順連夜出去放風。

57

王繼文心想陳廷敬那裡怕是通融不了，仍要如實奏明皇上的。他只好自己上個摺子請罪。王繼文同楊文啟忙了個通宵，終於寫好了摺子，言辭哀婉，誠惶誠恐。王繼文自己都快被這個摺子感動了，想那皇上的心也是肉長的，必定會赦了他的罪。

第二日大早，陳廷敬到了巡撫衙門。王繼文迎出儀門外，領著陳廷敬去了衙門後庭喝茶。

閒話半日，王繼文放下茶盅，叫楊文啟拿來摺子，道：「欽差大人，我已寫好摺子，請代呈皇上。」

陳廷敬接過摺子說：「我要你寫這個摺子，也是萬不得已。皇上仁德之極，最能體諒下面難處，不會太怪罪的。」

王繼文說：「還請欽差大人替我在皇上面前多多美言。」

陳廷敬如今心裡早有了底，便覺王繼文一言一行都在演戲。只是時候未到，陳廷敬仍是虛與委蛇，說：「我還是那句話，只要庫銀沒有損失，又幫了百姓，皇上那裡就好交代。說不定，皇上還會嘉獎你哪！」

王繼文滿臉悲氣，道：「能開脫罪責，我就萬幸了！話又說回來，萬一因為救民而獲罪，我也沒有遺憾！」

陳廷敬點頭稱許，只道制臺大人真是愛民如子。忽聽外面傳來喧嘩聲，王繼文問道：

「文啟，怎麼如此吵鬧？」

楊文啟說去看看，忙往外走。到了衙門外，吃了一大驚。原來鹽行街的商家們都來了，說巡撫衙門要還銀子。楊文啟頓時慌了，不知如何應付，便想進去商量對策，卻已脫不了身。一位商家問道：「楊師爺，不是說今日巡撫衙門還我們銀子嗎？我們去了藩庫，他們說沒這回事！」

楊文啟支吾道：「從何說起，從何說起。」

商家們登時傻了眼，靜默片時立刻又哄鬧起來。有人厲聲喊道要制臺大人出來說清楚，有人又說楊文啟自己上門借的銀子竟敢不認帳。楊文啟心裡害怕，臉上故作鎮定，說：「休得錯怪制臺大人。你們拿借據出來好生看看，制臺大人簽名了嗎？巡撫衙門蓋印了嗎？」

這時，大理茶行東家拿出借據念道：「今借到大理茶行白銀八萬兩，鬬禎兆。」

楊文啟趕忙說：「是呀，明明是鬬禎兆留的借據，怎麼找到巡撫衙門來了？」

大理茶行東家喊道：「找我們借銀子的，可是鬬師爺同你楊師爺兩個人，說只等欽差一走，就還給我們。我們是相信鬬禎兆的人品，才答應借銀子給巡撫衙門！要是你楊師爺一人上門，一兩銀子都借不著！」

楊文啟笑道：「是呀？我是一兩銀子也沒借著呀！你們去找鬬禎兆！」

立時罵聲震天，商家們直往衙門裡湧，說要打死這個睜眼說瞎話的楊文啟。

這時，福源鹽行的向玉鼎跳上臺階，高聲大喊：「各位街坊，我相信楊師爺的話，鬬禎兆坑了我們！為什麼這幾個月我們生意都做不成，他鬬家做獨家生意？我們本錢沒了，他家還有！我家雲鶴寫了狀子讓大家簽字，把鬬望達告到巡撫衙門，不曾想遭了鬬家毒手！那日若不是巡撫衙門的人去得快，我兒子早被闞家打死了！闞家一門狡惡，如狼似虎，我們要擦亮眼睛哪！」

大理茶行東家說：「闞禎兆是巡撫衙門的師爺，他出面借銀子，等於替衙門借銀子。」

楊文啟道：「你們有所不知啊，他問你們借銀子的時候，早不在巡撫衙門當差了！」

大理茶行東家恨恨道：「楊師爺，你真是小人！借銀子時你分明在場，這會兒卻說同自己沒有干係！」

正吵鬧著，陳廷敬同王繼文從裡頭出來了。原來陳廷敬聽得外頭吵鬧聲越來越大，知道時候到了，便說出去看看到底怎麼回事。王繼文勸阻不住，只好跟了出來。商家們見了王繼文，都喊著要巡撫衙門還銀子。王繼文哪裡料到會弄成這種局面，一時亂了方寸。

陳廷敬問道：「制臺大人，這是為何？」

王繼文回頭問楊文啟：「這是為何？」

楊文啟道：「回欽差大人跟制臺大人，闞禎兆向商家借了很多銀子，謊稱是巡撫衙門借的。闞家弄得眾商家生意都做不成了，商家們不明真相，把氣都撒在制臺大人身上。」

王繼文故作糊塗，問：「闞禎兆借那麼多銀子幹什麼？」

楊文啟還沒答上話來，卻聽得大理茶行東家在下面高聲問道：「這位大人可是欽差？」

陳廷敬拱手道：「本官陳廷敬，奉欽命來雲南。你們有什麼話，可在這裡說說。」

大理茶行老闆便說：「欽差大人，幾個月前，闞師爺、楊師爺上我家來，說王大人是個好官，這幾年沒有給雲南百姓添一兩銀子的負擔，只是為了應付朝廷攤派，把庫銀虧空了。朝廷派了欽差下來查帳，王巡撫眼看就要倒楣，要我借出銀子給巡撫衙門湊數，好歹讓巡撫大人過了這關再說。」

王繼文很是驚訝的樣子，問楊文啟：「什麼?藩庫裡的銀子是你們找商家借的？」

下面鬧哄哄的，沒人聽清王繼文的話。有人又道：「可是，銀子借出去了，楊師爺又上門來傳話，說絕不能對欽差大人說出實情，不然這銀子就充公了。」

楊文啟斥責道：「你胡說！」

陳廷敬瞟了一眼楊文啟，楊文啟就不敢多說了。大理茶行東家又道：「楊師爺還說，衙門裡虧空的這些銀子，本來就該從你們商家稅賦裡出的。你要是在欽差面前亂說，我就把你家銀子充公了，也不是沒有道理的。我們擔心銀子充公，半句話都不敢說。」

王繼文突然跺腳大怒。「楊文啟，你同闞禎兆誤我清名！」

楊文啟跪倒在地，匍匐而泣。「制臺大人，小的有罪!小的害了您哪！」

王繼文喊道：「把楊文啟拿下，本官同欽差大人親自審問！」

陳廷敬安撫了眾商家，便回衙門裡審案。楊文啟跪在堂下，隨口編出許多話來。「回欽差大人，巡撫衙門裡的錢糧事務，都是闞禎兆管著，小的只替他打下手。他是雲南本地人，重一地小私，忘天下大公。朝廷每有攤派，闞禎兆都說雲南民生疾苦，私自動用庫銀交差。巡撫大人對此並不知曉，總以為闞禎兆辦事得力。」

陳廷敬此時也難辨真假，便問：「你倒是說說，闞禎兆共動用了多少庫銀？」

楊文啟回道：「動用了九十萬兩！」

陳廷敬想了想，說：「可我查過這幾年雲南巡撫衙門帳務，連同協餉、賑災，不過七十八萬兩銀子。另外還有十二萬兩呢？」

楊文啟說：「小的沒有實據，不敢亂說，我猜只怕也是被闞禎兆落了腰包！」

陳廷敬道：「你本是同闞禎兆一起向商家們借的銀子，如今人家找上門來，你竟一口咬定是闞禎兆一人所為。可見你的話也信不得。這個我再同你算帳。我這裡只是問你，你們分明是借了商家銀子，如何還呀？原樣還回去，虧掉的庫銀怎麼辦？」

楊文啟道：「闞禎兆老謀深算，早想好辦法了。他父子倆泡製了一套稅賦新法，想讓商家用借出的這些銀子抵稅，帳就可以賴掉了。」

陳廷敬沒想到會冒出個稅賦新法來。他一時不明就裡，得先弄清了再說，便問：「制臺大人，您可知道闞家父子弄的稅賦新法？」

王繼文道：「闞家父子的確泡製過這麼個稅賦新法，想讓我在雲南實施。我仔細看了，實在是苛刻鄉民，荒唐之極，不予理睬。」

陳廷敬略加思忖，道：「制臺大人，先把楊文啟押下去，速帶闞禎兆來問話如何？」

王繼文想這會兒如把闞禎兆找來，就什麼都捅穿了，便施緩兵之計，道：「聽憑欽差大人安排。只是去闞家鄉下莊上打個來回就天晚了，不如明日再審闞禎兆？」

陳廷敬點頭應允，正中下懷。原來陳廷敬早叫劉景跟馬明兩人一個去鄉下，一個去監牢，把闞家父子藏起來了。

陳廷敬離開巡撫衙門沒多久，就有衙役來報，鄉下莊上找不著闞禎兆，闞望達也被人劫走了。王繼文猜著是陳廷敬幹的，暗中叫苦不迭。

劉景等人回到驛館，各自向陳廷敬回話。劉景說：「老爺，我們已把闞家父子送到滇池對岸華亭寺去了。可我想，等他們同楊文啟當面對質的時候，無非是公說公有理，婆說婆有理。」

馬明說：「是啊，那楊文啟一看就不是好東西，可闞家父子我也看不出他們好在哪裡。」

大順道：「我看也是的，闞禎兆整個兒假仁假義！闞望達嘴上附庸風雅，暗地裡心黑手辣！」

陳廷敬道：「我叫你們先把闞家父子藏起來，就是想先問問他們。不管如何，黑的變不了白的。」

珍兒從外頭進來，說：「老爺，剛才向保在外偷聽，見我來了，一溜煙跑了。我聽得驛館門響，大概是出去了。」

陳廷敬笑道：「肯定是向王繼文報信去了。他去報吧。明日巡撫衙門裡鬧翻天都不關我的事，我們上華亭寺拜菩薩去！」

一大早，陳廷敬便服裝束，準備上華亭寺去。向保垂手站在一旁，低頭聽命。

陳廷敬剛要上馬車，劉景說話了：「欽差大人，我有個想法。」

劉景說了半句，卻欲言又止。

陳廷敬問：「什麼呀？說呀！」

珍兒望望劉景似笑非笑的樣子，就猜著他的打算了，道：「我知道，他倆想把玻璃象棋帶上。」

陳廷敬笑道：「那有什麼不好說的？帶上吧。」

馬明道：「上了華亭寺，臨著滇池，下幾回棋，好不自在。」

珍兒下了馬，說：「我給你們去取棋！」

珍兒回到房間，打開箱子，頓時傻了。原來玻璃象棋不見了。珍兒嚇得箱子都來不及蓋上，慌忙跑了出來。她跑到陳廷敬身邊，耳語幾句。陳廷敬臉色大驚，回身往驛館裡面走。劉景、馬明不知發生什麼事了，也隨了進去。

陳廷敬看著打開的箱子，驚慌道：「御賜之物，丟失可是大罪啊！」

大順說：「肯定是王繼文搗鬼，他想把水攪渾了！」

陳廷敬急急道：「速速查找，務必把玻璃象棋找回來！」

劉景道：「老爺，在下以為，玻璃象棋只可暗訪，不可明查。不然，恐怕棋沒找到，就先連累您獲罪了！」

陳廷敬長嘆道：「眼看著雲南之事就要水落石出了，卻又節外生枝！」

劉景道：「不妨這樣，馬明隨欽差大人去華亭寺，我留下來暗訪玻璃象棋。」

劉景見陳廷敬的馬車漸漸遠了，突然對向保喝令道：「到我房間來！」

向保不知何事，大氣不敢出，跟在劉景後面進門去。劉景進屋坐下，端起桌上的茶，只管慢慢喝。向保低著頭，戰戰兢兢。過了好半日，劉景大聲喝道：「跪下！」

向保並不明白是什麼事情，先就撲通跪下了，道：「大人，小的不知何罪呀！」

劉景厲聲道：「快把玻璃象棋交出來！」

向保嚇傻了，半日才說出一句整話來：「什麼玻璃象棋？小的聽都沒聽說過！」

劉景冷冷道：「你還裝蒜？」

向保哭喪著臉道：「小的真的不知道啊！」

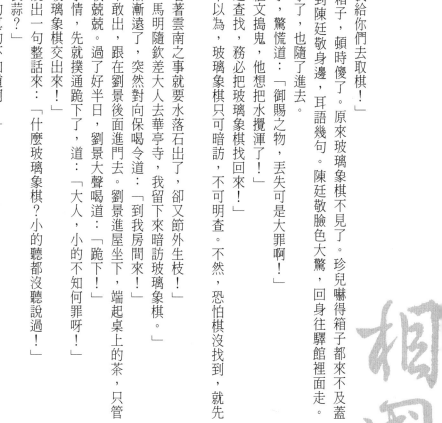

劉景道：「不要以為你做的事神不知鬼不覺！欽差大人住進驛館頭一日夜裡，你就摸進房間翻箱倒櫃。我去向雲鶴家，你也鬼鬼祟祟跟在後面，隨後又去王繼文那裡密報！你以為自己做的事情我不知道？」

向保渾身亂顫，叩頭不止，道：「大人說的這些，小的不敢抵賴。但那玻璃象棋，小的的確沒有偷呀！」

劉景道：「我早就同你說過，欽差大人房裡片紙點墨，都是要緊東西，丟失了只管問你要！這玻璃象棋是御賜之物，不交出來就是死罪！」

向保哀哭起來，道：「大人這會兒就是把我腦袋搬下來，我也交不出玻璃象棋呀！」

劉景罵道：「別貓哭老鼠了！東西是在你這裡丟的，只管問你要！」

向保朝劉景作揖不迭，口口聲聲喊著大人冤枉。劉景道：「別抬舉我了，我也不是什麼大人。你一個無品無級的驛丞，憑什麼同制臺大人往來如此密切？快快把你知道的都說了，或可饒你死罪！」

向保道：「大人，制臺大人只是囑咐小的盯著你們，其他事情我都不知道呀！」

劉景道：「你不說也行，單是玻璃象棋失盜一事，就足以治你死罪！我這裡先斬了你！」

劉景說著就把刀抽了出來，架在向保脖子上。向保嚇得趴在地上直喊冤枉。

劉景道：「冤枉？玻璃象棋好好的在你驛館裡丟了，不是你偷的是誰偷的？別人不敢進欽差大人房間！你要是把自己知道的說了，玻璃象棋失盜一事，我可在欽差大人面前替你周旋。」

向保早嚇得汗透了衣服，道：「小的說，小的全都說了。」

劉景放下刀，拿了筆紙，道：「你可要說得句句事實，我這裡白紙黑字，翻不了供的！」

王繼文在二堂等候陳廷敬，心裡急得快著火，卻仍從容地搖著扇子。忽有衙役來報：「制臺大人，陳廷敬上華亭寺去了。」

王繼文吃驚不小，猜著闞家父子肯定就在華亭寺。畢竟是見過大世面的人，王繼文明知遇著劫數了，卻仍要拼死相搏。他吩咐衙役把楊文啟帶來。衙役才要出門，王繼文道：「算了，還是我去牢裡見他吧。」

楊文啟坐在牢房裡沒事似的打扇喝茶，王繼文見了就想發火。不料楊文啟先站了起來，給王繼文施了禮，說：「庸書知道制臺大人肯定急壞了。制臺大人，不用急，不用怕！」

王繼文問道：「你還真穩坐釣魚臺呀？」

楊文啟笑道：「銀子是啞巴，會說話的就是我跟闞禎兆。他有一張嘴，我有一張嘴，況且借據是他簽的字。」

王繼文道：「別想得那麼輕巧，陳廷敬看樣子不好對付！」

楊文啟瞇眼一笑，道：「制臺大人，庸書有一計，既可讓闞家父子腹背受敵，又可讓陳廷敬亂了陣腳，沒法在雲南查下去！」

王繼文忙問：「什麼計策？快說！」

楊文啟說：「商家們為什麼突然憎恨闞家？」

王繼文著急道：「什麼時候了，還賣關子！你快說吧。」

楊文啟道：「不光因為闞禎兆替您找商家借銀子，更因為那個稅賦新法漏了風出去！商家們知道那個稅賦新法肯定是要從他們腰包裡掏銀子的！現在不妨讓人去外頭放風，說陳廷敬贊許闞家父子的稅賦新法，準備上奏朝廷恩准，今後雲南商家就別想有好日子過了。」

王繼文點頭不止，連聲道：「好！好！有了這個法子，我就不會是等死了！」

楊文啟道：「制臺大人，庸書還有一計。到時候真亂起來，就是把陳廷敬趁亂殺了，也是做得的！雲南天高皇帝遠，您上了摺子去，只說陳廷敬辦事不力，激起民變，死於非常，皇上又能怎樣？無非是再派欽差下來查查陳廷敬到底是怎麼死的，還不是由我們說去？」

王繼文點點頭，囑咐這話到此為止，依計行事就是了。

陳廷敬上了太華山，直奔華亭寺。見過了方丈，往殿裡燒了幾炷香，便顧不得客氣，吩咐馬明去請闞家父子。沒多時，闞家父子來了，都是面帶羞愧。

陳廷敬笑道：「我同闞公合該有緣哪！」

闞禎兆搖頭道：「闞某不是有意隱瞞身分，實是不想再過問巡撫衙門裡的事，得罪欽差大人了。」

闞望達拱手道：「晚生也欺瞞了欽差大人，聽憑責罰。」

陳廷敬望了一眼闞望達，回頭仍同闞禎兆說話：「你不問事，事得問你啊！」

闞禎兆道：「我自命聰明，卻幹了兩件後悔不及的糊塗事！」

陳廷敬猜著他出面替王繼文找商家借銀子算是件糊塗事，卻不知還有別的什麼事。闞禎兆道：「一是替巡撫衙門向商家借銀子，一是督造大觀樓。王繼文最初讓我辦理協餉，我沒有受命。需在短短的時間內籌集十七萬兩銀子，十三萬石糧食，一萬匹戰馬，實有難處。我要王繼文向朝廷上個摺子，能免就免，能緩就緩。可王繼文好大喜功，定要按時完成朝廷差事。」

陳廷敬問：「王繼文的確按時完成了差事，就是拿庫銀抵交的，是嗎？」

闞禎兆點頭道：「正是！後來聽說欽差要來查庫銀，王繼文向我討計，我方知他同楊文啟瞞著我做了很多違反朝廷例制的事情。我在衙門裡頭僅僅只是個案頭清供，一個擺設！我想這王繼文的衙門不是自己可以待的地方，便拂袖而去。可是過了不久，約莫四個月前，王繼文又找上門來，巧舌如簧，讓我出面求商家借銀子，暫填藩庫虧空。」

闞望達插話說：「我爹他耳朵軟，畢竟同王繼文有多年交情，就答應了。」

陳廷敬問：「為什麼王繼文非得求您去找商家呢？」

闞禎兆道：「闞某在雲南還算有個好名聲，闞家也世代為商，頗得同行信賴。」

陳廷敬又問：「您說督造大觀樓也是一樁糊塗事，這是為何？」

闞禎兆道：「名義上是我督造，但我只管施工，帳都是楊文啟管的。楊文啟籌募銀兩十多萬兩，都算在大觀樓建造上面了，實際大觀樓耗銀不過萬兩！」

陳廷敬點頭不語，聽他們父子講下去。闞望達說：「可我爹拿不出楊文啟貪污的證據，沒法告他！」

陳廷敬覺得奇怪，問：「這是為何？」

闞禎兆說：「我督造大觀樓那些日子，同王繼文鬧得不愉快，成日只知喝酒。楊文啟每有收支，專趁我酒醉時來簽字。現在真要查起大觀樓的帳，責任都在我頭上，反倒成了我貪污！」

闞望達說：「我家沒有借銀子給衙門，鹽行仍開得了門。別的商家只道我父子倆同巡撫衙門聯手坑他們，因此生恨。向雲鶴那日到我家吵鬧，巡撫衙門早有人候在裡頭。衙役們把向雲鶴騙進去打了個半死，反賴我打的，又說商家們聯名告我，把我抓了起來。」

闞禎兆又道：「我弄得商家們沒法做生意，我還同望達琢磨了一個稅賦新法，商家們不明白其中細節，自然恨我闞家！」

陳廷敬很有興趣，道：「您說說這個稅賦新法吧。」

闞禎兆說：「欽差大人奏請朝廷廢除了雲南採銅稅收，減輕了百姓負擔，自然是好事。但雲南銅稅是衙門裡的主要進項，現在沒了。如不再闢新的財源，長此以往，終究要坐吃山空的。」

陳廷敬問：「您有什麼好辦法？」

闞禎兆道：「欽差大人有所不知，雲南多山少地，百姓窮苦，要在黎民百姓頭上均攤稅賦，非常之難。但雲南除銅之外，還產鹽，產茶，還有大量馬幫、商行。目前朝廷對雲南鹽、茶管得過鬆，馬幫、商行也多不交稅。」

陳廷敬點頭道：「哦，對了，只要把鹽、茶、馬幫、商行管好，合理徵稅，財源就不愁了。」

闞禎兆說：「我家望達也是個心憂天下的讀書人，我們父子倆合計，寫了個稅賦新法的策論，想請制臺大人轉呈皇上。」

陳廷敬說：「我來雲南之前，皇上並沒有收到這個摺子。」

闞禎兆使勁兒搖頭，說：「王繼文根本就沒有上呈皇上！他想多一事不如少一事，只圖在雲南做些表面文章，等著升官，拍屁股走人！可是，皇上不知道，商家們先知道了。他們並不知曉詳情，只聽說闞家父子給朝廷出了個餿主意，要從他們腰包裡掏錢。向雲鶴帶頭狀告闞家，就為這件事！」

陳廷敬低頭尋思半日，說：「我算了帳，動用藩庫裡的銀子作協餉，也只是現銀部分，另外採辦糧草和馬匹的銀子是哪裡來的？」

闞禎兆道：「我也在算這個帳，摸不著頭緒。庫銀除了挪作協餉的七十八萬兩，還有十二萬兩對不上號，楊文啟賴我貪了，也沒說這些銀子用作採辦糧草和馬匹了。」

陳廷敬說：「這十二萬兩銀子並不夠採辦糧草和馬匹之用。王繼文還有銀子哪裡來的呢？」

闞望達道：「我也想不清楚。王繼文做巡撫這幾年，倒確是沒有向百姓攤派一兩銀子，大家都叫他王青天。他的那些銀子是從哪兒來的呢？」

很快就日暮了，回城已晚。陳廷敬也不著急，吩咐就在寺裡住下。方丈這才知道陳廷敬原來是欽差，便跟前跟後，念佛不止，還非得求了墨寶不可。

第二日，用過齋飯，陳廷敬攜闞家父子登舟回城。船過滇池，水波不驚，白鷗起起落落，忽遠忽近。

船漸近碼頭，岸上卻已聚著很多人。闞望達眼尖，認出那些人來，便道：「糟了，都是鹽行街的商家，肯定是衝著我們來的！」

原來前日陳廷敬說了，第二日巡撫衙門還銀子。昨日商家們便湧到巡撫衙門去了，衙門裡的人說需得找著闞禎兆，借據是他簽的字。商家們又趕到闞家鹽行，差點兒同闞家家丁打了起來。這時，不知又聽誰說陳廷敬要把闞家父子的稅賦新法上奏朝廷，不光這回借出去的銀子要抵稅，今後大家也別想有好日子過。商家們更是火了，說乾脆殺了這狗官算了。他們聽說陳廷敬上了華亭寺，便早早兒趕到這裡候著。

船離岸還有丈餘，岸上幾個人就伸出竹竿，使勁往船上戳，船便搖晃著往後退去。三隻船碰在一起，差些兒翻了。岸上人高聲喊道：「不還我們銀子，你們休想上岸！廢了那個狗屁稅賦新法！不許他們上岸！」

陳廷敬站在船上並不說話，等岸上稍微安靜些，才喊道：「各位東家，你們聽我說！」

陳廷敬才說了半句，岸上又哄鬧起來。

闞禎兆喊道：「各位街坊，你們被王繼文騙了！」

闞禎兆剛開口，辱罵聲鋪天蓋地而來，容不得誰說半句話。這時，劉景領著闞家家丁們跑了來，刀刀槍槍地圍住了眾商家。幾個年輕東家受不了這口氣，正欲動手，就被闞家家丁打翻在地。沒人再敢動了，只是嘴裡罵罵咧咧。

陳廷敬這才上了岸，連忙吩咐不得傷了百姓。

向玉鼎喊道：「朝廷欽差，怎可官匪一家呀！」

陳廷敬道：「我陳某是官，闞家可不是匪，他家同你們一樣，都是大清的子民。」

向玉鼎道：「你不同巡撫衙門一起查案子，同奸商惡人混在一起，算什麼好官！」

陳廷敬笑道：「誰借了你們銀子不還，就是壞官，就是奸商，是嗎？這樣就好說了。你們息息火氣，馬上隨我去藩庫，領回你們的銀子！」

商家們不敢相信，半日沒人答腔。

闞禎兆說：「欽差大人說話算數！」

向玉鼎怒道：「你休得開口！」

陳廷敬說：「老鄉們，你們誤會闞公了！」

向玉鼎道：「誰誤會他了？他家平日裡滿口仁義道德，到頭來把我兒子差點兒打死！」

闞望達說：「向老伯，雲鶴真不是我闞家打的！」

正在這時，向雲鶴突然從人群中鑽了出來。向玉鼎吃驚道：「雲鶴，你怎麼來了？」

向雲鶴道：「我是欽差的人帶來的。爹，我的傷真不是闞家打的！」

向玉鼎傻了眼，問：「雲鶴，怎麼回事？」

向雲鶴低頭道：「那日巡撫衙門裡的人說，為了不讓朝廷盤剝我們，就得阻止闞家把稅賦新法報上去，就得把闞家告倒！他們把我打傷，然後誣賴闞家！」

闞望達搖頭道：「雲鶴，你這苦肉計，差點兒要了我的命啊！」

向雲鶴拱手拜道：「望達兄，我對不住你！」

闞向兩家恩怨剛剛了結，人堆裡又有人喊了：「你們兩家和好了，我們怎麼辦？我們認繳稅賦？」

人堆裡又是鬨聲一片，直道不交。

陳廷敬道：「老鄉們，我們先不說該不該納稅繳賦，我先問你們幾個問題。雲南地處關邊，若有外敵來犯，怎麼辦？」

有人回道：「朝廷有軍隊呀！」

陳廷敬又問：「雲南地廣人稀，多有匪患。若有土匪打家劫舍，怎麼辦？」

有人又回道：「衙門派兵清剿呀？」

陳廷敬繼續問道：「衙門裡的人和那些當兵的吃什麼穿什麼呀？」

這下沒人答話了。陳廷敬說：「繳納皇糧國稅，此乃萬古成例，必須遵守。闞家父子提出的稅賦新法，你們只是道聽塗說，我可是細細請教過了。告訴你們，我家也是做生意的，這個稅賦新法，比起我老家山西，收的稅賦少多了！」

仍是沒人說話。陳廷敬又說：「闞公跟闞望達，實在是為雲南長治久安考慮。不然，他們操這個心幹麼？按照稅賦新法，他們自己也得納稅交賦呀？」

闞望達拱手道：「各位前輩，同行，聽我說幾句。雲南現在的稅賦負擔，已經是全國最輕的。富裕省份每年都須上解庫銀，雲南不需要。我們雲南只是朝廷打仗的時候需要協餉。王繼文是怎麼協餉的呢？他一面要在皇上那裡顯得能幹，一面要在百姓面前扮演青天，他雖不向百姓收稅賦，卻是挪用庫銀辦協餉。」

闞禎兆接過話頭，說：「他王繼文博得了青天大老爺的好官聲，飛黃騰達了，會把一個爛攤子留給後任。到頭來，歷年虧空的庫銀，百姓還得補上。百姓不知道的，以為王巡撫不收稅賦，改了張巡撫李巡撫就收稅賦了，還收得那麼重。百姓會說巡撫衙門政令多變，說不定還要出亂子！天下亂了，吃虧受苦的到底還是我們百姓！」

陳廷敬道：「各位東家，道理我們講得很清楚了，你們一時想不通的，可以回去再想想。現在呢？就隨我去藩庫取回你們的銀子。」

陳廷敬說罷上轎，闞家自己的轎子也早候著了。商家們邊議論紛紛，邊跟在陳廷敬後面，往藩庫取銀子去。

劉景這才把驛丞向保的供詞遞給陳廷敬，說：「老爺，您快看看，還有驚天大案。」

陳廷敬接過供詞，果然過目大驚。原來吳三桂兵敗之後，留下白銀三千多萬兩，糧食五千多萬斤，草料一千多萬捆，都被王繼文隱瞞了。向保原是王繼文的書僮，跟了他二十多年。向保不過粗通文墨，官場裡頭無法安插，就讓他做了個驛丞。向保做驛丞只是掩人耳目，他實是替王繼文看管著吳三桂留下的錢糧。每次需要協餉，銀子就從藩庫裡挪用，糧草就由向保暗中湊上，這事連楊文啟都不知道。吳三桂留下的那些錢糧，王繼文最初捨不得報告朝廷，後來卻是不敢讓朝廷知道。

闞禎兆恍然大悟，說：「這下我就明白了！唉！我真是個瞎子呀！王繼文就在我眼皮底下玩把戲，我竟然沒看見！」

陳廷敬吩咐馬明，「速去請一請王繼文大人，畢竟是雲南藩庫，我不能說開就開啊！」到了藩庫，等了老半日，王繼文乘轎來了，下轎便道：「欽差大人，這麼大的事情，您得事先同我商量一下。」

陳廷敬笑道：「我這不正是請您過來商量嗎？」

卻有商家喊道：「我們取回自家銀子，還有什麼需要商量的！」

王繼文軟中帶硬道：「假如造成騷亂，官銀被鬨搶了，可不是我的責任。」

向玉鼎道：「放心吧，制臺大人，我們只要自家的銀子！」

藩庫開始發還銀子，商家們都喊陳廷敬青天大老爺。陳廷敬頻頻還禮，王繼文卻是急得火燒火燎。忽然，又聽得陳廷敬漫不經心地說：「制臺大人，我已查明，吳三桂曾留下巨額銀子、糧食跟草料，都不知哪裡去了。」

王繼文頓時臉色鐵青，兩眼發黑，說不出話來。

陳廷敬卻不慍不火，道：「制臺大人，隨我進京面聖吧！」

回到驛館，劉景把玻璃象棋拿了出來。陳廷敬問是怎麼找到的，大家都笑而不答。

終於大順說了：「老爺，我才知道，玻璃象棋本來就沒有丟！」

原來劉景他們看出向保不尋常，卻又無從下手，就故意拿丟失玻璃象棋去唬他。陳廷敬聽了哭笑不得，道：「今後查案子，可不許先給別人栽贓啊！下不為例。」

劉景應了，卻仍是笑。陳廷敬便問：「笑什麼呀？是否還有事瞞著我？」

劉景笑道：「老爺，這都是珍少奶奶的主意！」

陳廷敬對珍兒便有責怪之意，珍兒道：「我早就覺著向保同王繼文關係非同尋常，卻抓不住把柄。」

陳廷敬板著臉說：「抓不住把柄，你就強加他一個把柄？」

珍兒嗔道：「老爺也真是的，向保這種人，你不給他個下馬威，先嚇唬他，他肯說實話？」

劉景道：「還多虧了珍少奶奶，不然向保哪肯招供王繼文隱瞞吳三桂錢糧的事？」

陳廷敬終於笑了起來，卻仍說今後再不能這樣辦案。

第二日，陳廷敬押著王繼文回京。王繼文尚未定罪，仍著官服，臉色灰黑，坐在馬車裡。陳廷敬仍是以禮相待，王繼文卻並不領情。

快出城門，忽見街道兩旁站滿了百姓。仔細聽聽，原來都是來送王繼文的。有的百姓痛哭流涕，說王大人是個好官哪，這幾年沒問百姓要一兩銀子，卻被奸臣害了。又有人說，王大人得罪了雲南有錢的商家，被他們告到京城，朝廷就派了欽差下來。

出了城門，卻見城外還黑壓壓的跪著很多人，把道都擋了。一位百姓見了王繼文，忽地站起來，撲上前哭道：「王大人，您可是大青天啊，您走了，我們的日子不知怎麼過呀！」

王繼文也彷彿動了感情，說：「你們放心，闞家父子提出的稅賦新法，欽差大人雖說要上奏朝廷，但皇上不一定恩准哪！」

那人扭頭怒視陳廷敬：「你就是欽差嗎？你憑什麼要抓走我們的父母官？王大人可是雲南自古以來從未有過的好官哪！」

陳廷敬高喊道：「老鄉們，王大人有沒有罪，現在並無定論，得到了京城，聽皇上說了算數！」

那人道：「朝廷有你這樣的奸臣，王大人肯定會吃苦頭的！」

突然有人高喊殺了奸臣，百姓轟地都站了起來，蜂飛蟻湧般撲了過來。劉景和眾隨從拼命擋住人流。珍兒跳下車來，揮劍護住陳廷敬。

馬明閃到王繼文馬車前，耳語道：「你趕快叫他們退下去，不然砍了你！」

王繼文瞪眼道：「你敢！」

馬明抽出刀來，說：「你別逼我！快，不然你脖子上一涼，就命赴黃泉了！」

王繼文同馬明對視片刻，終於軟了下來，下車喊道：「鄉親們，鄉親們，你們聽我說！」

卻有人叫道：「王大人您不要怕，我們殺了奸臣，朝廷要是派兵來，我們就擁戴您，同他們血戰到底！」

王繼文厲聲喊道：「住口！」百姓馬上安靜下來。王繼文突然跪了下來，朝百姓拜了幾拜。百姓們見了，又齊刷刷跪下，哭聲一片。

王繼文道：「我王某拜託大家了，千萬不要做不忠不義之事！我在雲南克勤克儉，不貪不占，上不負皇天，下不負黎民。這次進京面聖，兇吉全在天定。天道自有公正，鄉親們就放心吧！」

再無人說話，只聞一片哭聲。王繼文又道：「鄉親們請讓出一條道來，就算我王繼文求大家了。」

百姓們慢慢讓出道來，他們都恨恨地望著陳廷敬。

珍兒說：「王大人把自己都感動了，還真哭了哩。」

陳廷敬嘆道：「這回夾道哭送王大人的百姓，倒是自己聞訊趕來的。可憐這些善良的百姓啊！」

58

回京路上，陳廷敬接到家書，報喜說豫朋中了進士。陳廷敬喜不自禁，便吩咐快馬加鞭，巴不得飛回家去。豫朋、壯履兄弟自小是外公發蒙，陳廷敬忙著衙門裡的事，向來疏於課子。陳廷敬正日夜往家飛趕，不料數日之後又獲家書，岳父大人仙逝了。陳廷敬痛哭不已，更是催著快些趕路。

雲南畢竟太遠了，回到京城已是次年七月。屈指算來，一來一去幾近一年。陳廷敬先把王繼文交部，顧不得進宮，急忙往家裡趕。一家人見了面，自是抱頭痛哭。陳廷敬逕去岳父靈位前點香叩頭，哭了一場。回到堂屋坐下，月媛細細說了父親發的什麼病，什麼時候危急，請的什麼醫生，臨終時說過什麼話，舉喪時都來了什麼人。陳廷敬聽著，淚流不止。

陳廷敬進門就見家瑤同祖彥也在這兒，心裡甚是納悶，只因要先拜老人，不及細問。這會兒祖彥同家瑤走到陳廷敬跟前，撲通跪下，泣不成聲。

陳廷敬忙問：「祖彥、家瑤，你們這是怎麼了？」

祖彥哽咽道：「爹，您救救我們張家吧！」

陳廷敬又問：「你們家怎麼了？」

家瑤哭道：「我家公公被人參了，人已押進京城！」

說起來都是故舊間的糾葛。京城神算祖澤深宅院被大火燒掉，便暗託明珠相助，花錢捐了官，沒幾年工夫就做到了荊南道道臺。去年張汧升了湖廣總督，他那湖南巡撫的位置讓布政使接了。祖澤深眼睛瞅著布政使的缺，便託老朋友張汧舉薦。張汧答應玉成，可最終並沒能把事情辦妥。祖澤深心裡懷恨，參張汧為做成湖廣總督，貪銀五十多萬兩去場面上打點。張汧又反過來參祖澤深既貪且酷，治下民怨沸騰。兩人參來參去，如今都下了大獄。

月媛說：「親家的案子，可是鬧得滿城風雨！皇上先是派人查了，說親家沒事。後來皇上又派于成龍去查，卻查出事來。」

陳廷敬嘆道：「于成龍辦事公直，他手裡不會有冤案的。唉，我明兒先去衙門打聽再說。世事難料啊！當年給我們這些讀書人看相的正是這個祖澤深。他自己會算命，怎麼就沒算準自己今日之災？」

祖彥道：「請岳父大人救我張家。現在裡頭的消息半絲兒透不出來，不知如何是好。我已多方打點，過幾日可去牢裡看看。」

陳廷敬只得勸女兒女婿心放寬些，總會有辦法的。他心裡卻並沒有把握，張汧果真有事，皇上如不格外開恩，可是難逃罪責的。

第二日，陳廷敬先去了南書房，打探什麼時候可以覲見。他的摺子早交折差進京了，料皇上已經看過。一進南書房的門，只見臣工們都圍著徐乾學說事兒。見這場面，陳廷敬便知事隔十餘月，徐乾學越發是個人物了。只是不見明珠和索額圖。

徐乾學回身望見陳廷敬，忙招呼道：「喲，陳大人，辛苦了，辛苦了。您這回雲南之行，人還沒回來，京城可就傳得神乎其神啊！都說您在雲南破了驚天大案！」

陳廷敬笑道：「尚未聖裁，不方便多說。」

閒話幾句，徐乾學拉了陳廷敬到旁邊說話，道：「陳大人，皇上近些日子心情都不太好，您覲見時可得小心些。征剿噶爾丹出師不利，又出了張汧貪污案，如今您又奏報了王繼文貪污案。皇上他也是人啊！」

陳廷敬聽罷，點點頭又搖搖頭，嘆息良久，道：「我會小心的。不知皇上看了我的摺子沒有？」

徐乾學道：「皇上在暢春園，想來已是看了。我昨日才從暢春園來，今日還要去哩。陳大人只在家等著，皇上自會召您。」

兩人又說到張汧的官司，徒有嘆息而已。

陳廷敬在南書房逗留會兒，去了戶部衙門。滿尚書及滿漢同僚都來道乏，喝茶聊天。問及雲南差事，陳廷敬只談沿路風物，半字不提王繼文的官司。也有追根究柢的，陳廷敬只說上了摺子，有了聖裁才好說。

徐乾學其實是對陳廷敬說一半留一半。那日皇上在澹寧居看了陳廷敬的奏摺，把龍案拍得就像打雷。張善德忙勸皇上身子要緊，不要動怒。

皇上問張善德：「你說說，陳廷敬這個人怎麼樣？」

張善德低頭回道：「陳廷敬不顯山不顯水，奴才看不準。」

皇上冷笑一聲：「你是不敢說！」

張善德道：「皇上，奴才的確沒聽人說過陳廷敬半句壞話。」

皇上又冷笑道：「你也覺著他是聖人，是嗎？」

張善德慌忙跪下，道：「皇上才是聖人！」

皇上道：「陳廷敬可把自己當成聖人！別人也把他看做聖人！」

當時徐乾學正在外頭候旨，裡頭的話他聽得清清楚楚。又聽得皇上在裡頭說讓徐乾學進去，他故意輕輕往外頭走了幾步，不想讓張公公知道他聽見了裡頭的話。

陳廷敬每日先去戶部衙門，然後去南書房看看，總不聽說皇上召見。倒是他不論走到哪裡，大夥兒不是在說張汧的官司，就是在說王繼文的官司。只要見了他，人家立馬說別的事去了。皇上早知道陳廷敬回來了，卻並不想馬上召見。看了陳廷敬的摺子，皇上心裡很不是味道。皇上不想看到王繼文有事，陳廷敬去雲南偏查出他的事來了。

有日夜裡，張汧被侍衛傻子秘密帶到了暢春園。見了皇上，張汧跪下哀哭，涕淚橫流。皇上見張汧蓬頭垢面，不忍相看，著令去枷說話。傻子便上前給張汧去了枷鎖。

皇上說：「你是有罪之臣，照理朕是不能見你的。念你過去還是個好官，朕召你說幾句話。」

張汧聽皇上口氣，心想說不定自己還有救，使勁兒叩頭請罪。

皇上道：「你同陳廷敬是兒女姻親，又是同科進士，他可是個忠直清廉的人，你怎麼就不能像他那樣呢？如今你犯了事，照人之常情，他會到朕面前替你說幾句好話。他已從雲南回來了，並沒有在朕面前替你說半個字。」

張汧早囑咐家裡去求陳廷敬，心想興許還有線生機。聽了皇上這番話，方知陳廷敬真的不近人情，張汧心裡暗自憤恨。

皇上又道：「朕要的就是陳廷敬這樣的好官。可是朕也琢磨，陳廷敬是否也太正直了？他就沒有毛病？人畢竟不是神仙，不可能挑不出毛病。」

張汧儘管生恨，卻也不想違心說話，便道：「罪臣同陳廷敬交往三十多年，還真找不出他什麼毛病。」

皇上冷冷道：「你也相信他是聖人？」

張汧道：「陳廷敬不是聖人，卻可稱完人。」

皇上鼻子裡輕輕哼了哼，嘴裡吐出兩個字：「完人！」

皇上許久不再說話，只瞟著張汧的頭頂。張汧低著頭，並不曾看見皇上的目光，卻感覺頭皮被火燒著似的。張汧的頭皮似乎快要著火了，才聽得皇上問道：「你們是親戚，說話自然隨意些。他說過什麼嗎？」

張汧沒聽懂皇上的意思，問道：「皇上要臣說什麼？」

皇上很不耐煩，怒道：「朕問你陳廷敬說過朕什麼沒有！」

張汧隱約明白了，暗自大驚，忙匍匐在地，說：「陳廷敬平日同罪臣說到皇上，無不感激涕零！」

皇上並不想聽張汧說出這些話來，便道：「他在朕面前演戲，在你面前還要演戲？」

張汧腦子裡嗡嗡作響，他完全弄清了皇上的心思，便道：「皇上，陳廷敬儘管對罪臣不講情面，他對皇上卻是忠心耿耿，要罪臣編出話來說他，臣做不到！」

皇上拍案而起：「張汧該死！朕怎會要你冤枉他？朕只是要你說真話！陳廷敬是聖人，完人，那朕算什麼？」

張汧連稱罪臣該死，再說不出別的話來。

皇上又道：「你是罪臣，今日有話不說，就再也見不到朕了！」

張汧伏地而泣，被侍衛拉了出去。

祖彥去牢裡探望父親，便把皇上的話悄悄兒傳了回來。陳廷敬跌坐在椅子裡，大驚道：「皇上怎能如此待我！」

祖彥說：「我爹的案子只怕是無力回天了，他只囑咐岳父大人您要小心。」

陳廷敬仍不心甘，問：「皇上召見你爹，案子不問半句，只是挑唆你爹說出我的不是？」

祖彥道：「正是。我爹不肯編出話來說您，皇上就大為光火！」

皇上如何垂問，張汧如何奏對，祖彥已說過多次，陳廷敬仍是細細詢問。幾日下來，陳廷敬便形容枯槁了。人總有貪生怕死之心，可他的鬱憤和哀傷更甚於懼死。憑著皇上的聰明，不會看不到他的忠心，可皇上為什麼總要尋事兒整他呢？陳廷敬慢慢就想明白了，皇上並不是不相信王繼文的貪，而是不想讓臣工們背後說他昏。陳廷敬查出了王繼文的貪行，恰好顯得皇上不善識人。

過幾日，皇上召陳廷敬去了暢春園，劈頭就說：「你的摺子朕看了。你果然查清王繼文是個貪官，朕失察了。你明察秋毫，朕有眼無珠；你嫉惡如仇，朕藏汙納垢；你忠直公允，朕狹隘偏私；你是完人聖人，朕是庸人小人！」

陳廷敬連連叩頭道：「皇上息怒，臣都是為了朝廷，為了皇上！」

皇上冷冷一笑，道：「你為了朕？朕說王繼文能幹，升了他雲貴總督，你馬上就要去雲南查他。你不是專門給朕拆臺，千里迢迢跑到雲南去，來回將近一年，這是何苦？」

陳廷敬只得學聰明些，他早想好了招，道：「啟奏皇上，現在還不能斷言王繼文就是貪官。」

皇上從陳廷敬進門開始都沒有看他一眼，這會兒緩緩抬起頭來，說：「咦，這可怪了。你起來說話吧。」

陳廷敬謝過皇上，仍跪著奏道：「臣在雲南查了三筆帳，一、庫銀虧空九十萬兩，其中七十八萬兩挪作協餉，十二萬兩被幕僚楊文啟貪了；二、吳三桂留下白銀三千多萬兩，糧食五千多萬斤，草料一千多萬捆，都被王繼文隱瞞，部分糧草充作協餉，銀兩卻是分文不動。但朝廷每年撥給雲南境內驛站的銀錢，都被驛丞向保拿現成的糧草串換，銀子也叫他貪了；三、建造大觀樓余銀九萬多兩，也被幕僚楊文啟貪了。倒是王繼文自己不見有半絲貪污。」

皇上冷冷地瞟了眼陳廷敬，獨自轉身出去，走到澹寧居外垂花門下，佇立良久。皇上這會兒其實並不想真把陳廷敬怎麼樣，只是想抓住他些把柄，別讓他太自以為是了。大臣如果自比聖賢，想參誰就參誰，想保誰就保誰，不是個好事。識人如玉，毫無瑕疵，倒不像真的了，並不好看。張善德小心跟在後面，聽候吩咐。

皇上閉目片刻，道：「叫他出來吧。」

張善德忙回到裡頭，見陳廷敬依然跪在那裡。張善德過去說：「陳大人，皇上召您哪。」

陳廷敬起了身，點頭道了謝。張善德悄聲兒說：「陳大人，您就順著皇上的意，別認死理兒。」陳廷敬默然點頭，心裡暗自嘆息。

陳廷敬還沒來得及叩拜，皇上說話了：「如此說，王繼文自己在錢字上頭，倒還乾乾淨淨？」

陳廷敬說：「臣尚未查出王繼文自己在銀錢上頭有什麼不乾淨的。」

皇上嘆道：「這個王繼文，何苦來！」

陳廷敬私下卻想，做官的貪利只是小貪，貪名貪權才是大貪。自古就有些清廉自許的官員，為了博取清名，為了做上大官，盡幹些苛刻百姓的事。王繼文便是這樣的大貪，雲南百姓暫時不納稅賦，日後可是要加倍追討的。這番想法，陳廷敬原想對皇上說出來的；可他聽了張善德的囑咐，便把這番話咽下去了。

皇上心裡仍是有氣，問道：「王繼文畢竟虧空了庫銀，隱瞞吳三桂留下的銀糧尤其罪重。你說朕該如何處置他？」

陳廷敬聽皇上這口氣，心領神會，道：「臣以為，當今之際，還不能過嚴處置王繼文。要論他的罪，只能說他好大喜功，挪用庫銀辦理協餉，本人並無半點兒貪污。還應擺出他在平定吳三桂時候的功績，擺出他治理滇池、開墾良田的作為，替他開脫些罪責。」

陳廷敬說完這番話，便低頭等著皇上旨意。皇上卻並不接話，只道：「廷敬，你隨朕在園子裡走走吧。」

今兒天陰，又有風，園子裡清涼無比。皇上說：「廷敬，朕原想在熱河修園子，你說國力尚艱，不宜大興土木。朕聽了你的話，不修了。這裡是前明留下的舊園子，朕讓人略作修繕，也還住得人。」

陳廷敬回道：「臣每進一言，都要捫心自問，是否真為皇上著想。」

皇上又道：「廷敬，你是朕的老臣忠臣。朕知道，你辦的事情，樁樁件件，都是秉著一片忠心。可朕有時仍要責怪你，你知道為什麼嗎？」

皇上說罷，停下來望著陳廷敬。陳廷敬拱手低頭，一字一句道：「臣不識時務！」

皇上笑道：「廷敬終於明白了。就說這雲南王繼文的案子，你一提起，朕就知道該查。可是現在就查，還是將來再查？這裡面有講究。朕原本打算先收拾了噶爾丹，再把各省庫銀查查。畢竟征剿噶爾丹，才是當前朝廷最大的事情！熱河的園子，現在不修，將來還是要修的！」

聽了皇上這些話，陳廷敬反而真覺得有些羞愧了。陳廷敬不多說話，只聽皇上諭示：「王繼文的確可惡，你說不從嚴查辦，很合朕的心意。才出了張汧貪污大案，尚未處理完結，又冒出個更大的貪官王繼文，朝廷的臉面往哪裡擱？王繼文朕心裡是有數的，他這種官員，才幹是有的，只是官癮太重，急功近利。他對上邀功請賞，對下假施德政。這種人官做得越大，貽禍更是深遠。」

陳廷敬道：「皇上明鑒！且這種官員，有的要到身後多年，後人才看出他的奸邪！」

皇上長嘆道：「朕的確失察了呀！」

聽著這聲嘆息，陳廷敬更明白了皇上的確不易，便道：「皇上不必自責，好在王繼文的面目已被戳穿了。皇上，臣還有一條建議。」

陳廷敬抬頭看看皇上臉色，接著說道：「吳三桂留下的三千多萬兩銀子，念雲南地貧民窮，撥一千萬兩補充雲南庫銀，另外兩千萬兩速速上解進京！所餘糧草就地封存，著雲南巡撫衙門看管，日後充作軍餉。」

皇上想了想，道：「朕就依你的意思辦。只是吳三桂所留銀糧的處置，必須機密辦理，不要弄得盡人皆知！」

因又說到雲南稅賦新法，皇上道：「朕細細看了，不失為好辦法，可准予施行，其他相似省份都可借鑒。廷敬理財確有手段。」

陳廷敬說：「臣不敢貪天之功，這個稅賦新法，是闞禎兆父子拿出來的。臣只是參照朝廷成例，略作修改而已。」

皇上問道：「闞禎兆父子？」陳廷敬便把闞家的忠義仁德粗略說了，皇上聽罷唏噓良久，道：「他們倒真是身遠江湖，心近君國啊！」

月媛同家瑤、祖彥、壯履在堂屋裡鎮日相對枯坐，尖著耳朵聽門上動靜。忽聽得外頭有響動，好像是老爺回來了。月媛臉色煞白，忙起身迎了出去。家瑤、祖彥、壯履也跟了出去。見老爺身子很倦的樣子，誰也不敢多問。陳廷敬見大家這番光景，知道都在替他擔心，便把覲見的情形大略說了。月媛這才千斤石頭落了地，長長地嘆了一聲。這幾日，一家人都把心提到嗓子眼上過日子。

家裡立時有了生氣。進了堂屋坐下，祖彥道：「皇上已經息怒，孩兒就放心了。」

家瑤說：「既然皇上仍然寵信爹，就請爹救救我公公。」

家瑤說著，又跪了下來。陳廷敬忙叫家瑤起來說話，家瑤卻說爹不答應救她公公，她就不起來。

陳廷敬搖頭道：「傻孩子啊，不是爹想不想救，而是看想什麼法子，救不救得了！」

祖彥說：「本來侍郎色楞額去查了案子，認定我爹沒罪的；後來祖澤深再次參本，皇上命于成龍去查，又說我爹有罪。這中間，到底誰是誰非？」

陳廷敬說：「色楞額貪贓枉法，皇上已將他查辦了。于成龍是個清官，他不會冤枉好人的。」

家瑤哭道：「爹，你就看在女兒份上，在皇上面前說句話吧！」

大順進來通報，說是張汧大人的幕賓劉傳基求見。陳廷敬便叫家瑤快快起來，外人看著不好。家瑤只得站起來，月媛領著她進裡屋去了。壯履也進去迴避，只有祖彥仍留在堂屋。

沒多時，劉傳基進來，拱手拜禮。陳廷敬請劉傳基千萬別見外，坐下說話。劉傳基並沒有坐下，而是撲通跪地，叩首道：「陳大人一定要救救我們張大人！他有罪，卻是不得已呀！傳基害了張大人，若不救他，傳基萬死不能抵罪！」

陳廷敬道：「事情祖彥跟家瑤都同我說了，也不能都怪你。升官確需多方打點，已成陋習。」

劉傳基說：「要不是明珠知道我私刻了官印，張大人就是不肯出三十萬兩部費他也沒法子。是我害了張大人。」

這事早在去年陳廷敬就聽張鵬翮說過，可他知道明珠如今風頭正盛，便搖頭道：「傳基，事情別扯遠了，不要說到別人。」

劉傳基又道：「我聽說陳大人查的雲南王繼文案，比張大人的案子重多了，皇上都有意從輕發落，為什麼張大人就不可以從輕呢？國無二法呀！」

陳廷敬緘口不言，私下卻想尋機參掉明珠，一則為國除害，二則或許可救張汧。只是此事勝算難料，不到最後哪怕在家裡也是說不得的。劉傳基見陳廷敬不肯鬆口，只好嘆息著告辭。

劉傳基同祖彥瞞著陳廷敬，夜裡去了徐乾學府上。自然是從門房一路打點進去，好不容易才見著了徐乾學。見過禮，祖彥稟明來意，道：「徐大人，我爹時常同我說起您，他老人家最敬佩您的人品才華。」

徐乾學倒也客氣，道：「世侄，我同令尊大人是有交情的。只是案子已經通天，誰還敢到皇上那兒去說？」

劉傳基說：「滿朝文武就沒有一個人敢在皇上頭前說話了嗎？」

徐乾學說：「原來還有明珠可託，可這件事他見著就躲。」

劉傳基平時總放不下讀書人的架子，這會兒顧不上了，奉承道：「庸書聽說，皇上眼下最器重的就是您徐大人哪！您徐大人不替我們老爺說話，他可真沒救了。」

徐乾學聽著這話很受用，可他實在不敢在皇上面前去替張汧求情，卻又不想顯得沒能耐，故意沉吟半日，道：「那要看辦什麼事，說什麼話。這事我真不方便說，不過我可以指你們一條路。」

祖彥忙拱手作揖，道：「請徐大人快快指點。」

徐乾學道：「你們可以去找高士奇。」

祖彥一聽就洩了氣，瞟了一眼劉傳基，不再言語。

劉傳基道：「高士奇不過一個四品的少詹事啊！」

徐乾學笑道：「你們不知道啊，什麼人說什麼話，個中微妙不可言說。高士奇出身低賤，還是讀過幾句書。他在皇上面前，要是顯得有學問，皇上會賞識他；要是顯得粗俗，皇上因為他的出身也不會怪罪他；哪怕他有點兒小奸小壞，依皇上的寬厚也不會記在心裡。」

劉傳基道：「好吧，謝徐大人指點，我們去拜拜高大人吧。」

徐乾學見祖彥仍憂心忡忡的樣子，便道：「世侄放心，我也不是說不幫，只要高士奇提了個頭，我會幫著說話的。」

兩人便千恩萬謝，出了徐府。劉傳基道：「這可真是病急亂投醫啊！」

祖彥更是著急，問：「我們還有更好的法子嗎？」

劉傳基早已心裡無底，道：「走一步看一步吧。」

高士奇住在禁城之內，尋常人是進不去的。好不容易託人把高士奇約了出來，找家茶肆敘話。高士奇倒是很好說話，見面就說：「世侄放心，令尊是我的老朋友，我會幫忙的。」

祖彥大喜過望，納頭便拜：「我們全家老小謝您了，高世伯！」

高士奇扶了祖彥起來，噓寒問暖，直把張家老小都問了個遍。祖彥心想只怕真找對人了，這高世伯實在是古道熱腸。寒暄半日，高士奇道：「可是世侄，您知道的，如今辦事哪有憑著兩張嘴皮子說的？」

祖彥忙說：「小侄知道，託人都得花銀子的。」

高士奇說：「令尊同我可謂貧賤之交，最是相投。放心，銀子我是分文不取的，可我得託人啊！」

祖彥點頭不迭，只道高世伯恩比天高。劉傳基見祖彥只顧道謝，半句不提銀子的事，知道他不便明問，就試探道：「高大人，您說得花多少銀子？」

高士奇拈鬚道：「少不得也要十萬八萬的吧。」

祖彥甚是為難，道：「我家為這官司，花得差不多了。」

高士奇笑道：「世侄，救人的事，借錢也得辦。只要人沒事，罪就可設法免掉，日後還可起復。我是個說直話的，只要有官做，還怕沒銀子嗎？」

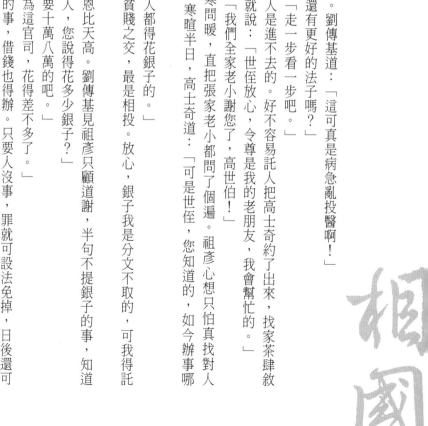

祖彥只得答應馬上借錢。劉傳基說：「高大人，庸書說話也是直來直去，徐乾學大人我們也去求過，他答應同您一道在皇上跟前說話。這些銀子，可也有他的份啊！」

高士奇說：「這個您請放心，高某辦事，自有規矩。」

祖彥一咬牙說：「好，不出三日，銀子一定送到。」

祖彥在外頭該打點的都打點了，這日又去牢裡探望父親。張汧在牢裡成日讀書作詩，倒顯得若無其事。祖彥雖是憂心如焚，卻寬慰父親道：「徐大人、高大人都答應幫忙。」

張汧嘆道：「他倆可都是要錢的主啊！」

祖彥道：「要錢是沒辦法的事，您老人家平安，張家才有救。」

張汧聽罷，閉目半日，問道：「明珠呢？」

祖彥道：「明珠那裡就不用再送銀子了。他要幫，自然會幫的；他不幫，再送銀子也沒用。」

張汧想起明珠心裡就恨恨然，卻只把話咽了下去，當著兒子的面都不想說。

祖彥又說：「皇上還是寬恕了岳父，改日還要聽他進講哩。」

張汧搖頭道：「我們這位皇上，誰也拿不準啊！既然皇上仍然信任你岳父，他就該替我說句話呀。」

祖彥不知從何說起，搖頭不語。張汧嘆道：「真是牆倒眾人推啊！」

59

皇上在弘德殿召陳廷敬進講，諸王並三公九卿都依例圜聽。陳廷敬這次進講的是《君子小人章》，為的是探測聖意。原來他近日聽得有人私下議論，皇上對明珠似有不滿。可是否已到了參明珠的時候，他仍拿不準。他故意進講《君子小人章》，實是煞費苦心。

陳廷敬先是照本宣科，然後發表議論，說：「從來皇上旨意不能下達，民間疾苦不能上聞，都因為小人在中間作怪。小人沒得志的時候，必定善於諂媚；小人得志之後，往往慣使陰毒奸計。小人的危害，不可勝數。所以，遠小人，近賢臣，自古人主都以此告誡自己。」

皇上道：「朕也時常告誡自己提防小人，可我身邊有無小人呢？肯定是有的。」

皇上說這話時，眼瞼低垂著，誰也沒有望，可大臣們都覺得臉皮發癢，似乎皇上正望著自己。

陳廷敬又說：「君子光明磊落，從不偽裝，偶有過失，容易被人察覺，故而君子看上去總有這樣那樣的小毛病。小人善於掩飾，滴水不漏，看上去毫無瑕疵，故而小人一旦得寵，反而貪位長久，成為不倒翁。小人又善於揭人之短，顯己之長，使人主對他信而不疑。故而自古有許多大奸大惡者，往往死後多年才被人看清面目。」

皇上道：「如此，危害就更大了。朕非聖賢，也有看不清真相的時候。朕要提醒各位臣工，務必虛懷若谷，坦蕩做人，正道直行。廷敬接著說吧。」

陳廷敬說：「君子是小人天生的死敵，因此小人最喜歡做的就是殘害君子。且小人殘害君子，不在大庭廣眾之下，而在筵閒私語之時。所以聖人稱小人為莫夜之賊，唯聖明之主能察覺他們，不讓他們得志！」

皇上點頭良久，道：「廷敬這番話，雖不是很新鮮，卻也是朕常常感觸到的。今日專門聽他講講，仍是振聾發聵！從來君子得志能容小人，小人得志必不能容君子。朕不想做昏君，決意唯小人務去！這次進講就到這裡。賜茶文淵閣，諸位大臣先去文淵閣候駕，朕同廷敬說幾句話就來。」

平日都是臣工們跪送皇上起駕，這回他們只叩了頭，退身下去。大臣們暗自奇怪，不由得偷偷地瞟著陳廷敬。索額圖面有得色，瞟了眼明珠，似乎他知道皇上講的小人是誰。明珠私下驚懼，卻仍是微笑如常。

殿內只剩下皇上了，陳廷敬不免心跳起來。他並不知道皇上留下自己有什麼話說。忽聽皇上問道：「廷敬，你專門為朕進講君子和小人，一定有所用心。不妨告訴朕，你心目中誰是小人？」

陳廷敬顧左右而言他，試探道：「臣不知張汧、王繼文之輩可否算小人？」

皇上道：「朕知道張汧是你的兒女親家。一個讀書人，當了官，就把聖賢書忘得乾乾淨淨，就開始貪銀子，朕非常痛心！」

陳廷敬道：「臣不敢替張汧說半句求情的話。然臣以為，張汧本性並非貪心重的人。當年他在山東德州任上，清廉自守，為此得罪了上司。如今，他官越做越大，拿的俸祿越來越多，反而貪了，中間必有原因。」

皇上道：「廷敬沒有把話說透，你想說張汧的督撫之職是花錢買來的，是嗎？」

陳廷敬說：「這種事很難有真憑實據，臣不敢亂說。」

皇上道：「朕主張風聞言事，就因為這個道理！不然，凡事都要拿得很準才敢說，朕放著那麼多言官就沒用了。」

陳廷敬琢磨著皇上心思，故意道：「吏部多年都由明相國……」

他話沒說完，皇上沒好氣地說：「什麼明相國！國朝並無相國之職！」

陳廷敬又故意說道：「滿朝文武都稱明珠大人明相國，臣嘴上也習慣了。」

皇上黑了臉，說：「明珠是不是成了二皇上了？」

陳廷敬大驚，終於知道皇上想搬掉明珠了。他想故意激怒皇上，便說：「皇上這句話，臣不敢回！」

皇上問道：「朕問你話，有何不敢回？」

陳廷敬道：「人都有畏死之心，臣怕死！」

皇上更是憤怒。「得罪明珠就有性命之憂？這是誰的天下？」

陳廷敬低頭不語，想等皇上心頭之火再燒旺些。

皇上道：「朕原打算張汧、王繼文一併奪職，可明珠密奏，說王繼文之罪比張汧更甚十倍，倘若一樣處置，恐難服天下。」

陳廷敬這才說道：「皇上眼明如炬，已看得很清楚了。明珠巴不得王繼文快些死，張汧也最好殺掉。」

皇上道：「廷敬特意給朕進講小人，煞費苦心啊！朕明白你的用心！」

陳廷敬見時機已到，方才大膽進言，「臣早就注意到，明珠攬權過重。言官建言，需先經明珠過目，不然就會招來謗議朝政的罪名；南書房代擬聖旨，必由明珠改定，不然就說我們歪曲了皇上旨意；各地上來的摺子，也要先送明珠府上過目修改，不然通政使司不敢送南書房；部院及督、撫、道每有官缺，他都是先提出人選，再交九卿會議商議，名義上是臣工們會商，實際是明珠一言九鼎。」

皇上氣憤之極，罵道：「明珠可恨！」

陳廷敬又道：「原先各省同朝廷往返的摺子，快則十日半月便可送達，最遠也不出兩個月。現因明珠在其中做手腳，必須先送到他家裡批閱改定，有的摺子要三四個月才能送到皇上手裡！」

皇上怒道：「他這不是二皇上又是什麼！」

陳廷敬叩道：「皇上息怒！吳三桂留下的錢糧本是有數的，王繼文假如不是仗著明珠這個後臺，他怎敢隱瞞？湖南奏請蠲免錢糧，明珠卻索要部費三十萬兩，又私許張汧做湖廣總督，不然張汧怎會去貪？」

皇上道：「吏部為六部之首，選賢用人，關乎國運。朕有意著你轉吏部尚書！兼著總理南書房！」

陳廷敬大吃一驚，心想這不是好事，等於把他放在火上去烤。他本意只想參明珠而救張汧，不曾想皇上竟要他替代明珠做吏部尚書！別人不明就裡，他不成了弄權小人了嗎？

皇上見陳廷敬忘了謝恩，也不怪罪，道：「廷敬，你去文淵閣傳旨賜茶，朕今日不想見那張嘴臉！」

陳廷敬這才道了領旨，謝恩告退。他才轉身退下，皇上又把他叫了回來，說：「參明珠的彈章，朕會命人草擬，你不必出頭。」

陳廷敬聽了，略略鬆了口氣。

明珠等在文淵閣候駕，天南地北的聊著。忽有人說，過幾日就是明相國生日了。明珠忙說難得大家惦記，公事太忙，不想勞煩各位。有人便說生日酒還是要喝的，明相國別想賴掉。大夥兒說著說著，便湊著徐乾學去了。高士奇道：「徐大人，士奇近日讀您的《讀禮通考》，受益不淺哪！」

旁邊有人忙附和道：「下官也讀了，茅塞頓開啊！」

徐乾學笑道：「《讀禮通考》是我為家母丁憂三年時的讀書心得，談不上見解，述聖人之言而已。」

索額圖說：「徐大人不必謙虛，您的書老夫也讀了。」

徐乾學忙拱了手說：「怎敢勞動索大人讀我的書呀！」

索額圖又說：「滿大臣中要數明相國最有學問，改日明相國也寫部書讓老夫讀讀？」

明珠若無其事地拿手點點索額圖，哈哈大笑。這時，太監打起了門簾，大臣們慌忙起身，低著頭準備接駕。大夥兒剛要跪下，卻見進來的是陳廷敬。

陳廷敬道：「皇上說身子有些乏了，今兒就不陪各位愛卿喝茶了，照例賜茶。」

大臣們依舊拱手謝恩，回原位坐下。太監依次上茶。茶仍從明珠位上先上，明珠卻說：「先給陳大人上茶。」

陳廷敬知道明著是明珠客氣，實則是叫他難堪，便道：「明相國在上，禮數不可亂了。」

用完茶，大臣們出了文淵閣，各自回衙門去。索額圖今日聽皇上說起小人，句句都像在說明珠。似乎陳廷敬進講《君子小人章》，也是苦心孤詣的。索額圖總把陳廷敬看做明珠的人，如今卻見他對明珠反攻倒算，可見他也是個白眼狼。索額圖最瞧不起漢官的就是他們的反覆無常，首鼠兩端(注)。

不過今日索額圖顯出少有的城府，專門追上陳廷敬道：「陳大人，您今日講小人，講得好啊。」

陳廷敬忙說：「索大人過獎了。」

索額圖問道：「皇上給您出這個題目，耐人尋味啊！」

陳廷敬說：「不是皇上出的題目，是我近日的讀書心得。」

索額圖恍然大悟的樣子，點頭道：「哦，原來是這樣啊。可您恰好說到皇上心坎上去了。陳大人，您心裡有數，同皇上想到一塊兒去了，您就上個摺子嘛！皇上說了，唯小人務去！」

陳廷敬笑道：「廷敬只是坐而論道，泛泛而談，並無實指。」

索額圖搖頭道：「廷敬還是信不過老夫啊！」

陳廷敬微笑著敷衍些話，同索額圖拱手別過。索額圖卻想陳廷敬是個背情忘友的小人，日後只要有機會定要除掉他！

注　首鼠兩端：形容躊躇不決，瞻前顧後的樣子。

60

陳廷敬回到家裡，琢磨今日之事，越想越懼怕。朝中做官，沒誰不希望皇上寵信的。可越得皇上寵信，處境也就越危險。如果他真因明珠罷官而取代之，不知會招來多少物議。

過了幾日，張鵬翮跑到戶部拜會陳廷敬，透露皇上要他參明珠之事。陳廷敬怪張鵬翮不該如此冒失，道：「張大人，皇上讓你參明珠，又特囑機密行事，您怎能跑到我這裡來說呢？」

張鵬翮說：「皇上意思是以我的名義參本，卻讓徐乾學、高士奇草擬彈章。徐、高二人非良善之輩哪！」

陳廷敬正色道：「張大人，您不要再說下去了！」

張鵬翮卻又說道：「難道就不能由您來草擬彈章？」

陳廷敬搖頭道：「張大人，讓我怎麼說您呢？您為人剛正不阿，是貪官害怕的言官，是皇上信任的諍臣。可是，您凡事得過過腦子啊！」

張鵬翮道：「高士奇的貪名早已世人皆知，讓他來起草參劾貪官的摺子，豈不是笑話？徐乾學不僅貪，還野心勃勃，一心想取代明珠！」

正說著，衙役來報：「陳大人，乾清宮的公公在外頭候著，皇上召您去哪。」

陳廷敬說：「我即刻就來。」衙役出去了，陳廷敬囑咐張鵬翮暫避，「張大人，我先隨張公公去見皇上，你稍後再離開。近段日子，你沒事就在刑部待著，別四處走動。」

陳廷敬匆匆趕到乾清宮，先叩了頭。皇上手裡拿著個摺子，道：「這是參明珠的彈章，徐乾學和高士奇草擬的，朕看過了，你再看看吧。」
陳廷敬接過摺子，仔細看著。皇上道：「朕打算讓張鵬翮出面參明珠。」
陳廷敬只當還不知道這事，邊看邊說：「這摺子也像張鵬翮的口氣。」
陳廷敬反覆看了兩遍，道：「皇上，臣看完了。」
皇上道：「說說吧。」
陳廷敬奏道：「回皇上，參人的摺子，按理應字字據實，點到真實的人和事。然參明珠的摺子不宜太實了，否則牽涉的人過多，恐生禍亂。」
皇上問道：「彈章空洞，能服人嗎？」
陳廷敬回道：「明珠劣跡斑斑，有目共睹，只因他位高權重，人人懼怕，不敢說而已。如今要參他，不用說出子丑寅卯，也能服天下，也絕不會冤枉了明珠。」
皇上沉吟半晌，點頭稱是。「廷敬說得有道理！」
陳廷敬又道：「以臣之見，參明珠的摺子，只扣住攬權、貪墨、偽善、陰毒、奸邪、妄逆這些字句，把文章做好些就行了，不必把事實樁樁件件都列舉出來。比如明珠賣官，只需點到為止。」
皇上嘆道：「是啊，讓世人知道國朝的官都是明珠真金白銀賣出去的，朝廷還有何面目！」
陳廷敬略作遲疑，又說：「這個摺子上，點到的官員名字達三十多人，太多了。以臣之見，皇上應勾去一些名字，最多不超過十個。」
皇上道：「十個都多了。廷敬，你來勾吧。」

陳廷敬大驚，此事他是不能做的。萬一哪日天機洩露，他就性命堪虞。再說皇上想保哪些人，斥退哪些人，他也難以拿準。正在想時，皇上已把筆遞過來了。他只得小心揣摩著皇上的想法，勾掉了二十多人。若依陳廷敬的意思，真應該把徐乾學和高士奇的名字加上去。陳廷敬同徐乾學有些日子很合得來，可陳廷敬慢慢看出徐乾學也是個首鼠兩端的人。誰都知道徐乾學原本是明珠重用的人，只因他羽翼日豐，又見明珠漸失聖意，才暗中倒戈。高士奇原本就是小人，他雖深得皇上寵信，背地裡卻幹過許多壞事。陳廷敬心裡又暗忖，皇上興許把身邊大臣都看得很清楚，寵之辱之留之去之，只是因時因勢而已。不知皇上到底如何看他陳廷敬呢？想到這一層，陳廷敬冷汗濕背。

陳廷敬從乾清宮出來，卻見太監領著明珠迎面而來。陳廷敬才要招呼，明珠早先拱手了。「哦，陳大人，皇上召我去哪。」

陳廷敬還了禮，寒暄幾句，別過了。回戶部衙門的路上，陳廷敬百思不解。近來皇上從不單獨召見明珠，今兒卻是為何？

明珠進了乾清宮，見皇上正批閱奏摺，忙叩頭道：「臣明珠叩見皇上！」

皇上起身，和顏悅色道：「明珠來了？起來說話吧。」

明珠仍是跪著，道：「不知皇上召臣有何吩咐！」

皇上道：「沒什麼事。朕好些日子沒有去南書房了，雖說日日御門聽政，卻沒能同你單獨說幾句話。」

明珠道：「臣也怪想皇上的。」

皇上隨意問了些話，突然說：「朕今兒想起，你的生日快到了。」

明珠忙把頭叩得砰砰作響，道：「皇上朝乾夕惕，日理萬機，居然為區區老臣生日掛懷！臣真是有罪呀！」

皇上笑道：「你在朕面前，亦臣亦師。朕親臣尊師，有何不該？朕想告訴你，你的生日，要好好操辦。朕去你家喝酒多有不便，但壽禮朕還是要送的！」

明珠道：「臣豈敢受皇上壽禮！」

皇上道：「君臣和睦有什麼不好？君臣一心，國之大幸。朕就是要給你送壽禮，朕要同你做君臣和睦的典範，讓千秋萬代效法！」

明珠感激涕零，匍匐於地，叩頭道：「臣謝主隆恩！臣當披肝瀝膽，死而後已！」

皇上道：「明珠快快請起！生日那日，你就不要來應卯，好好在家歇著。你平日夠辛苦了的，好歹也要自在一日嘛。」

明珠又叩頭不止，道：「臣謝皇上隆恩！」

明珠夜裡回家，獨坐庭樹之下，憂心忡忡。自那日陳廷敬進講，明珠便隱約覺著自己失寵了。好些日子皇上都沒有單獨召見他，後來他專門找些事兒想面奏皇上，竟然都被乾清宮太監擋回來了。卻聽宮裡的耳目說，皇上屢次召見的是陳廷敬。今日皇上突然召見他，難道真的僅僅只為過問他的生日？

明珠喊道：「安圖，過來陪我喝茶吧。」

遠遠站在一旁的安圖忙招呼家人上茶，自己也側著身子坐下了。明珠的福晉也暗自站在安圖旁邊，她聽得老爺說要喝茶，也走了過來。

福晉寬慰道：「老爺，您就別多心了。您是皇上身邊的老臣，忠心耿耿這麼多年了，他老人家記著您的壽誕，這是皇上的仁德啊！」

安圖也道：「小的也覺著是這個理兒。老爺，您的壽誕，咱還得熱熱鬧鬧的辦！」

明珠道：「我原想今年事兒多，生日將就著過算了。如今皇上有旨，說得好好的辦，只好遵旨啊。」

福晉說：「自然得辦得熱鬧些，您是當今首輔大臣，不能讓人瞧著寒傖！」

明珠聽福晉說到首輔大臣，心裡陡然發慌。這首輔大臣的位置只怕要落到陳廷敬手裡去了。他想國朝還從未有過漢人做首輔大臣的先例，陳廷敬未必就能坐得穩！又想索額圖同他爭鋒多年，這回會不會借勢殺出來呢？

明珠正心亂如麻，卻聽安圖說道：「老爺，許多人眼巴巴兒等著這日上門來哩，老爺也得成全人家的孝心啊！」

明珠便道：「好吧，我做壽的事安圖去辦吧。」

明珠做壽那日，陳廷敬同索額圖、徐乾學、高士奇等一同去的，進門就聽裡頭有人在高聲念著《壽序》：「明珠公負周公之德，齊管相之才，智比武侯，義若關聖，為君相之表率，當百官之楷模……」

明珠點頭而笑，聽得陳廷敬等到了，忙起身迎接：「唉呀呀，各位大人這麼忙，真不該驚動你們啊！」

陳廷敬道：「我們得上完早朝才能動身，來遲了！」

索額圖哈哈笑道：「皇上都說要送壽禮來，我們誰敢不來？」

明珠道：「讓皇上掛念著我的生日，心裡真是不安呀！」

正在這時，安圖高聲宣道乾清宮都太監張公公到。明珠又忙轉身迎到門口，見張善德領著兩個侍衛，四個小太監送賀禮來了。

明珠拱手著：「張公公，怎敢勞動您的大駕啊！」

張善德微笑道：「明珠接旨！皇上口諭，明珠為相十數載，日夜操勞，殷勤備至。今日是他的壽誕吉日，賞銀一千兩，表裡緞各五十匹，鹿茸三十對，長白參二十盒，酒五十罈！欽此！」

明珠叩頭謝了恩，起身招呼張公公入座喝酒。張善德道：「酒就不喝了，皇上說不定又會使喚奴才哩！」

明珠知道留不住，便把張善德等送到門口。安圖早準備好了禮包銀，一一送上。張善德在明珠面前甚是恭敬，口口聲聲自稱奴才，千恩萬謝。

徐乾學和高士奇坐在一塊兒。徐乾學有句話忍了好些日了，這會兒趁大夥都在攀談，便悄悄兒問道：「士奇，張汧家裡找過您嗎？」

高士奇很驚訝的樣子，問：「張汧家裡？沒有啊。我住在禁城裡頭，他們如何找得到我？」

徐乾學滿心狐疑，卻不再多問。

今日明珠家甚是熱鬧，屋子裡和天井、花廳都布了酒席。明珠送走張善德，回來招呼索額圖等，連聲說著對不住。賓客們都入了座，明珠舉了杯說：「明珠忝居相位，得各位大人幫襯，感激不盡。蒼天垂憐，讓老夫徒添壽年，恍惚之間，已是五十有三。人生幾何，去日苦多呀！今日老夫略備菲酌，答謝諸公！」

眾人舉了杯，共祝明相國壽比南山，福如東海。大家才要開懷暢飲，忽聽門上喊道：「刑部主事張鵬翮大人賀壽！」

安圖湊到明珠跟前悄悄兒說：「老爺，這個人我們沒請啊！」

明珠笑道：「來的都是客，安圖快去迎迎！難得張鵬翮上老夫家來，請他到這兒來入座。」

安圖過去請張鵬翮，正聽得門上說話不甚客氣：「張大人，您就帶這個來喝壽酒？我們老爺接的《壽序》唸都唸不過來哩！」

原來張鵬翮手裡拿紅綢包著個卷軸，像是《壽序》。安圖責罵門上無禮，恭恭敬敬請張鵬翮隨他進去。有人上來接張鵬翮手裡的東西，張鵬翮道：「不勞不勞，我自己交給明珠大人！」

張鵬翮遠遠地見了明珠，笑著拜道：「卑職張鵬翮祝明珠大人福壽兩全，榮華永年！」

明珠朗聲大笑：「張大人，您能來我家喝杯酒，老夫甚是高興。您人來就行了，還寫什麼《壽序》，那都是些虛文禮數，大可不必！」

張鵬翮道：「卑職清寒，銀子送不起，《壽序》還是要送的。卑職就不唸了，請明珠大人親自過目。」

明珠心裡隱隱不快，卻並不表露，接了卷軸交給安圖：「安圖，你唸唸吧。」

高士奇在旁說道：「張大人文章錦繡，您寫的《壽序》必定字字珠璣。」

安圖小心揭開紅綢，打開卷軸，大驚失色：「老爺，您看，這……」

明珠接過卷軸，目瞪口呆。

張鵬翮哈哈大笑，道：「這是我參明珠大人的彈章，已到皇上手裡了！」

明珠把彈章往地上一扔，指著張鵬翮說不出話來。張鵬翮端起桌上一杯酒，一飲而盡，高喊快哉，揚長而去。

明珠馬上鎮定下來，笑咪咪地環視諸位，然後望著徐乾學道：「徐大人，你刑部主事張鵬翮參我，您這位刑部尚書不知道？」

徐乾學語無倫次：「這個……這個……張鵬翮為人處事向來不循規蹈矩的……我……」

明珠轉又望著陳廷敬，道：「陳大人，張鵬翮的彈章是怎麼到皇上那裡去的，您這幾日都在南書房，應該知道吧？」

陳廷敬笑道：「明珠大人，廷敬倒以為，您不用管別的，您只需知道張鵬翮所參是否屬實，您不妨先看看。」

明珠笑道：「我自然會看的。不過事由虛實，得看皇上的意思。當年三藩叛亂，有人說，都怪明珠提出撤藩。這是事實呀！有人還說殺了明珠，就可平息三藩之亂。可是皇上不相信呀！」

說到這裡，明珠微笑望著索額圖，道：「當年要皇上殺我的，可正是您索大人啊。」明珠說罷哈哈大笑。

索額圖尷尬笑道：「明珠大人記性真好啊！」

明珠舉了杯，笑道：「過去的事了，笑談而已，來，乾杯！」

高士奇笑道：「明珠大人，您是首輔大臣，皇上最是寵信，剛才皇上還送了壽禮來哩！一個張鵬翮，能奈您何！」

只因張鵬翮攪了局，大家心裡都有些難為情，便更是故作笑語，壽宴弄得熱鬧非凡。

61

大清早，臣工們從乾清門魚貫而入。明珠同張鵬翮偏巧碰到一起，真是冤家路窄。張鵬翮冷眼相向，明珠反而笑臉相迎，輕言細語同他說話：「張鵬翮，上回您發配伊犁，好歹回來了。這回再發配出去，只怕就回不來！」

張鵬翮哼哼鼻子，道：「走著瞧吧。」

臣工們進了乾清門，裡頭靜得只聽見衣裾磨擦的聲響。等到皇上駕臨了，臣工們一齊跪下。皇上在龍椅上坐下，各部按例定秩序奏事。輪到明珠奏事，他先為做壽的事謝恩，叩頭道：「啟奏皇上，臣蒙皇上恩典，親賜壽禮，感激萬分。這是臣謝恩的摺子，恭請皇上御覽！」

太監接過摺子，遞給皇上。皇上道：「你的生日過得好，朕也就安心了。」

突然，站在後排的張鵬翮低頭向前，跪下奏道：「啟奏皇上，臣要參劾明珠！」

張鵬翮沒有按順序奏事，大失禮儀。臣工們頗感震驚，都抬頭望著皇上。殿內突起喧嘩。這幾日，朝野內外私下裡說道的，都是張鵬翮去明珠壽宴上送彈章的事。這會兒大家等著皇上發話，皇上卻並不言語。殿內很快安靜下來。

張鵬翮便道：「臣參明珠八款大罪，一、假託聖旨；二、攬權自重；三、收買人心；四、結黨營私；五、賣官斂財；六、貪墨徇利；七、偽善陰毒；八、殘害忠良。彈章在此，請皇上聖裁！」

明珠也顧不得朝廷儀軌，奏道：「啟奏皇上，張鵬翮到臣壽宴上戲弄為臣，把這個彈章作為《壽序》送了來。臣已看了，空洞無物，強詞奪理，穿鑿附會，實是無中生有，故意陷害！」

張鵬翮道：「明珠之奸邪，世人皆知。臣彈章所言，每一個字都可以引出一大堆事實。」

明珠爭辯道：「張鵬翮一貫謗議朝政，中傷大臣，皇上是知道的！」

皇上掃視著群臣，問道：「怎麼沒有誰說話呀？朕告訴你們，這個摺子，朕先看過了。朕曾問過幾位大臣，既然明珠橫行到這個地步，怎麼沒人參他？有大臣回答，誰不怕死？朕好生奇怪，當年鰲拜都有人敢參他，難道明珠比鰲拜更可怕？」

大臣們面面相覷，仍是不敢說話。明珠卻是驚恐萬狀，伏地而泣道：「皇上不可輕信小人讒言哪！」

皇上不理會明珠，又問大臣們：「今兒把事情都攤到桌面上來了，大家還是不敢說？」半晌，陳廷敬跪上前來奏到：「啟奏皇上，明珠經歷的很多事情都關乎密勿，不宜在此公開辯說。」

皇上點頭道：「廷敬說得在理。明珠所作所為，朕心裡有本帳。今日朕就算定了明珠的罪，他也冤不到哪裡去。但朕要讓他心服口服，也要讓天下人心服口服！」

張鵬翮甚是急躁，道：「啟奏皇上，依明珠之罪，當誅！皇上應乾綱獨斷，當即定下明珠死罪，以告天下！」

皇上瞟了眼張鵬翮，道：「國有國法，家有家規。朕不想武斷從事，背個好殺的名聲。著明珠回家閉門思過，聽候九卿會議議處！」

明珠如五雷轟頂，卻也只得叩頭謝恩，痛哭不止。

皇上嘆息良久，不禁傷心落淚，道：「朕不是個心胸狹隘之人，凡事能忍則忍，總以君臣和睦為好。起初明珠同索額圖爭權奪利，兩人都不知收斂，朕寫了節制謹度四字賜給你們，囑你們掛在家裡，時時反省。明珠倒稍有悔改之意，索額圖依然我行我素。朕罷斥了索額圖。這幾年，明珠越發不像話了，弄得朝野上下怨聲載道，害人不淺，誤國尤深！退而思之，亦是朕待人太寬，到底害了你。朕今日要治你的罪，亦是十分痛心！各部院今日不必奏事了，朕甚為難過，明日再說！」皇上說罷，起身還宮了。

高士奇從乾清門出來，只去南書房打了個照面，就推說有事溜了出去。他逕直跑到明珠府上，如喪考妣的樣子。

安圖領著高士奇去客堂坐下，忙去明珠那裡報信。明珠正在書房裡呆坐，聽說高士奇來了，甚覺奇怪，問：「他這會兒來幹什麼？」

安圖說：「誰知道呢？他進門就眼淚汪汪的。」兩人正說著，高士奇不顧規矩，自己跑到明珠書房來了，拭淚不止。

明珠問道：「士奇，您哭什麼呀？」

高士奇更是失聲痛哭起來：「明相國呀，您要是讓皇上罷斥了，士奇在朝廷裡頭，還能靠誰啊！」

明珠強作歡顏，道：「士奇是為這事哭啊！您放心，皇上一直信任您的。」

高士奇道：「士奇知道這還不是明相國給我罩著？明相國，是誰在背後害您呀！張鵬翮他根本就沒這個膽量！」

明珠道：「士奇在皇上跟前這麼久，您還是這般糊塗！不看是誰參的，就看皇上的意思！」

高士奇道：「我猜想，八成是陳廷敬！自打他從雲南回來，他在皇上眼裡就跟換了個人似的。聽說皇上想讓他從戶部尚書轉吏部尚書，分明就是來奪您的權的。吏部有您這滿尚書，哪有陳廷敬這個漢尚書的份呀！」高士奇說著，更是淚流不止。

明珠拍著高士奇的肩膀，道：「士奇別難過，老夫不是那麼容易倒的。」

高士奇又絮叨再三，別過明珠，馬上就去了索額圖府上。

索額圖正躺在炕上抽水煙袋，忽聽外頭有人哈哈大笑，便怒道：「誰在外頭喧嘩？」

家人進來回話：「主子，高相公來了，高相公進門就哈哈大笑。」

索額圖更是震怒，道：「高士奇這狗奴才，發瘋了？」

索額圖正發著火，高士奇大笑著進來了，拱手便道：「主子，大喜啊！」

索額圖橫著臉說：「你這狗奴才，越發沒有規矩了。老夫有什麼可喜之事？」

高士奇笑道：「明珠完了，不是大喜嗎？今後啊，主子您就是一人之下，萬人之上了！」

索額圖這才笑了起來，道：「啊，你說這事啊！明珠這回可真完了！」

索額圖今日高興，居然留高士奇吃了飯。高士奇從索額圖府上出來，天色還不算太晚，轉念又去了徐乾學家。

徐乾學這幾日左思右想，越來越害怕別人知道參明珠的彈章是他草擬的。朝中這幫滿官，不到非殺不可，皇上是不會拿他們開刀的。前幾年索額圖獲罪，人人都說他必死，誰知他這幾年又出山了。徐乾學見高士奇來串門，怕別人看出其中破綻，心裡不太高興。

高士奇進門就湊在徐乾學耳邊說：「徐大人，明珠咱得把他往死裡整！不然，您我的日子都不好過！沒有不透風的牆，終有一日明珠會知道那彈章是我倆弄的。九卿會議輪不到我參與，就靠您了。」

徐乾學說：「參明珠，說到底是皇上的意思。如何處置，也要看皇上怎麼想的。九卿會議上，我自會說話，不過也只是體會聖意而已。」

高士奇道：「徐大人，可記得你我取而代之的話？」

徐乾學現在最怕提起這話，真後悔當初不該同高士奇說的，便道：「士奇志大才高，乾學願俯首聽命！」

高士奇笑道：「徐大人過謙了！我只是想，這回參倒了明珠還不算，您得取而代之。千萬不能讓索額圖坐享其成，這個莽夫，心狠手辣！下一步，就得把索額圖扳倒！」

徐乾學笑道：「士奇，我們只好好當差吧，皇上想怎麼著，我們就怎麼著。」

高士奇想著索額圖就心裡發毛，唉聲嘆氣的。

從徐乾學家出來，高士奇乾脆順道去了陳廷敬家。陳廷敬猜著高士奇夜裡上門，準沒什麼好事，嘴上卻甚是客氣，招呼他去客堂用茶。

高士奇喝了幾口茶，笑嘻嘻地說：「我們都知道，這回要不是陳大人進言，皇上不會想著扳倒明珠的。」

陳廷敬故作驚慌說：「士奇，這話可不能亂說！皇上眼明如炬，哪用我多嘴！」

高士奇笑笑，搖搖頭說：「陳大人，您也別太謹慎了，明珠反正倒了，您還怕什麼？」

陳廷敬說：「不是怕，廷敬不能貪天之功啊！」

高士奇湊近了腦袋，故作神秘，悄聲兒說：「陳大人不必過謙，參明珠，您立的是頭功啊！」

陳廷敬搖頭道：「我可真是半句話都沒說，事先我也不知道誰要參明珠。」

高士奇好像很生氣的樣子，道：「陳大人還是防著士奇！我只想說句掏心窩的話，皇上如此信任您，您就得當仁不讓。扳倒明珠，您就是名符其實的首輔大臣！士奇今後還得靠您多多栽培啊！」

陳廷敬惶恐道：「士奇越說越離譜了。廷敬只求做好分內的事情，不求有功，但求無過。」

高士奇突然面有愧色，道：「士奇知道，陳大人瞧不起我。我往日確是有過對不住您陳大人的地方，可古人說得好呀，宰相肚裡能撐船，您就大人不記小人過！士奇別無所求，只求在皇上身邊吃碗安心飯。」

陳廷敬任高士奇怎麼說，到底不承認他在皇上面前參過明珠。

高士奇回到平安第已是深夜，仍無睡意。他今日在幾家府上穿走如梭，這會兒想起來甚是得意。他說的那些話，誰聽了都覺著是肺腑之言。這些話人家不會說給別人聽，也不可能說給別人聽。高士奇手裡玩著個鼻煙壺，不由得哼起了小曲兒。

高夫人卻道：「您還哼著小曲哩，我可是替您擔心！」

高士奇問道：「你擔心什麼？」

高夫人說：「您就只替皇上抄抄寫寫，再弄些個古董哄哄皇上開心得了，別摻和這些事情。我一個婦道人家都看得出，朝廷裡面翻手是雲，覆手是雨，誰知道明兒又是誰當權！」

高士奇哈哈笑道：「告訴你，不論誰當權，我都穩坐釣魚船！」

62

九卿會議開了好幾日，明珠自是論死，又開列了五十多人的明珠黨羽名單。陳廷敬明白皇上的意思，反覆說不宜涉人太多。可九卿會議現在是索額圖為頭，別人的話他半句話也聽不進去，只說天塌下來有他撐著。陳廷敬苦勸不住，也就不再多說。

皇上看了摺子，立馬把索額圖、陳廷敬、徐乾學等召了去，大罵道：「朕看出來了，你們都想趁著參明珠，黨同伐異，攬權自重！這摺子上提到的尚書、侍郎及督、撫、道，共五十多人。朕把這些人都撤了，國朝天下不就完了嗎？」皇上把摺子重重摔在龍案上。

陳廷敬說：「臣反覆說過，不要涉人太多。」

皇上打斷陳廷敬的話，問索額圖：「九卿會議是你主持的，你說說吧。」

索額圖道：「臣以為明珠朋黨遍天下，只有除惡務盡，方能確保乾坤朗朗！」

皇上瞪著索額圖，道：「你別說得冠冕堂皇。你同明珠有宿怨，天下誰人不知？朕仍讓你出來當差，你卻是如此胸襟，怎麼服人？」

索額圖趕緊叩頭請罪：「臣知罪！」

皇上斥罵索額圖半日，道：「只把張鵬翮摺子上提到的幾個人查辦，其他人都不追究！」

徐乾學拱手道：「皇上仁德寬厚，天下百官必然自知警醒！」

索額圖仍不甘心，還想說話。皇上不等他吭聲，便道：「索額圖休得再說！傳明珠覲見吧！你們都別走。」

一會兒，明珠面如土色，進殿就跪哭在地，叩頭道：「罪臣明珠叩見皇上。」

皇上道：「你就跪著吧，朕今兒不叫你起來說話了。」

明珠又是連連叩頭，道：「臣罪該萬死。」

皇上瞟著明珠，道：「你這該不是說客氣話吧？你的確罪大惡極！但朕不是個喜歡開罪大臣的人，總念著你們的好。平三藩，你是有功的；收臺灣，你也是有功的。朕念你過去功績，不忍從重治你。革去你武英殿大學士、吏部尚書之職，任內大臣，交領侍衛內大臣酌用！」

明珠把頭叩得砰砰響：「臣謝皇上不殺之恩！」

索額圖聽說把明珠交領侍衛內大臣酌用，臉上禁不住露出得意之色。

皇上又道：「陳廷敬轉吏部尚書，吏部滿尚書另行任用。」

陳廷敬忙跪下謝恩。他雖已早知聖意，卻仍是惶恐。他不想叫人把自己做吏部尚書與明珠下臺放在一處去說，畢竟現在明珠黨羽還是遍佈天下。

皇上道：「你們都退下吧，明珠留下。」

索額圖、陳廷敬等都退下了，明珠趴在地上又哭了起來。

皇上問道：「怎麼那麼多的眼淚？怕，還是委曲？」

明珠道：「啟奏皇上，明珠冒死說句話，臣內心真的不服！」

皇上道：「朕知道你心裡不服，才把你留下來。你要朕把你的斑斑劣跡都指出來，你才服氣是嗎？」

殺！」

明珠但知哭泣，沒有答話。皇上說：「單憑你指使王繼文隱瞞吳三桂留下的錢糧，你就該

明珠猛然抬起頭來，驚恐道：「啊？皇上……臣知罪……可這……這……都是陳廷敬他栽贓！」

皇上罵道：「真是不識好歹！你得感謝陳廷敬！陳廷敬識大體，不讓朕把你同王繼文做的壞事公之於眾，不然你同王繼文都是死路一條！更不用說你賣掉了多少督、撫、道、縣！」

明珠再不敢多說，只是使勁兒叩頭。

明珠回家路上，天色已黑了。安圖隨轎跟在後面，半句話不敢多說。明珠福晉知道今日兇多吉少，早早就候在了門口。她見轎子來了，忙迎了上去，攙著老爺進了屋。

家裡早預備了一桌好菜，明珠卻是粒米都不想進。福晉說：「老爺，我專門吩咐下面準備了這桌菜，給您壓驚。」

明珠卻強撐道：「壓什麼驚？老夫有什麼可怕的？」

明珠說罷，恨恨地哼著鼻子。福晉笑道：「這就好，這就好。老爺知道我平日不沾酒的，今日卻要陪老爺喝杯酒。來，祝老爺早日平平安安，否極泰來！」

明珠見福晉用心良苦，不覺落淚，道：「老夫謝福晉如此賢慧！」

夫妻倆碰杯乾了，相視而笑。

安圖接過婢女的酒壺，倒上酒，也道：「小的以為，老爺很快就沒事的。別說皇上先前不殺鰲拜，就說皇上對索額圖，不也格外開恩嗎？您在皇上眼裡的分量，可比索額圖重多了！索額圖被晾了幾年，不又出山了嗎？」

明珠搖頭苦笑，心想自己的分量是比索額圖重多了，可自己犯的事也比索額圖重多了。

安圖又道：「不就是隱瞞吳三桂錢糧的事嗎？皇上不追究，不就沒事了？」

明珠仍不說話，他知道這事情擱在那裡，他就永遠別想翻身。皇上什麼時候想開罪他，什麼時候都可以舊事重提。這樁事上陳廷敬確實對他有恩，可是大恩如仇啊！

明珠想到這裡，十分忿恨，心生一計，道：「安圖，待老夫修書一封，你送到索額圖府上去。」

安圖拿了明珠的信，連夜送到索額圖府上。聽說明珠府上的管家送了信來，索額圖只說人也不見，信也不接。家人卻說明珠府上的人您可以不見，信還是看看。索額圖聽了生氣，說：「看什麼信？無非是求我在皇上面前替他說話，老夫好不容易等到今日，巴不得他碎屍萬段哩！」

家人又說：「主子好歹看看他的信，看他到底想玩什麼把戲。」

索額圖好不耐煩，嚷著叫人把信送進來。信送了進來，家人把信打開，遞給索額圖。只見信上寫道：「索額圖大人臺鑒，明珠與閣下共事凡三十六年矣！蒙教既多，獲益匪淺。今明珠雖罪人，仍心憂國事。向者明珠與閣下爭鋒，非為獨邀恩寵，實欲多效力於朝廷。然則爭鋒難免生意氣，往往事與願違。驀然回首，悔恨不已。所幸朝中有陳廷敬、徐乾學、高士奇諸公，學問優長，人品可貴，皆君相之才。明珠願閣下寬大胸襟，同諸公和睦相處，共事明主。」

索額圖讀到這裡，哈哈大笑，道：「如何做臣子，如何效忠皇上，用得著他明珠來教導老夫！明珠要我同陳廷敬、徐乾學、高士奇等和睦共事！他可真是深明大義啊！這幫漢官，沒一日不等著看老夫笑話，他們？哼！」

索額圖心念一動，心想陳廷敬暗中整倒明珠，無非是想取而代之，他別做這個美夢！陳廷敬今日整倒明珠，明日不就要整倒我索額圖？老夫從來就不想放過陳廷敬！還有那徐乾學，也不是什麼好東西！且看老夫手段！

正是這幾日，張汧又供出一些事來，索額圖大喜過望，立馬密見皇上。皇上沒好氣，問道：「你這麼性急的要見朕，什麼大事？」

索額圖說：「啟奏皇上，張汧供稱，明珠、陳廷敬、徐乾學、高士奇都收過他的銀子！」

皇上怒道：「張汧怎麼如此出爾反爾？色楞額、于成龍先後都查過，查的結果雖截然相反，可從未聽說這幾個人受賄。如今你接手案子，又生出事端！」

索額圖說：「臣只想把案情弄清，免成冤獄！」

皇上冷笑一聲道：「什麼冤獄！朕看出來了，如今明珠倒了，你想快快兒收拾陳廷敬他們幾個，你就老子天下第一了！」

索額圖連連叩頭，誠惶誠恐，說：「啟奏皇上，張汧可是言之鑿鑿呀！他說自己年歲大了，做個布政使都已是老天保佑，是明珠、陳廷敬、徐乾學、高士奇幾個人要他做巡撫、做總督的。想做，就得送銀子。皇上，要不是張汧招供，臣豈敢如此大膽！」

皇上冷冷道：「你的膽子，朕是知道的。好了，摺子朕會看的。」

索額圖又道：「臣不敢斷言他們幾個人是否清白，只是張汧說高士奇貪銀子，臣有些不相信。高士奇住在禁城之內，別人如何進得來？」

皇上一聽更是火了，說：「你說話前言不搭後語，你不相信高士奇貪銀子，偏相信其他人就貪了？高士奇是你故人，朕知道！」

索額圖確有袒護高士奇之意，可為了顯得他辦事公道，還得把高士奇的名字點出來，再去替他說話。索額圖其實還隱瞞了高士奇的欺君大罪。原來這回張汧紅了眼，把高士奇向皇上進呈假畫的事都供了出來。索額圖私下命人把張汧這段口供刪掉了，卻也並沒把這事告訴高士奇。高士奇在他眼裡，原本就是只小螞蚱，犯不著去他面前表功。而高士奇欺不欺君，索額圖也並不在意，他只需高士奇做自己的奴才。

索額圖退去了，皇上拿起摺子看了半日，重重摔在案上。索額圖的用心，皇上看得明白。可張汧所供是否屬實，皇上也拿不準。數月來，張汧、祖澤深、王繼文、明珠，連連案發，皇上甚是煩惱。這些讀書人十年寒窗考取功名，原本清清白白的，做官久了就難以自守。皇上嘆息良久，喚了張善德，讓他分頭傳旨，叫這幾個人自己具折說清楚。

陳廷敬正在吏部衙門處理文牘，忽聽乾清宮來人了，忙出門迎著。已見張善德進來了，道：「陳廷敬接旨！」

陳廷敬跪下。張善德傳旨道：「皇上口諭，張汧供稱，說他為了做巡撫、總督，先後都送了銀子給陳廷敬；而今犯了案，他又送銀子給陳廷敬要他打點。著陳廷敬速速上個摺子，看他自己如何說。欽此！」

張善德宣完上諭，忙請陳廷敬起來。陳廷敬起了身，望著張善德半日才知說話：「張公公，這是怎麼回事呀？您聽皇上說了什麼沒有？」

張善德搖頭道：「張汧把您跟明珠、徐乾學、高士奇都供出來了，皇上很煩哪！」

陳廷敬聽了，心裡早明白了八九分。回家說起這事，陳廷敬十分煩惱。家瑤自覺臉上無光，道：「我公公怎麼會這樣？」

月媛說：「你公公肯定是怪你爹不肯出力相救，就反咬他一口！」

祖彥更覺臉沒地方放，說：「岳父大人，真是對不住啊！沒想到我爹爹會出此下策！」

陳廷敬道：「明珠他們只怕是真收了銀子的，如此一來我就更說不清楚了！真假難辨呀！」

珍兒安慰道：「老爺，真金不怕火煉，沒什麼可怕的。」

陳廷敬嘆道：「祖彥啊，我自己都不打緊，事情總說得清的。我擔心的你爹爹啊！他交代得越多，死得越快！皇上原本只想革他的職，讓他回家養老。他現在亂咬一氣，別人就會置他於死地！」

家瑤、祖彥立即哭了起來，求陳廷敬萬萬設法救人。陳廷敬說：「你爹有罪，這是肯定的。我一直在暗中救他，只是不能同你們明說。沒想到我這個親家這樣沉不住氣，以為我見死不救，反過來誣陷我！」

月媛說：「老爺，再怎麼說，都是親戚，如今怨他也沒用了，總得想辦法救人才是。」

陳廷敬說：「他做官也有幾十年了，怎麼就沒明白道理呢？要緊的是自己救自己！王繼文關到現在什麼都不說，事情都是自己獨自扛著，就連皇上已經知道的事他都不說。其實皇上也不想讓他全說出來啊。」

陳廷敬這話家裡人就聽不懂了，莫名其妙。

祖彥問：「岳父，朝廷怎能這樣執法？」

陳廷敬只是搖頭，沒有答話。

好些日子，皇上對張汧的招供不聞不問，陳廷敬、徐乾學、高士奇幾人可是度日如年。他們的摺子也都上去了，遲遲不見聖裁。明珠倒是省心，他猜準了皇上心思，知道自己身上再加幾條重罪，也不會叫他掉了腦袋。他反而頗為得意，想那索額圖果然鑽了他的套兒，開始參人了。明珠又專門為此具折請罪，招認自己受了張汧銀子，如數入官。

直到兩個月後，皇上駕臨南書房，才道：「朕本來不想理睬索額圖的摺子，可他既然接手明珠審理張汧案子，朕又豈能意氣用事。陳廷敬、徐乾學、高士奇，你們上的摺子，朕都看了，你們還有說的嗎？」

徐乾學搶先說話，道：「啟奏皇上，臣先不為自己辯解，先替陳廷敬說幾句公道話。陳廷敬同張汧是姻親，臣並未見他替張汧說過半句話，怎有受賄一說？」

索額圖道：「啟奏皇上，徐乾學是想說陳廷敬沒有受賄，他也就清白了。但明珠受賄已是事實，這又說明什麼呢？按徐乾學的道理，豈不正好說明他們四個人都受賄了嗎？」

皇上道：「你簡直胡攪蠻纏！陳廷敬半句話沒說，我反而相信他是清白無辜的。」

陳廷敬馬上叩頭謝恩，又道：「啟奏皇上，張汧案已經查清，不應再行糾纏。雖說張汧又供臣等如何，實為意氣用事，屬人之常情，也不應因此定他的新罪。」

皇上聽罷點頭道：「索額圖，明珠之事已經定案，不要再節外生枝。張汧、王繼文、祖澤深的案子，事實也都清楚了，你也不要再問下去。朕不想牽涉人員太多。」

索額圖見皇上主意已定，心裡縱有千萬個不樂意，也只得遵旨。

皇上講了半日為臣為人的道理，然後說：「張汧欺君損友，為臣為人都實在可恨，殺了都不足惜。朕念他早年清廉自守，治理地方也有所作為，可免於死罪。革了他的職，回家養老去吧！王繼文才幹可嘉，可惜權欲太重，做出糊塗事來。革去他雲貴總督之職，改任廣西巡撫！祖澤深朕早有所聞，鼓唇搖舌，看相算命，妖言惑眾，為官既貪且酷，簡直十惡不赦，殺了吧。」

陳廷敬見張汧終於保住了性命，心裡暗自念佛。又聽得王繼文仍用作巡撫，實為不解。祖澤深雖死不冤，卻是三人中間罪最輕的。

皇上又道：「張鵬翮參劾明珠有功，官升三級，下去做個知府！陳廷敬、徐乾學、高士奇，分明是張汧誣陷，不必再問下去。」

陳廷敬同徐乾學、高士奇都跪了下去，叩頭謝恩。陳廷敬卻又說：「啟奏皇上，臣謝皇上不罪之恩，但臣畢竟同張汧是姻親，臣的清白，皇上相信，別人未必願意相信。懇請皇上恩准臣回家去吧。」

皇上聽了甚是不滿，道：「陳廷敬，你們讀書人怎麼都是這個毛病？好好的心裡一有火，就嚷著回家？」

索額圖藉機火上澆油，說：「啟奏皇上，陳廷敬不感念皇上恩典，反而吵著要回家，皇上就由他去吧。天下讀書人多著呢，多一個少一個都無所謂。」

陳廷敬道：「皇上，臣想回家，絕非一時之意氣。自被張汧誣陷，臣無一日不惶恐，無一日不小心，神志沮喪，事多健忘，每有奏對，腦笨口拙。長此以往，恐誤大事。再則，為了不讓別人說皇上對臣偏袒，臣也應自願回家避嫌。況臣的老父八十有一，每日倚門懸望，盼兒回家。臣想早日回到父親身邊，好好兒盡幾年孝心。」陳廷敬說到此處，熱淚縱橫。

聽了陳廷敬說了這番話，皇上竟也低頭落淚，唏噓半日，道：「可憐陳廷敬情辭懇切，朕又豈是薄情寡義之人？准你原官解任，仍任修書總裁！」

陳廷敬感謝皇上憐憫之意，叩頭再三。徐乾學、高士奇見皇上准予陳廷敬歸田，心中竊喜。

徐乾學忙道：「啟奏皇上，陳廷敬為人做官，都是臣的楷模。他回家之後，皇上身邊少了人手，臣等自當更加發奮，更加勤勉！」

高士奇也說：「徐乾學說的，正是臣的心裡話，臣自此以後……」

皇上卻打斷高士奇的話，說：「好了，朕明白你們的忠心。陳廷敬說到避嫌，朕想也是有道理的。既然陳廷敬回家，徐乾學、高士奇也都回家吧，免得別人說朕厚此薄彼。」

徐乾學、高士奇聽了如聞驚雷，一時不知所以，卻把索額圖高興壞了。他已瞧著徐乾學不是個好東西，巴不得他也回家去。索額圖沒能保住高士奇，也不太覺著可惜。他看出高士奇這狗奴才在他前面似乎也有離心離德之意。

一日，張鵬翮到了陳廷敬家，進門就拱手請罪，陳廷敬大惑不然。原來張鵬翮知道自己被放欽州知府，雖說是升了官，其實等同流放。想那欽州同京城山隔千重，水過百渡，他也許只能老死他鄉了。這正好應了明珠的話，他這回再發配出去，只怕就回不來了。張鵬翮先前還怪陳廷敬沒有替他說話，自己被人當槍使了。他後來知道陳廷敬也受著委屈，方覺自己錯怪人了。

陳廷敬卻笑道：「鵬翮，欽州你也不要去了！」

張鵬翮聽得不明不白，問道：「這是為何？」

陳廷敬道：「有人替你說了話，改放蘇州。蘇州可是個好地方。」

張鵬翮不敢相信這話是真，直了眼睛望著陳廷敬。陳廷敬只是笑道：「你只回家等消息吧。」果然不出三日，張鵬翮改放蘇州知府。

陳廷敬在京盤桓二十來日，應酬各位故舊門生，便領著家小回山西老家去了。

63

陳老太爺鬚髮皆白，走路拄著拐杖，倒是耳聰目明。陳廷敬回家那日，老太爺端詳兒子好一會兒，說：「廷敬，你隨我進去，我有話問你。」

老太爺領著陳廷敬進了花園，找了個僻靜處，問道：「你給爹說實話，是不是在朝廷犯了什麼事了？」

陳廷敬笑道：「爹放心，我沒犯事。我在信裡頭都說了，想回來侍候爹。皇上可憐我一片孝心，准我乞歸故里。」

老太爺拿拐杖在地上使勁戳著，罵道：「這麼大的事，也不事先來信商量！皇上待你恩情似海，你要盡心盡力報效朝廷才是！爹身子骨好好的，家裡又有人侍奉，你回來幹什麼！」

陳廷敬跪下來，叩頭道：「爹教訓得是，只是兒子在外面日夜想著爹，心裡不安啊。您就讓兒子在家侍候幾年，再出去做官也行哪！」

老太爺仍是嘆息，道：「人都回來了，還說這個何用！」

陳廷敬百般勸慰，父親還是不高興，道：「先是聽說你親家出事了，這會兒你又舉家兒回來了。你叫三鄉四鄰怎麼說我們陳家跟張家！」

陳廷敬囑咐闔家老小，誰都不得在老太爺面前胡亂說話，可老太爺心裡似乎已經有數。

一日，老太爺問陳三金：「三金，你別瞞著我，你說廷敬這次回家，怕不是犯了什麼事兒吧？」

陳三金說：「哪裡啊！老爺要是犯了事兒，回家還這麼風光？」

老太爺說：「風光？上次他回家，巡撫衙門、太原府的人都來了，這回呢？連縣衙的人都見不著。」

陳三金說：「沒準巡撫衙門的人改日就會來哩！」

陳廷敬正要去老太爺那裡請安，聽得裡頭說話，故意把腳步聲弄響些。老太爺就不再問話，回頭望著廷敬進門。廷敬問了老太爺身子好不好，想吃些什麼。

老太爺說：「我身邊總有人的，你不要費心。廷敬，今日天氣好，上河山樓去看看吧。」

陳廷敬說：「我來說的正是這事哩！」

陳三金說：「難得老太爺有興致，老人家只怕有一年沒上去了。」

陳廷敬扶了老太爺，淑賢、月媛、珍兒領著孩子們跟著，上了河山樓。遠望山色秀麗，村莊逶迤，自家院內屋宇連綿，庭樹掩映。壯履帶了玻璃象棋上來，同哥哥謙吉對弈。

陳廷敬拿起一顆棋子放在老太爺手裡，說：「爹，這叫玻璃象棋，皇上御賜的，原是西洋人進給皇上的貢品。」

老太爺把玩著玻璃象棋，甚覺稀奇，道：「不說，我還以為陽春三月哪來的冰哩！」

壯履故意逗爺爺，說：「爺爺，這棋子原就是拿冰做成，再放進窯裡面燒出來的。」

老太爺哈哈大笑，道：「爺爺老了，你就把爺爺當小孩哄了！」

珍兒在旁笑道：「壯履可真會逗爺爺開心。」一家人大笑起來。

老太爺在椅子上躺下，陳廷敬緊挨椅子坐著，一邊陪爹說話，一邊看著兒子下棋。老太爺慢慢有了倦意，雙眼微合。家人忙拿了薄被蓋上，大家都不言語了。

老太爺閉著眼說：「怎麼都不說話了？我只養養神，你們該說笑的說笑，不妨事的。我聽著高興。」

陳廷敬便笑道：「你們兩兄弟只管把棋子敲得嘣嘣兒響，爺爺喜歡聽！」

陳廷敬看了會兒棋，忽然心裡成詩一首，命人去取文房四寶。不多時，筆墨紙硯送到了，陳廷敬提筆寫道：「人事紛紛似弈棋，故山回首爛柯遲。古松流水幽尋後，清簟疏簾對坐時。舊壘滄桑初歷亂，曙天星斗忽參差。只應萬事推枰外，夜雨秋燈話後期。」

聽得壯履朗聲誦讀，老太爺睜開眼睛，站了起來。陳三金扶老太爺走到几案前，細看陳廷敬作的詩。

老太爺默誦一遍，把陳廷敬拉到一邊，悄聲兒問道：「廷敬，你肯定有事瞞著爹了。讀你這幾句詩，爹就猜你心裡有事啊！」

陳廷敬笑道：「爹，您老放心，我真的沒事。剛才看兩個孩子下棋，心有所感，寫了幾句。不過是無病呻吟，沒有實指啊。」

老太爺搖頭而嘆，道：「廷敬，你瞞不過爹這雙老花眼的。你要是沒事，要是春風得意，什麼巡撫、知府、知縣，早登門拜訪來了！唉，世態炎涼啊！」

陳廷敬仍是說：「爹，真沒什麼事。廷敬沒有忘記爹的教誨，認真讀書，認真做人，認真做官。」

老太爺搖搖頭，不想再說這事兒了，便叫過陳三金：「三金，叫人多燒些水，今兒天氣好，我想好好洗個澡。」

水燒好了，陳三金過來扶老太爺去洗澡。陳廷敬跟著去了洗澡房，對家人說：「你們都出去吧，我來給老太爺洗澡。」

老太爺道：「廷敬，讓他們來吧。」

陳廷敬笑道：「爹，我小時候都是您給我洗澡，我還從來沒有給您老人家洗過澡哩。」

老太爺便不再多說，只是笑著。陳廷敬先試了試水，再扶著老太爺躺進澡盆裡去。陳廷敬慢慢給爹搓著身子，沒多時又吩咐家人加熱水。

老太爺道：「再燒些水，今日我要洗個夠。」

陳三金剛好進來，說：「老太爺，還在燒水哩！」

一連加了好幾次熱水，老太爺還想再泡泡，說：「廷敬，不要搓了，洗得很乾淨了。你先出去吧，我躺在這裡面舒服，想多泡會兒。」

陳廷敬說：「爹，您泡吧，我守著您。」

老太爺道：「不要守著，看你也累了。」

陳廷敬只好先出去了，說過會兒再進來。

家丁見陳廷敬出來了，忙搬來凳子。陳廷敬不想坐，背著手踱步。這時，淑賢和月媛、珍兒也過來了。

淑賢問：「廷敬，爹不是在洗澡嗎？」

陳廷敬說：「爹洗好了，他想再泡會兒。」

月媛問：「有人守著嗎？」

陳廷敬說：「我要守著，爹不讓。」

珍兒說：「那可不行，您得進去守著。」

陳廷敬說：「老人家不讓，我過會兒再進去。」

陳廷敬忽然覺得心跳得緊，不由得摸摸胸口。

月媛忙問：「廷敬，怎麼了？哪裡不舒服嗎？」

珍兒說：「您快去看看爹。」

陳廷敬慌忙進了澡房，問道：「爹，還想泡嗎？」

老太爺慢慢兒睜開眼睛，說：「不急，我想再泡會兒。你出去吧。」

陳廷敬說：「我就坐在這裡陪您吧。」

老太爺閉上眼睛，靜靜地躺在澡盆裡。過了會兒，陳廷敬又試試水，問：「爹，水怎麼樣？要加些熱水嗎？」

老太爺沒答應，陳廷敬又問道：「爹，睡著了嗎？」

老太爺仍是沒有吱聲。陳廷敬趕緊摸摸爹的手，再試試鼻息，頓覺兩眼一黑，五雷轟頂。原來老太爺已經去了。陳廷敬喊了聲爹，失聲哀號起來。

陳家這等門第，老太爺的喪事自是風風光光。山西巡撫終於探得准信兒，陳廷敬此番回家並沒有獲罪，只是皇上著他暫時避嫌，日後仍舊要起復的，便送來奠分銀兩千兩。知府、知縣都是看著巡撫行事的，也都送了賻銀來。衙門裡送賻銀，雖說是官場規矩，若依陳廷敬往日心性，斷不會收的。他現在早想明白了，場面上的事情，總得給人面子，凡事還是得依禮而行。

夜裡，一家人圍坐著守靈，說起老太爺怎麼走得這麼快，真是天意難測。陳三金說：

「老太爺就這麼無病無災地去了，家裡又是男孝女賢，老人家是個全福之人啊。」

陳廷敬說：「老人家好像知道自己要走了，洗了老半日的澡，洗得乾乾淨淨。只是爹一直擔心我出了事，走的時候也不放心。我真是不孝！」

淑賢說：「老爺就不要怪罪自己了，您也是一片孝心才瞞著爹的。再說了，您也並沒有犯事，真是皇上恩准您回家的。」

陳廷統此時遠在貴州，陳豫朋尚在京城。廷統那年被放知縣，先在安徽，再到江西，後來又到了貴州，越放越遠。豫朋四十日之後回到家裡，廷統趕到家已是兩個多月了。直等到孝子們都到齊了，方才擇了吉日，把老太爺同老太太合葬了。陳廷敬丁母憂時，已在紫雲阡修了座墓廬。安葬了老太爺，陳廷敬便住進了墓廬，終日在此修訂《明史》，青燈黃卷，一晃就是兩年。

一日，陳廷敬在墓廬修編《明史》，家人跑來報信，說是宮裡來人了。陳廷敬嚇了一跳，忙同大順趕緊下山。匆匆進了院子，見闔家老小都已等在那兒了。

原來是張善德和傻子帶著四個侍衛，正坐在客堂裡喝茶。陳廷敬怎麼也沒想到會是張善德和傻子來了，忙上前見禮，問道：「張公公、傻子，你們怎麼來了？」

張善德笑笑，臉色飛快莊敬起來，宣道：「陳廷敬接旨！」

陳廷敬慌忙跪下。張善德宣道：「皇上口諭，陳廷敬離京已快兩年，朕有些想他了。朕這次西巡，想去他家裡看看。欽此！」

陳廷敬連忙叩頭道：「臣感謝皇上恩典，臣將率闔家長幼，惶恐迎駕。」

陳廷敬領完旨，又招呼張善德等坐下喝茶，問道：「皇上這會兒到哪裡了？」

張善德說：「皇上正從太原往您家來呢，最多後日就到了。」

陳廷敬甚是驚慌。「如此倉促，廷敬什麼都沒準備啊！」

張善德道：「不妨事的，皇上簡樸慣了，又是在老臣家裡，凡事以舒服自在為要。我們也得走了，陳大人您預備著接駕吧。」

陳廷敬道：「我不敢留您了，怠慢了。」

大順早預備好了程儀，張善德等自然是要推辭會兒，最後只得收了。

送走張善德等，闔家老小齊聚到客堂裡聽陳廷敬訓話：「皇上駕臨，是對我陳家莫大的恩寵。務必要小心侍駕，不可有半點兒差池。大小事務，都由陳三金總管。陳三金有不明白的，只管問我就是。」

陳廷敬正說著，家人又報巡撫衙門來人了，正在花廳裡候著。陳廷敬只得擱下這頭，趕去花廳。官差見了陳廷敬，忙起身行禮：「在下拜見陳大人！」

陳廷敬請官差坐下，吩咐上茶。官差道：「巡撫吳大人正在駕前侍候，特意派在下來請陳大人示下，囑在下帶了兩萬兩銀子來，巡撫大人說還可以派些人來聽陳大人差遣。這是巡撫大人的信。」

陳廷敬看了通道：「謝你們吳大人。銀子我收下，這裡人手夠了。皇上一貫簡樸，也費不了多少銀子。」

官差道：「在下這就回吳大人去，告辭了！」

陳廷敬道：「您請稍候，我寫封信回復吳大人。」

陳廷敬很快寫好回信，交官差帶上。大順又依禮送上程儀，官差千恩萬謝地收了。

一日兩夜，陳家老小忙著預備接駕，都沒闔過眼。聖駕要來那日，陳家所有男丁於五里之外官道露立通宵。天明之後，陳廷敬早早的派人飛馬探信，不停地回來報告消息。到了午後，終於探得準信，聖駕就快到了。陳廷敬馬上派人回去告訴女眷們，這邊忙按長幼班輩站立整齊。

遠遠的看見聖駕浩浩蕩蕩來了，陳廷敬忙招呼兄弟子侄們跪下。獵獵旌帆處，瞥見皇上坐著騾子拉著的御輦，慢慢近了。

陳廷敬起身低頭而進，走到御輦前跪下，道：「臣陳廷敬恭迎聖駕。」

皇上沒有下車，仍坐在車上說話：「廷敬，一別又快兩年了，朕怪想你的。起來吧，朕去你家看看。」

陳廷敬謝恩而起，道：「欣聞我皇駕臨，臣闔家老小感激涕零。」

皇上望望不遠處跪著的陳家老小，道：「大家都起來吧。」

陳廷敬便叫兄弟子侄們起來。大家起了身，又沿著路旁跪下了。這自然都是陳廷敬事先交代過的。

皇上見路上盡鋪黃沙，便道：「廷敬，朝廷還在打噶爾丹，銀子並不是多得花不完了。朕這次西巡，不准下面搞什麼黃沙鋪道的排場，怎麼到了你家門口，鋪起黃沙來了？」

陳廷敬回道：「啟奏皇上，臣沒有花衙門的錢，也沒有花百姓的錢，只是臣全家老小表表忠心而已！臣依循古制，黃沙鋪道，不曾知道皇上有這道諭示。」

皇上點頭道：「朕不怪你。你們陳家忠心可嘉，朕很高興。」

聖駕繼續前行，陳廷敬這才瞥見索額圖、徐乾學、高士奇等都在侍駕，彼此遞著眼神打了招呼。到了中道莊，皇上下了車，換上肩輿。到了陳家大門口，皇上下來步行。

皇上把陳廷敬叫到身邊，說：「朕這次西巡，是為部署明年打噶爾丹。噶爾丹無信無義，弄得回疆干戈四起，生靈塗炭。」

說話間進了為皇上預備著的院子。陳廷敬奏道：「皇上，臣家實在寒傖，這個院子，皇上將就著住幾日。」

皇上抬眼四顧，說：「這裡很好，廷敬就不要講客套話了。朕早就聽說了，你陳家世代經營百多年，方有今日富貴。勤儉而富，仁義而貴。治家如此，治國也應如此。」

陳廷敬放下心來，說：「只要皇上在臣家裡能住得舒坦，臣就心安了。」

皇上又叫過山西巡撫，道：「陳廷敬在朕身邊多年，朕至為信任。無論他在不在家，你這做巡撫的，都要多來他家裡看看，體現朕的關愛之心！」

山西巡撫叩頭領旨。陳廷敬卻道：「啟奏皇上，臣告老在家，便是一介布衣，不應讓地方官員操心。臣若在朝，家裡人也不應同地方官員往來，免得臣有干預地方事務之嫌。」

皇上笑道：「廷敬是個明白人，但朕派員存問老臣，這是朕的心意。好了，這些暫不說了。廷敬，把你家老小都叫過來，朕瞧瞧他們！」

陳廷敬命人趕快把全家男女長幼引來見駕。一家人其實早就在別院候著，沒多時就挨次兒低著頭進來了。皇上已在龍椅上坐下，陳廷敬率闔家老小叩拜，陳廷統、陳豫朋、陳壯履等通通報了官職、功名。

皇上道：「陳家自我朝開國以來，讀書做官的人出過不少，可謂世代忠臣。而今有陳廷敬朝夕在朝，日值左右，朕甚是滿意。陳廷敬還在丁外憂，朕本不該奪情，但國家正在用人之際，朕想讓你儘早還京。」

陳廷敬拱手奏道：「啟奏皇上，臣孝期未滿，還京就職，於禮制不合呀！」

皇上說：「你沒見我把徐乾學、高士奇都召回來了嗎？朕命你回京，補左都御史之職！」

陳廷敬只好口稱遵旨。皇上又說：「陳廷統，朕記得你當年被奸人所陷，擔了罪名。朕准你還京任職，仍做郎中吧。」

陳廷統意外驚喜，叩頭不止。

索額圖在旁插話道：「啟奏皇上，兵部武庫清吏司有個郎中缺。」

皇上便道：「可著陳廷統擢補！」

陳廷統再次叩頭謝恩，涕淚橫流。

這時，索額圖奉命宣旨：「奉天承運，皇上制曰：爾陳廷敬品行端凝，文思淵博，歷任吏戶刑工四部尚書、都察院左都御史、並值經筵講官，勤勉廉潔，任職無愆。國家表彰百官，必追祖德。誥贈爾之曾祖陳三樂從一品光祿大夫、經筵講官、刑部尚書；誥贈爾祖父陳經濟從一品光祿大夫、經筵講官、吏刑二部尚書、都察院掌院事左都御史；誥贈爾父陳昌期從一品光祿大夫、經筵講官、吏刑二部尚書、都察院掌院事左都御史！」

皇上興致極好，待陳廷敬謝了恩，便登上陳家城樓瞭望。望見遠處有一高樓兀立，好生奇怪，問道：「那是什麼？」

陳廷敬回道：「那是河山樓，建於明崇禎五年。當年從陝西過來的土匪到這裡燒殺搶掠，臣的祖父、父親率家人倉促間建了這座河山樓，救下村民八百多人。後來，為了防止土匪再度來犯，就修了這些城牆。」

皇上笑道：「你陳家不光善於理財，還懂兵事啊！明年朕親征噶爾丹，你隨駕扈從！」

陳廷敬謙言幾句，俯首領旨。

64

一晃就是十幾年，有日皇上在漪清園同臣工們商議河工，道：「蒼天無情，人生易老。朕打噶爾丹整整打了八年，打得朕都老了，總算消除了回疆之亂。現在朕最為擔心的就是河工。國朝治河多年，亦多有所成。河督張鵬翮進有一疏，你說說吧。」

原來張鵬翮自去蘇州知府上任，從此順水順風，先是做到江蘇巡撫，又升任了兩江總督，前幾年又做了河督。他治河很見功效，皇上甚是滿意。有日皇上同他說起舊事，張鵬翮才知道當年正是陳廷敬一句話，他才沒有去欽州做知府。

張鵬翮上前跪奏道：「臣遵皇上所授方略，先疏通黃河入海口，水有歸路，今黃水已不出堤岸。繼而開芒稻河，引湖水入江，高郵、寶應一帶河水已由地中行走。再開清口、裴家場等引河，淮水已有出路。加修高家堰，堵塞六壩，逼清水復歸故道。現在黃河河道變深，運河水已清澈，已無黃水灌入。」

皇上很是高興，道：「河督張鵬翮治河多年，成效顯著。朕打算南巡，親自去看看。」

索額圖奏道：「皇上南巡，此事甚大，臣以為應細細籌畫，密密部署。」

皇上說：「朕打算輕車簡從，不日就可動身。所有費用，皆由內府開支，地方不得藉故科派！沿路百姓都不必迴避，想看看朕就看看朕。朕也想看看百姓啊！」

議事完畢，皇上囑陳廷敬留下。這時陳廷敬早已擢任文淵閣大學士兼吏部尚書加四級，並授光祿大夫，仍入值經筵講官。

臣工們都已退去，皇上道：「廷敬，朕每次出巡，都囑咐各地不得藉故科派，然每次下面都是陽奉陰違。你是個謹慎人，朕著你先行一步，暗中訪問。」

陳廷敬領旨道：「臣即刻動身。」

皇上又說：「你只秘密查訪，把沿路所見差人密報於朕，不要同督撫道縣見面，遇事也不必急著拿人。讓人知道朕派你暗自查他們，到底不好。」

陳廷敬道：「臣明白了。」

今日正巧收到豫朋的信。陳廷敬回到家裡，把信交給家裡人輪著看。原來豫朋已放湖南臨湘知縣去了。

月媛看著信，說：「豫朋說他在臨湘知縣任上幹得稱心，去年治理水患，很有成效。豫朋還說遊了洞庭湖，登了岳陽樓，上了君山島。」

陳廷敬不免有些神往，說道：「洞庭湖是個好地方啊！洞庭天下水，岳陽天下樓哇！」

月媛卻道：「老爺，您回信得告訴豫朋，別自顧著遊山玩水，要做好父母官。」

珍兒笑了起來，說：「豫朋是知縣了，姐姐別老把人家當孩子。他知道怎麼做的。」

一家人正說著豫朋，壯履也回來了。

陳廷敬道：「呵，我們家翰林回來了。」

月媛笑道：「瞧你們爺兒倆，老翰林取笑少翰林。」

壯履向爹娘請了安，講了些翰林院的事兒。原來壯履早中了進士，六年前散館，入翰林院供奉。

吃飯時，陳廷敬說起皇上南巡之事，壯履道：「皇上南巡，士林頗有微詞。皇上前幾次南巡，江南就有個叫張鄉甫的讀書人寫詩諷刺，說三汊河幹築帝家，金錢濫用比泥沙。」

陳廷敬道：「張鄉甫我知道，杭州名士，頗有才氣，就是脾氣怪。他下過一次場子，落了第，就再不考了。我這回去杭州，有機會的話，倒想會會他。」

陳壯履問：「聽娘說，當年爹說服傅山歸順朝廷，好心好意，卻弄得龍顏大怒。您這回該又不會去說服張鄉甫吧？」

陳廷敬避而不答，只道：「皇上南巡，不是遊山玩水，而是巡視河工。可地方官員藉機攤派，接駕過分鋪張，皇上並不允許。這次皇上讓我先下去，就是要殺殺這股風。壯履你供奉翰林院，這是皇上對你莫大的恩寵。你只管埋頭編書，朝廷裡的事情，不要過問，也不要隨人議論。爹並不想你做好大的官，你只好好做人，好好讀書吧。」

陳壯履知道自己剛才的話有些不妥，忙說：「孩兒記住父親的話。」

月媛說：「你爹官越做得大，我越擔心。」

陳廷敬反過來勸慰道：「月媛也請放心，沒那麼可怕。」

月媛回頭囑咐珍兒：「妹妹，老爺年紀大了，您在外頭跟著他，要更加細心些。」

珍兒道：「姐姐放心，妹妹小心侍候便是。」

皇上還未起駕，沿途督撫們早忙起來了。如今浙江總督正是當年請祖澤深拿煙管看相的阿山。那會兒他同陳廷敬都在禮部做侍郎。阿山先是放了四川學政，三年後回京做了戶部侍郎，過了兩年又做湖廣巡撫，然後又在幾個地方輪著做總督。

這日，阿山召集屬員商議迎駕之事。阿山說道：「皇上體恤下情，不准鋪張，可我們做臣子的，也應替皇上著想。御駕所到之處，河道總得疏疏吧？路總得鋪鋪吧？橋總得修修吧？

行宮總得建建吧？」

官員們都點頭稱是，只有杭州知府劉相年神情木然。阿山瞟了他一眼，又道：「藩庫裡的銀子並不富裕，我們還是得問百姓要些。皇上臨幸，也是百姓的福分嘛！」

一直默然而坐的劉相年說話了：「制臺大人，卑府以為，既然皇上明令不得藉端科派，我們就不應向百姓伸手。」

阿山笑道：「下官並不缺銀子花，不要以為是我阿山問你要銀子。也好，你不想找百姓收銀子也罷，你身為杭州知府，只管把杭州府地面上河道都疏通，道路都修好。可要黃沙鋪道啊！本督之意還想在杭州建行宮。劉大人，這些差事都是你的啊！」

劉相年斷然拒絕：「制臺大人，漫說建行宮和架橋修路，光這城內城外河汊如織，都要再行疏浚，得費多少銀子？恕卑府不能從命！」

阿山臉馬上黑了下來，道：「劉大人，你敢說這話，真是膽大包天啊！這是接駕，不是兒戲！」

官員們都望著劉相年大搖其頭。阿山說：「浙江督撫道縣眼下都以接駕為頭等大事，你劉大人居然抗命不遵！未必要下官參你個迎駕不恭不成？」

劉相年道：「卑府只知道按上諭行事！」

阿山氣的是劉相年居然公開頂撞，便道：「劉相年，我待會兒再同你理論。」回頭又對從屬員說，「皇上愛憐百姓，准百姓不必回避。但江南地廣人稠，誰都想一睹聖顏啊！我只交代你們，哪裡有百姓塞道驚駕，哪裡有訟棍告御狀，只拿你們是問！」

餘杭知縣李啟龍站起來說話：「制臺大人，杭州知府一直沒有聖諭講堂，這回皇上臨幸杭州，卑職怕萬一有人檢舉，就連累大人您哪！」

阿山便道：「劉大人，可又是你的事啊！」

劉相年說：「制臺大人，杭州府內縣縣有講堂，府縣同城，知府再建個講堂，豈不多此一舉！」

阿山拿劉相年很是頭痛，卻礙著官體，只得暫且隱忍，道：「劉大人，講堂的事，下官可是催過你多少回了。滿天下沒有講堂的知府衙門，只怕就只有你杭州了。你要想出風頭，也沒誰攔你，只是到時候可別把罪過往下官頭上推！」

議事已畢，阿山望著劉相年道：「劉大人，下官也不同你多說了。你要做的是四件事，一是造行宮，二是疏河道，三是修路橋，四是建講堂。」

劉相年沒有答話，拱拱手走了。

阿山送別各位屬官，卻叫李啟龍留下。李啟龍受寵若驚，隨阿山去了衙後花園。阿山道：「啟龍呀，劉相年有些靠不住，兄弟很多事情就只好交給你了。」

李啟龍俯首貼耳的樣子道：「聽憑制臺大人吩咐。」

阿山說：「杭州是皇上必經之地，你這位餘杭知縣要做的事情可多著哪！」

阿山便將大小事務一一囑咐了。李啟龍道：「敝縣將傾其全力，絕不會讓制臺大人丟臉！」

阿山這邊正同李啟龍說事兒，那邊有個衙役飛跑過來。阿山見衙役這般慌張失體，正要生氣罵人，那衙門急得直朝他招手。阿山不知道又有什麼大事了，撇下李啟龍隨衙役去了牆邊兒說話。衙役悄聲兒道：「制臺大人，誠親王到杭州了。」

聽了這話，阿山哪裡還顧得上李啟龍，匆匆出了花園。到了二堂，阿山便問：「哪來的消息？」

衙役說：「剛才來了兩個人，一個架鷹，一個牽狗，說是誠親王三阿哥的侍衛跟太監。我說請他們稍候，進去回覆制臺大人，他們就生氣了，只說叫你們阿山大人到壽寧館去見誠親王。」

阿山又問：「他們可曾留下半紙片字沒有？」

衙役說：「他們口氣很橫，還囑咐說誠親王這是微服私訪，叫阿山大人獨自去，不要聲張。」

阿山不再多問，趕緊準備去見誠親王。又唯恐人多眼雜，轎都沒敢坐，獨自騎馬去了壽寧館。遠遠的就見客棧前站著四個人，都是一手按刀，一手扠腰。阿山早年在宮裡見慣了侍衛這般架勢，知道他們都是不好答話的。他下馬便先做了笑臉，道：「浙江總督阿山拜見誠親王。」

果然，有個侍衛壓低嗓子說道：「別在外頭嚷嚷，進去說話！」

阿山不敢多嘴，低頭進了壽寧館。才進門，有個人喊住他，道：「你是阿山大人嗎？先在這裡候著，待我進去報與王爺。」

阿山趕緊站住，不敢再往前挪半步。過了多時，那人出來說：「進去吧。」

阿山隨那人先穿過一個天井，進了堂屋，再從角門出來，又是一個天井。抬眼一望，天井裡站著幾十號人。有四個人腕上架了鷹，三個人手裡牽著狗。那狗啞著嗓門不停地往前竄，叫牽狗人使勁往後拉著。阿山知道那狗的厲害，大腿根兒直發麻。他才要跪下拜見王爺，卻見幾十號人簇擁的只是一把空椅子。正納悶著，一位身著白綢緞衣服的翩翩少年從屋裡出來，坐在了椅子上。阿山心想，這位肯定就是誠親王了，忙跪下拜道：「臣浙江總督阿山叩見王爺！」

少年果然就是誠親王，說道：「阿山，皇阿瑪命我們阿哥自小列班聽事，你當年在京行走時，我是見過你的。」

阿山低頭道：「臣當年忝列乾清門末班，每日誠惶誠恐，不敢環顧左右，王爺仙容臣豈敢瞻望！」

誠親王道：「皇阿瑪平時也是時常說起你的，只說浙江是天下最富的地方，怕只怕好官到了那裡反變壞了。你治理地方得法，我已親眼見過了，自會對皇阿瑪說起。我召你來只是想見見你，並沒有要緊話說。你回去吧。」

阿山道：「阿山謝皇上恩寵，請皇上聖安。王爺在杭州多住些日子，有事儘管吩咐。」

誠親王笑道：「你是在套我的話兒，想知道我在杭州待多少日子，要辦什麼事。告訴你，我在外向來神龍見首不見尾，你別打這個主意。你回去吧，只記住皇上的話，千萬別變壞了。」

阿山叩了頭出來，越想越莫名其妙地害怕。誠親王召他去見了面，卻是什麼要緊話都沒說就打發他回來了。這王爺到底是來幹什麼的呢？莫不是皇上著他先行密訪？既是密訪又為何要召他見面？見了面又為何草草地打發他走了？

阿山回到衙門，心裡仍是懸著。依禮是要送些銀子去孝敬的，可這誠親王太高深莫測，他倒不知如何辦了。誠親王只說「千萬別變壞了」，難道暗示他什麼？想了半日，便封了一萬兩銀票，悄悄兒送到壽寧館。誠親王並不出來見他，只是傳出話來，說知道了阿山的心意。阿山心想誠親王既然收了他的銀子，想必也不會找他的事了。

李啟龍瞅準了這是個飛黃騰達的大好機會，回去督辦各項事務甚是賣力。一日，衙役捕來數百人，為的是挑選迎駕百姓。劉師爺喝令大夥兒站好隊，李啟龍親自過來相人。一位駝背老漢，抖抖索索站在那裡，李啟龍過去說：「你，回去！長成這樣兒還接駕！」

駝背走出佇列，回頭罵罵咧咧道：「你當我願意接駕？你們官府派人抓我來的！」

劉師爺吼道：「少囉嗦，快走快走！」

李啟龍又發現一個獨眼龍，厲聲問道：「你是怎麼混進來的？」

獨眼龍可憐巴巴的說：「知縣老爺，小的也是你們官府派人叫來的呀！」

李啟龍沒好氣，道：「去去去，你這模樣兒接什麼駕呀？別嚇著了皇上！」

獨眼龍卻道：「小的生下來就長成這樣，也不見嚇著誰了。知縣老爺，您就讓小的見見皇上吧。」

李啟龍怒道：「你趕快給我走，不然我叫人打你出去！」立馬上來兩位衙役，拉著獨眼龍就往外走。

獨眼龍大喊道：「小的想見皇上，小的想見皇上呀！」

這時，一位書生模樣的人站出來說道：「我不想見皇上，你們放我回去。」

李啟龍回頭一看，笑道：「你不想見，也得讓你見。這裡頭還沒幾個長得像你這麼俊氣的。」

書生道：「簡直荒唐！」

劉師爺上前附耳幾句，李啟龍頗為吃驚，道：「哦，你就是大名鼎鼎的張鄉甫呀！」

李啟龍到任不久，早就耳聞過張鄉甫，兩人卻並未見過面。張鄉甫不作搭理，鼻子裡哼了一聲。

李啟龍笑道：「鄉甫在杭州讀書人中間很有人望，你不接駕誰接駕呀？」

張鄉甫怒道：「李啟龍，你真是滑天下之大稽！」

李啟龍哪容得張鄉甫這般傲慢，喝道：「閉嘴！本老爺的名諱也是你叫得的？好了，就你們這些人了。聽我口令！跪！」

百姓稀稀落落跪下，張鄉甫仍是站著。李啟龍走過來，偏著腦袋問道：「張鄉甫，你存心跟本老爺過不去嗎？你存心跟皇上過不去嗎？跪下！」

張鄉甫傲然而立，卻早有兩個衙役跑了過來，拼命把他按跪在地。

李啟龍眼見著張鄉甫終於也跪下了，便回頭對眾人喊道：「鄉親們，你們都是朝廷的好子民，選你們來接駕，這是朝廷對你們的恩典！有人想來還來不了哪！接駕是天大的事，馬虎不得，得從下跪、喊萬歲學起。等會兒我喊吾皇萬歲萬歲萬萬歲！你們就學著齊聲高喊！記住了，聲音要大，要喊得整齊！」

65

陳廷敬乘船沿運河南下，沿途都見民夫忙著疏浚河道，修路架橋。逢府過州，城外路邊都堆著黃沙，預備鋪路之用。原來百姓都知道皇上要南巡了。又探得沿途官府都在為皇上南巡新派徭役，只是不聽說再攤稅賦。陳廷敬將途中所見均細細具折，密中奉發。

這日到了杭州，雇車入城。自從進入浙江，陳廷敬愈發小心起來。他同浙江總督阿山當年都在禮部當差，兩人知己知彼。陳廷敬對阿山這個人心裡自是有數，更不能讓人覺著他是故意找岔兒來的。進城就沿途逢見好幾家娶親的，敲鑼打鼓，絡繹不絕。珍兒說：「今兒是什麼日子？這麼多坐花轎的？」

大順笑道：「敢情是我們來杭州趕上好日子了。」

劉景也納悶道：「今兒什麼黃道吉日？沿路都遇著七八家娶親的了。」

城南有家名叫煙雨樓的客棧，裡頭小橋流水，花木蔥蘢，陳廷敬很是喜歡，就在這裡住下了。

收拾停當，大順找店家搭話：「店家，杭州城裡怎麼這麼多娶親的？今兒什麼好日子呀？」

店家笑道：「最近啊，杭州天天是好日子！明兒您看看，說不定也有十家八家的娶親呢！」

店家見大順不解，便道：「你是外鄉人，莫管閒事兒吧。」

吃過晚飯，天色尚早，陳廷敬想出門走走，珍兒、劉景、馬明、大順幾個人跟著。街上人來人往甚是熱鬧，只是這杭州人講話，嘰裡哇啦，如聞鳥語，一句也聽不懂。天色慢慢黑下來了，街上鋪門都還開著，要是在京城這會兒早打烊了。珍兒見前頭有家綢緞鋪，裡頭各色料子鮮豔奪目。她畢竟是女兒心性，想進去看看。陳廷敬點點頭，幾個人就進了綢緞鋪。

綢緞鋪同時進來五六個男人，很是打眼。夥計忙過來招呼，說的話卻不太好懂。夥計見他們是北方人，就學著官話同他們搭腔：「幾位是打北邊來的？這麼多男人一起逛綢緞鋪，真是少見。」

大順說：「男人怎麼就不能逛綢緞鋪呢？」

夥計笑道：「外地來的男人都是往清波門那邊去的。」

陳廷敬一聽就明白了。他早聽說杭州清波門附近有一去處，名叫清河坊，原是千古煙花之地，天下盡知。上回皇上南巡，有些大臣、侍衛在清河坊買女子，弄得杭州人心惶惶。皇上後來知道了，嚴辭追究。有位開了缺的巡撫為了起復，託御前侍衛在這兒買了幾個青樓女子進京送人，結果被查辦了。

又聽那夥計說道：「不過你們今夜去了也白去，早沒人了。」

大順聽得沒頭沒腦，問：「夥計，你這是說什麼呀？」

這時，店鋪裡間屋子出來一個男人，用杭州話罵了幾句，那夥計再不言語了。陳廷敬自是半句也聽不懂，卻猜那罵人的準是店家，八成是不讓夥計多嘴。珍兒想再看看綢緞，夥計卻是不理不睬。珍兒沒了興趣，幾個人就出來了。

出了綢緞鋪，順著街兒往前走，不覺間就到了清河坊街口。只見前頭大紅燈籠稀稀落落，門樓多是黑燈瞎火，街上也少有行人。陳廷敬想起剛才綢緞鋪裡夥計的話，心想倒是去清河坊街上走走，看裡頭到底有什麼文章。

陳廷敬進了清河坊，駐足四顧，道：「不是想像中的清河坊啊。」

珍兒問：「什麼清河坊？老爺想像中應是怎樣的？」

陳廷敬笑道：「騎馬倚斜橋，滿樓紅袖招。」

大順笑笑，說：「老爺，這兩句我聽懂了，就是說公子哥兒騎著馬往這橋邊一站，滿大街的姑娘招手拉客！」

珍兒一聽生氣了，喊了聲老爺。陳廷敬回頭朝珍兒笑笑，珍兒卻把嘴巴噘得老高。又見前面有家青樓，喚作滿堂春，陳廷敬猶豫一下，說：「去，進去看看。」

大順抬頭看看招牌，心裡明白八九分，問：「老爺，這看上去像是那種地方呀？」

陳廷敬點頭笑笑，逕直往裡走。才到滿堂春門口，鴇母扭著腰迎了過來，說的也是杭州話，自是聽不懂。

陳廷敬笑道：「借個地方喝茶行嗎？」

鴇母聽著是外地人，忙改了官話，道：「成！喝茶，聽曲兒，過夜，都成！」說著就朝樓上連聲兒喚著姑娘們快來招呼客人。說話間，四個女子下樓來了，個個濃妝豔抹，卻姿色平平。

陳廷敬頓時慌了，回頭看珍兒，卻不見她的影子。

陳廷敬問：「咦，珍兒呢？」

大順也回身四顧：「剛才還在啊！」

馬明忙說出去找找，她肯定在外頭待著。

馬明沒多時急匆匆跑進來，說：「老爺，珍三太太不見了。」聽馬明這麼一說，鴇母跟幾個姑娘都樂了，直說這幾位爺真是稀罕，哪有帶著老婆上這種地方來的。

陳廷敬後悔不迭，道：「我怎麼就沒想到這個呢。」

大順說：「老爺別急，珍三太太準是先回客棧去了，我去找找。」大順說著便匆匆出門。

鴇母道：「幾位爺喚奴家李三娘便是。不知幾位爺是喝茶呢？聽曲呢？還是包夜？」

陳廷敬說：「我們喝口茶吧。」

幾個姑娘黏過來就纏人，陳廷敬手足無措，連連喊道：「姑娘們坐好，不要胡鬧。」

這時，忽聽樓上傳來琵琶聲，猶如風過秋江，清寒頓生。陳廷敬不由一愣，道：「這琵琶彈得真好，可否引我們一見？」

李三娘道：「這可是我們杭州頭牌花魁梅可君，這幾日正鬧脾氣，誰都不見！」

說話間，猛聽得外頭吆喝聲，就進來了三個衙役。一個胖子喊道：「李三娘，梅可君想好了嗎？跟我們走！」

李三娘忙做笑臉道：「幾位爺，我是死活勸她都不肯呀！她說自己從來只賣藝不賣身，縱然是皇帝老子來了，也不侍候！」

樓上琵琶聲戛然而止，樓下亦一時無人說話，都聽著樓上動靜。半日，胖衙役才又說道：「我們已等她好幾日了，難道要我們綁她走？」

李三娘忙搖手道：「幾位爺千萬別動粗，弄不好要出人命的！」樓上吱的一聲門開了，果然一位清麗絕俗的女子下樓來了。李三娘立馬歡天喜地。「可君，你想明白了？這下媽媽就放心了。」

梅可君一臉冰霜，半字不吐，只往樓下走。胖衙役道：「想明白了就跟我們走吧！」沒想到梅可君走到樓下，突然掏出一把剪刀，鳳眼圓睜，道：「你們若再如此相逼，我就死在你們面前。」

胖衙役愣了片刻，道：「想死？還不能讓你死哩！兄弟們上！」幾個衙役捋了袖子就要上前拿人。陳廷敬使個眼色，劉景、馬明閃身上前，攔住幾個衙役。鴇母趕忙搶下梅可君的剪刀。

胖衙役瞪眼吼道：「哪來的混帳東西？你們吃了豹子膽了！」

陳廷敬卻是語不高聲，道：「憑什麼隨意拿人？」

胖衙役呸了一口，道：「呵，好大的口氣呀！你們是什麼人？」

劉景笑道：「我們是愛管閒事的人。」

胖衙役道：「我討厭的就是愛管閒事的人。兄弟們，先揍他們！」

兩個衙役上前想要打人，卻近不了身。胖衙役自知碰著對手了，邊領著兩個衙役往外走，邊回頭道：「好好，你們有種，你們等著！」

李三娘這會兒哭喊起來：「唉呀呀，你們可給我闖禍了呀！衙門非砸了我的生意不可呀！」

梅可君冷臉道：「媽媽你好沒人情，幾位好漢明明是幫了我們，你還去責怪人家！」

李三娘拍著大腿喊道：「幫了我們？他們是過路客，衙門找不著他們，只會找我算帳的。」

陳廷敬道：「李三娘別怕，天塌下來，有我頂著。」

李三娘上下打量著陳廷敬，道：「喲，你說話口氣可大啊！你當你是誰呀？」

陳廷敬自然不便道明身分，只說巡撫衙門裡有親戚，他在杭州沒有辦不了的事情。馬明也在旁邊幫腔，只道我們老爺要不是心裡有底，哪敢打衙門裡的人？好說歹說，李三娘信以為真，便道出了事情由來：「那日衙門裡突然來人，要說收花稅，算下帳來，要兩萬兩銀子。我就算把樓裡的姑娘們全都賣了也交不上啊。我平日都是交了銀子的，這回無故兒又要銀子，哪來這個道理？我們交不上銀子，衙門就要從我們樓裡挑長得好的姑娘去當差。他們三番五次要來索可君姑娘，我就尋思，衙門裡這回要銀子是假，要人是真。」

陳廷敬疑惑道：「衙門裡要姑娘做什麼？當什麼差？來的真是衙門裡人嗎？」

李三娘道：「餘杭縣衙的，我都認得。前幾日，他們來人把長得好些的都帶走了，說是當完差就回來，少不得十日半個月的。只有可君尋死覓活的不肯走，衙門裡就寬限我幾日，說是過了今夜還不肯去，就砸了我的樓。不光是我滿堂春，清河坊、抱劍營兩條街的青樓女子，凡是長得好些的，都被衙門拿去了。」

陳廷敬心裡明白了幾成，嘴上卻只淡淡的，道：「難怪這麼冷清啊。」

閒話會兒，陳廷敬起身告辭，告訴李三娘他住在煙雨樓，總要住上十日半個月的，這邊要是有緊急事，打發人去找他。李三娘將信將疑，千恩萬謝。

陳廷敬才要出門，梅可君突然喊客官留步，說：「蒙老爺相救，小女子無以為報，願為老爺彈唱幾曲。」

陳廷敬略作遲疑，回頭坐下。梅可君斟茶奉上，然後上樓取了琵琶下來，唱起了小曲：「西風起，黃葉墜。寒露降，北雁南飛。東籬邊，賞菊飲酒遊人醉。急煎煎砧聲處處催，簷前的鐵馬聲兒更悲。陽關衰草迷，獨自佳人盼郎回。芭蕉雨點點盡是離人淚。」

歌聲哀婉，琴聲淒切，甚是動人。忽然又聽外頭響起了吆喝聲，陳廷敬猜準是什麼人來了。果然是胖衙役回頭叫了十幾個衙役，破門而入。梅可君並不驚慌，只是罷了琴，微嘆一聲。劉景跟馬明拿開架勢，站在陳廷敬身邊護衛著。那衙役們並不仗著人多還手打人，只對鴇母吼道：「李三娘，這回梅可君走也得走，不走也得走！」

李三娘道：「我可做不了主了，這位老爺正在聽曲兒哩。」

胖衙役望了望陳廷敬，乾笑道：「呵，面子可真大呀？想聽曲兒就聽曲兒了！這會兒我只帶走美人，回頭再同你們算帳。」

陳廷敬見來了這麼多人，劉景馬明縱有三頭六臂也是敵不過的，只好說：「可君姑娘，你跟他們走吧，天塌不下來的。」

梅可君嘆息一聲，跟著衙役走了。陳廷敬心裡卻增一層疑惑：胖子先頭只領著兩個衙役氣勢洶洶的想動手打人，這會兒他們來了十幾個人卻只帶著梅可君走了。

陳廷敬剛要回客棧去，大順跑了進來，說：「老爺，我回到客棧，沒見著珍三太太。我到外頭滿街的找，哪裡找得著？真是急死人了，我心想她這會兒是不是又回去了呢？我想回客棧去再看看，卻又在路上遇著幾個歹人追個姑娘。我把那姑娘救下，一問，知道姑娘就是杭州城裡的，剛從衙門裡逃出來，追她的原是衙役。再一問，怪了，姑娘不肯回家去。我急著回客棧找珍三太太，就把這姑娘帶了回去。你猜怎麼了？珍三太太已回客棧，正坐在房裡哭哩！」

陳廷敬一邊聽一邊著急，好容易聽到最後，才笑道：「大順你也真會說話，先告訴我人找著了不得了？咦，那姑娘幹麼不肯回家？」

大順道：「誰知道呢？」

回到煙雨樓，見珍兒正同那姑娘說話。姑娘暗自飲泣，並不吭聲。珍兒見陳廷敬回來了，也不搭理。姑娘見來了這麼多人，越發什麼話都不肯說了，只是哭泣。

大順便說：「姑娘，你別怕，這是我們家老爺。你為什麼不肯回家去？你說出來，我們家老爺會替你做主哩。」

問了好半日，姑娘方才道明了原委。這小女子名叫紫玉，年方十五。她家裡開著好幾處綢緞鋪，還算過得殷實。她爹生意雖然做得不錯，只是老實懦弱，常被街上潑皮欺負，每每只恨家裡沒人做官。這回聽說皇上下江南，要在杭州選妃子，做爹的就動了心思，發誓要讓女兒做娘娘。老倆口兒自己就把女兒送到了縣衙裡。紫玉去了縣衙，見裡頭關著很多女子，多是清波門那兒的。紫玉本來死活不肯的，這會卻見自己同青樓女子關在一起，羞得恨不能一頭撞死。今兒夜裡，她瞅著空兒逃了出來。

珍兒道：「您一個姑娘家，總要回家去的，怎能就在外頭？」

紫玉說：「爹娘橫豎要我進宮，回去不又落入虎口？衙門也是要到家裡去尋人的。」

陳廷敬勸慰道：「姑娘，皇上選秀之說，純屬無稽之談，哪有從漢人家選秀女的？你只管放心回去，我派人去你家說清楚。」

紫玉問道：「縣衙裡關著許多女子，說都是要送到宮裡去的，這是為何？」

陳廷敬道：「此事確實蹊蹺，那些女子是絕不可能送到宮裡去的。姑娘，你儘管回家去。」

紫玉仍是不信，又問：「敢問老爺是哪裡來的，何方神仙？」

陳廷敬笑道：「我只是個生意人，走南闖北的見得多了，知道些外面的事而已。姑娘信我的不會錯。」好說歹說，紫玉才答應回家去。

劉景、馬明送紫玉去了，陳廷敬便耐心告訴珍兒，他去清河坊查訪，都是有緣由的。原來他進了杭州城，見那麼多娶親的花轎，心裡就犯嘀咕。聽了綢緞鋪夥計的話，他又想起上回皇上南巡有人在杭州買青樓女子，弄得朝廷很沒臉面。他怕這回倘若又有人要買女子，訛傳出去，民間就會沸沸揚揚。

珍兒聽得陳廷敬這麼一說，心裡也就沒氣了，只怪他怎麼不事先說給她聽。忽聽外頭敲門聲，劉景和馬明回來了。兩條漢子氣不打一處來，沒說別的，先把紫玉爹娘罵了一通。原來他倆好好的送了紫玉回去，她爹娘卻不問青紅皂白，對他倆破口大罵。罵的什麼也聽不懂，反正不是好話。

66

船過黃河，皇上臨窗而立，聽著河水汩汩而流，道：「朕初次南巡，兩岸人煙樹木一一在望。朕第二次南巡，坐在船上僅看見兩邊河岸。朕這次南巡，望見兩岸河堤越發高了。」

太子胤礽說：「皇阿瑪，這說明治河得法，河道越來越深了。這都是皇阿瑪運籌得好。」

皇上笑道：「朕不想掠人之美，張鵬翮功不可沒！」

張鵬翮忙跪下道：「臣謝皇上褒獎！」

這時，索額圖朝胤礽暗遞眼色。胤礽會意，慢慢退下來。兩人溜到船艙外頭，索額圖悄聲兒道：「太子，這是陳廷敬飛馬送達的密奏！」

胤礽躲到一邊，偷看了密奏。高士奇無意間瞟見胤礽偷看密奏，心中大驚。

胤礽回到艙內，奏道：「皇阿瑪，兒臣有要事奏聞，請皇阿瑪摒退左右。」

臣工們都出去了，胤礽道：「皇阿瑪，陳廷敬飛馬送來密奏。」

皇上並不在意，說：「你看看吧，再說給朕聽。」

胤礽支吾不敢看，皇上說：「朕讓你看的，怕什麼？」

胤礽便打開密奏，假模假樣看了一遍，然後說：「回皇阿瑪，陳廷敬密報，暫未發現地方藉端科派之事，但浙江總督阿山興師動眾，大搞迎駕工程。江浙兩省道路重新修過，道路兩旁預備了黃沙；河道本已暢行無阻，卻命民夫再行挖深；還在杭州建造行宮。」

皇上怒道：「這個阿山，膽子也太大了。誰叫他建行宮的？」

胤礽道：「皇阿瑪，兒臣以為，應傳令阿山速速將行宮停建。」

皇上並不答話，倒是教訓起胤礽來，說：「朕知道你同阿山過從甚密。」

胤礽低頭道：「兒臣同阿山並無交往。」

皇上聲色俱厲，說：「胤礽，你還要在朕面前抵賴！你身為太子，一言一行都要小心！結交大臣，會出麻煩的！」

胤礽再不敢辯白，只跪下認罪。「兒臣知罪。」

皇上擺擺手道：「這件事情你不要管了，朕自會處置。」

夜裡，皇上獨自待了好久，寫了道密旨，囑咐天亮之後著人飛送阿山。

索額圖在艙外密囑胤礽：「太子，您得給阿山寫封信，囑咐他接駕之事不得怠慢。皇上說是這麼說，真讓他老人家不舒坦了，仍是要怪罪的！」

胤礽猶豫道：「皇阿瑪嚴責阿山接駕鋪張，我如今又寫信如此說，只怕不妥啊！」

索額圖道：「太子可要記住了，您在大臣中如果沒有一幫心腹，是難成大事的！阿山今後可為大用，太子要倚重他。這回阿山接駕，我們就得幫著點，必須讓皇上滿意！」

胤礽聽了，只道有理，回頭寫了密信，差人專程送往杭州。

餘杭縣後衙，百姓們夾道而跪，學著迎駕，齊聲高呼萬歲。一個百姓把頭叩得梆梆響，煞有介事地喊道：「皇上聖明，天下太平呀！」還有個百姓做出端酒的樣子，喊道：「皇上，這是我們自家釀的米酒，嘗一口吧！」

師爺從夾道迎駕的百姓中間緩緩走過，左右顧盼。張鄉甫抬著頭，冷冷地望著師爺。師爺喝道：「張鄉甫，不准抬頭！接駕不恭，可是大罪！」

張鄉甫冷笑道：「這會兒哪來的皇上？未必你是皇上了？」

師爺正要發作，一個衙役跑了過來，說知縣大人讓張鄉甫去二堂說話。

張鄉甫到了二堂，李啟龍站起來，笑呵呵地說：「鄉甫，這些日子真是難為你了。接駕嘛，大事，我也是沒辦法。今兒起，你不要成日在衙門裡學著喊萬歲了。坐吧，坐吧。」

張鄉甫聽了這話，並不想知道緣由，只拱手道：「那麼，這就告辭！」

李啟龍把手一抬，說：「別性急嘛。皇上功高五嶽，德被四海，為當今聖人。你是讀書人，應該寫詩頌揚聖德才是啊！」

張鄉甫說：「這種阿諛皇上的詩，我寫不出來！知縣大人也是讀書人，您不妨自己寫嘛！」

李啟龍賠笑道：「我自是要寫的，但百姓也要自己爭著寫，皇上才會高興嘛！」

張鄉甫也笑了起來，說：「知縣大人出去問問，看哪個百姓願意爭著寫，就讓他寫好了。」

李啟龍忍著心頭火氣，說：「鄉甫說這話就是不明事理了，有幾個百姓認得字？還是要請你這讀書人！」

張鄉甫道：「反正我是不會寫的，知縣大人要是沒別的事情，我先走了。」

李啟龍終於發火了，說：「張鄉甫，你別給臉不要臉。我向制臺大人推薦你給皇上獻詩，是給你面子。」

張鄉甫冷笑道：「這個面子，你自己留著吧。」

李啟龍拍了茶几，道：「你傲氣什麼？本老爺在你這個年紀，早就是舉人了！」

張鄉甫也拍了茶几，道：「舉人？不就是寫幾篇狗屁八股文章嗎？本公子瞧不上眼！」

李啟龍吼了起來說：「老爺我把話說到這裡，這頌揚聖德的詩，你寫也得寫，不寫也得寫。到時候皇上來了，我會把你推到皇上面前進詩，看你如何交代。沒詩可交，小心你的腦袋！」

張鄉甫低頭想了又想，長嘆一聲，說：「好吧，我回去寫詩。」

李啟龍拂袖進了簽押房，低聲罵道：「給臉不要臉！」

李啟龍還在簽押房裡生著氣，總督衙門傳話來了，說阿山大人請他過去說話。李啟龍不敢怠慢，拔腿出了縣衙。趕到總督衙門，見阿山正在二堂急得團團轉，忙問道：「制臺大人，您召卑職有何吩咐？」

阿山很是著急，說：「奉接上諭，嚴令下官不得把接駕排場搞大。可太子又派人送來密信，命下官小心接駕，務必讓皇上滿意。兄弟十分為難哪！有些事情兄弟我只能交你辦理，別人我信不過。」

阿山說完，小心地把太子密信放在硯池弄糊了，再丟進字紙簍裡。

李啟龍見阿山大人如此謹慎，知道事情重大，問道：「制臺大人有什麼主意？」

阿山說：「兄弟請你來，就是同你商量。別人兄弟我不相信，有些事情又不能託付別人去辦。」

李啟龍拱手低頭，道：「感謝制臺大人信任！您想讓卑職怎麼做，吩咐就是！」

阿山說：「太子信裡說了，皇上確實簡樸，但弄得皇上不舒坦，也是要獲罪的。」

李啟龍想了想，道：「我說呀，上頭說歸說，我們做歸做。官樣文章，從來如此。皇上，他也是人嘛！」

阿山聽了哈哈大笑，道：「兄弟就知道你李啟龍會辦事。」

李啟龍忙謙恭地搖搖頭，道：「多謝制臺大人誇獎。」

阿山環顧左右，壓低了嗓子說：「先頭著你預備一百二十個妙齡女子，此事不得出半點兒差錯。另外，這裡還有個單子，這些王爺、阿哥、大臣們想買些美女帶回京城去。」

李啟龍接過單子，輕聲念了起來：「太子胤礽八個，要個會唱曲兒的，誠親王三個，禮親王兩個，索額圖四個……」

阿山忙搖手道：「好了好了，別念了。你把這個單子記進肚子裡就行了！太子特意囑咐要個會唱曲兒，你要格外盡心，可得才貌雙全，能彈會唱。」

李啟龍道：「有個叫梅可君的女子，杭州頭牌花魁，送給太子最合適了。」

阿山道：「都由你去辦了，我管不了那麼細。」

李啟龍道：「卑職明白，卑職記住了。制臺大人，只是這買女子的銀子哪裡出？」

李啟龍說著，又仔細看了看單子，暗中記牢，也學阿山的樣，把單子放進硯池裡讓墨水弄糊了，丟進字紙簍裡。

阿山道：「銀子嘛，餘杭縣衙先墊著。」

李啟龍有些為難，說：「制臺大人，皇上前幾次南巡，敝縣也是墊了銀子的，都還沒補上呀！我來餘杭上任，接手的帳本就有厚厚八卷，裡頭都是欠著銀子的。」

阿山瞟了眼李啟龍，道：「你糊塗了不是？」

李啟龍囁嚅道：「制臺大人，另外一百二十個女子好說，只是陪大人們玩玩，蘇杭青樓裡一抓一大把，也花不了多少銀子。可要把良家女子生生兒買走，就得花大價錢啊！」

阿山道：「你又糊塗了不是？千萬不能說是青樓女子。」

李啟龍忙說：「這個卑職會交代妥帖，只是銀子實在有些難。」

阿山道：「銀子你只管墊，反正不會從你自己口袋裡掏。」

李啟龍知道說也白說，便閉嘴不言了。阿山望著李啟龍半日，忽然又道：「還要兩個女子，單子上沒有開，卻是最要緊的。」

李啟龍見阿山如此神秘，悄聲問道：「還要兩個？誰要？」

阿山說：「本不該同你說，你只管預備著就是。」

聽阿山這麼說，李啟龍張嘴瞪眼不敢再問。阿山豎起一個指頭，朝天指了指。

李啟龍大驚，不由得打了個寒顫，問：「啊？皇上？」

阿山瞪了一眼，搖搖頭道：「李啟龍，萬萬說不得啊。你日後前程，就看這回接駕了！」

李啟龍撲地跪了下來，道：「多謝制臺大人提攜！卑職拼著性命也要把這回的差事辦好！」

阿山甚是滿意，點點頭，又說：「啟龍啊，凡事你都得暗中去辦。太子信中暗示，皇上早派人過來了。太子不便明說，此事萬分機密。」

李啟龍聽著大驚，道：「制臺大人不提起，卑職不敢報告，怕顯得卑職疑神疑鬼。這位欽差與許同我餘杭縣衙的人打過交道了。」

阿山一聽，驚得兩眼發黑，忙問怎麼回事。李啟龍便把衙役去清河坊滿堂春拿人的事說了。阿山怕只怕那欽差就是誠親王，餘杭縣衙要是得罪了誠親王的人，麻煩就大了。畢竟要靠李啟龍做事，阿山就把誠親王已到杭州的話說了。李啟龍嚇得冷汗直流，連道如何得了！著急了半日，李啟龍又搖頭道：「制臺大人，我們去拿人只是為著催稅，誰也抓不住把柄。卑職正是多了個心眼，怕萬一打鬼打著了正神啊！再說了，誠親王自己不也是要買人的嗎？不如明兒我就找幾個漂亮女子送到壽寧館去，王爺自然高興，有事也沒事了。」

阿山使勁兒搖手，道：「不行不行，你真是糊塗了！誰說誠親王讓你買女子了？誠親王召我去見面，人家可是半個字都沒提起！我們只能按著條子把女子送上去！」

67

這日，陳廷敬左右打聽，找到了張鄉甫的家。劉景上前敲門，一老者探出頭來張望，陳廷敬問道：「敢問這是張鄉甫先生家嗎？」

老者答道：「正是，有事嗎？」

陳廷敬道：「我是外鄉人，路過此地。慕鄉甫先生大名，特來拜望。」

老者搖頭道：「我家公子這幾日甚是煩悶，不想見客。」

陳廷敬說：「我不會過多打擾，只想見個面，說幾句話就走。」

老者猶豫片刻，請他們進了院子。陳廷敬讓隨去的人待在外頭，獨自進去了。進門一看，小院極是清雅，令人神清氣爽。張鄉甫聽得來了客人，半天才懶懶散散地迎了出來，道：「小門小戶，實在寒傖。敢問先生有何見教？」

陳廷敬道：「老朽姓陳名敬，外鄉人，游走四方，也讀過幾句書，附庸風雅，喜歡交結天下名士。」

張鄉甫沒精打采的樣子笑道：「我算什麼名士！守著些祖業，讀幾句閒書，潦倒度日！」

陳廷敬笑道：「我看您過得很自在嘛！」

張鄉甫本無意留客，卻礙著面子請客人進屋喝茶。見客堂牆上掛滿了古字畫，陳廷敬心中暗自驚嘆，問道：「鄉甫先生，可否讓我飽飽眼福？」

張鄉甫道：「先生請便。」

陳廷敬上前細細觀賞，感嘆不已：「真跡，這麼多名家真跡，真是難得啊！有道是盛世藏古玩，亂世收黃金啊！」

張鄉甫聽了這話，心裡卻不高興，道：「我這都是祖上傳下來的東西，跟什麼盛世、亂世沒關係。杭州最近亂翻了天，還盛世！」

陳廷敬回頭問道：「杭州最近怎麼了？」

張鄉甫說：「餘杭縣衙裡預備了上百美女，說是預備著接駕。百姓聽說皇上還要在杭州選秀，家裡女兒長得有些模樣的，都爭著許人成婚哩！」

陳廷敬故意問道：「真有這種事？難怪街上成日是花轎來來往往！」

張鄉甫又道：「衙門裡還逼我寫詩頌揚聖德，不寫就得問罪！您想想，我耳聞目睹的是皇上南巡弄得百姓家無寧日，我寫得出嗎？」

陳廷敬搖頭說：「我想事情都是被下面弄歪了！」

張鄉甫望望陳廷敬，沒好氣地說：「天下人都是這個毛病！總說皇上原本是好的，都是下面貪官污吏們壞事。可是，這些貪官污吏都是皇上任用的呀！難道他們在下面胡作非為，皇上真不知道？倘若真不知道，那就是昏君了，還有什麼聖德值得我寫詩頌揚呢？」

陳廷敬笑道：「我倒是聽說，當今皇上還真是聖明。」

張鄉甫嘆息不已，不停地搖頭。

陳廷敬道：「鄉甫先生，老夫以為，詩您不想寫就不寫，不會因了這個獲罪的。」

張鄉甫嘆道：「詩寫不寫自然由我。我傷心的是有件家傳寶貝，讓餘杭縣衙搶走了！」

原來，衙門裡又說為著接駕，凡家裡藏有珍寶的，不管古字畫、稀奇山石、珍珠翡翠，都要獻一件進呈皇上。張鄉甫家有幅米芾的《春山瑞松圖》，祖傳的鎮家之寶，也叫餘杭縣衙拿走了。

陳廷敬聽張鄉甫道了詳細，便說：「鄉甫先生不必難過，皇上不會要您的寶貝，最多把玩幾日，原樣還您。」

張鄉甫哪裡肯信，只是搖頭。陳廷敬笑道：「我願同鄉甫先生打賭，保管您的寶貝完璧歸趙。」

張鄉甫雖是不信陳廷敬的話，卻見這位先生也還不俗，便要留他小酌幾盅。陳廷敬正想多探聽些餘杭縣衙裡頭的事兒，客氣幾句就隨了主人的意。

今日劉相年也被誠親王的人悄悄兒找了去，也是沒說幾句要緊話就把他打發走了。宮裡的規矩劉相年並不熟悉，見了誠親王也只是叩頭而已。他出了客棧，只記得那三條狗甚是嚇人，並沒看清誠親王的模樣兒。他當初中了進士，在翰林院待了三年，散館就放了知縣。他後來做了知府，都是陳廷敬舉薦的。近日杭州都風傳皇上派了欽差下來密訪，難道說的就是這誠親王？

夜裡，劉相年正苦思苦想那誠親王召他到底深意何在，有位操北方口音的人進了知府衙門。這人怎麼也不肯報上名姓，只道是京城裡來的，要見知府大人。門上傳了進去，劉相年怕又是誠親王的人，便讓那人進了後衙。

那人見了劉相年，並不說自己是誰的人，只道：「劉大人，你們制臺大人阿山已經把您參了。皇上看了密奏，十分震怒！」

劉相年問道：「他參我什麼？」

那人道：「還不是接駕不恭？」

劉相年一笑，說：「阿山整人倒是雷厲風行啊！」

那人說：「劉大人也不必太擔心。徐乾學大人囑我捎口信給大人您，一則先讓您心裡有個底，想好應對之策，二則徐大人讓我告訴您，他會從中斡旋，保您平安無事。」

徐乾學的大名劉相年自然是知道的，正是當今刑部尚書，內閣學士。劉相年便說：「感謝徐大人了。請回去一定轉告徐大人，卑府日後有能夠盡力之處，一定報答！」

那人笑道：「劉大人，徐大人自會全力以赴，幫你化解此難，可他還得疏通其他同僚方才能說服皇上。徐大人的清廉您也是知道的，他可不能保管別人不要錢啊！」

劉相年疑惑地望著來人，問：「您的意思，卑府還得出些銀子？」

那人低頭喝茶，說：「這個話我就不好說了，您自己看著辦吧。」

劉相年問道：「卑府不懂行情，您給個數吧。」

那人仍是低著頭說：「十萬兩銀子。」

劉相年哈哈大笑，站了起來說：「兄弟，我劉某人就算把這知府衙門賣掉，也值不了十萬兩銀子啊！」

那人終於抬起頭來，說：「劉大人，我只是傳話，徐大人是真心要幫您，您自己掂量掂量！」

劉相年又是哈哈大笑，說：「我掂量了，我劉某人的烏紗帽比這知府衙門還值錢呀！」

那人冷冷問道：「劉大人，您別只顧打哈哈，您一句話，出銀子還是不出銀子？」

劉相年微笑道：「請轉告徐大人，劉某謝過了！劉某的烏紗帽值不了那麼多銀子。」

那人臉色一變，拂袖而起，說：「劉大人，您可別後悔啊！」

劉相年也拉下了臉，拱手道：「恕不遠送！」

那人出了知府衙門，沒頭沒腦撞上一個人，差點兒跌倒，低聲罵了一句，上馬離去。來的人卻是張鄉甫，他跟知府大人是有私交的，同門房打個招呼就進來了。原來張鄉甫送走陳廷敬，想著最近碰著的事情實在窩氣，就上知府衙門來了。劉相年沒想到張鄉甫夜裡來訪，忙迎入書齋說話。

張鄉甫沒好氣，問道：「劉大人，這杭州府的地盤上，到底是您大還是李啟龍大？」

劉相年並不知道出了什麼事，只問：「鄉甫，您劈頭蓋腦就問這話，您這是怎麼了？」

張鄉甫說：「我張鄉甫在杭州雖說無錢無勢，也還算是個有面子的人。他李啟龍也知道我同劉大人您是有交情的，可他硬是爬到我頭上拉屎來了！」

劉相年問：「您告訴我，李啟龍把您怎麼了？」

張鄉甫說：「他把我拉到縣衙學作揖叩頭弄了整整三日，又逼我寫詩頌揚聖德，還搶走了我祖傳的古畫，說要進呈皇上！」

劉相年忍不住罵道：「李啟龍真是個混蛋！」

張鄉甫問：「您就不能管管他？」

劉相年嘆道：「他背後站的是阿山！」

張鄉甫本是討公道來的，見劉相年也沒轍，便道：「李啟龍背後站著阿山，阿山背後站的是皇上。這下好了，我們百姓都不要活了。」

劉相年忙搖著手說：「鄉甫，您這話可說不得啊！當今皇上的確是聖明的。」

張鄉甫笑笑，說：「哼，又是這個腔！你們都只知道講皇上是好的，就是下面這些貪官污吏壞事！今兒有位老先生，說是專門雲遊四海，跑到我家裡敘話，也同你一個腔調！」

劉相年好言勸慰半日，又想起張鄉甫剛說的什麼老先生，便問：「鄉甫剛才說什麼人來著？」

張鄉甫道：「一個外鄉人，六十上下，自稱姓陳名敬。」

劉相年再細細問了會兒，頓時兩眼一亮，道：「陳敬？陳廷敬！正是他！」

張鄉甫見劉相年這般吃驚，實在奇怪，問道：「陳廷敬是誰？」

劉相年說：「他可是當今文淵閣大學士，吏部尚書！陳中堂原來單名一個敬字，中進士的時候蒙先皇賜了個廷字。」劉相年原想風傳的欽差可能就是誠親王，這會兒又冒出個陳中堂，這事倒是越來越叫人摸不著頭腦了。

張鄉甫這下也吃了驚，道：「原來那老頭兒是個宰相？」

劉相年點頭道：「他可是我的恩公啊！十多年前，皇上恩准四品以上大臣推舉廉吏，陳中堂同我素不相識，只知道我為官清廉，就保舉了我，我便從知縣破格當上了知府。我總算沒辜負陳大人的信任，做官起碼得守住一個廉字。也正因我認了這個死理，我這知府便從蘇州做到揚州，從揚州做到杭州，總被上司打壓！這回只怕連知府都做不成了。」

張鄉甫說：「既然是陳大人，您何不快去拜望？他告訴我他住在煙雨樓。」

劉相年搖頭道：「鄉甫，既然陳中堂不露真身，肯定自有道理，您也不要同任何人說啊！」

劉相年話是這麼說，他送走張鄉甫，自己卻又悄悄兒拜見陳廷敬去了。他心想今兒是什麼日子？先是被誠親王稀裡糊塗召了去，夜裡來了徐乾學的人，這會兒又聽說陳廷敬來了。劉相年進了煙雨樓打聽，大順出來見了他。他便道是杭州知府劉相年，要拜見陳中堂。大順平日聽老爺說過這個人，就報了進去。陳廷敬也覺得蹊蹺，叫大順請劉相年進屋去。陳廷敬忙站了起來，劉相年卻行了大禮，道：「杭州知府劉相年拜見恩公陳中堂！」

陳廷敬定眼望望，道：「哦，您就是劉相年呀？快快請坐。」

劉相年坐下，說：「杭州都在風傳，說皇上南巡，先派了欽差大臣下來，原來確有其事呀！」

陳廷敬笑道：「相年呀，我算是讓您撞上了。皇上囑我先下來看看，並不准我同地方官員接觸。皇上不讓下面藉口接駕，向百姓攤派，不准下面太鋪張。可我覺得你們杭州有些怪啊！」

劉相年說：「中堂大人，我反對阿山向百姓攤派，反對建行宮，阿山已向皇上上了密奏把我參了！」

陳廷敬一下吃驚不小，心想劉相年怎麼會知道密奏的呢？劉相年明白陳廷敬的心思，便道：「按理說，密奏之事我是不會知道的。我也本不敢說，我想自己的腦袋反正在脖子上扛不了幾日了，又是對您陳中堂，就什麼都說了吧。徐乾學派人找上門來，把阿山上密奏的事告訴我，讓我出十萬兩銀子消災。」

陳廷敬更是大驚，只因說到了徐乾學，他不便隨意說話。心裡卻想徐乾學越來越喜歡弄權，為人偽善貪墨，得尋著時機參了他才是。陳廷敬心下暗自想著，又聽得劉相年說：「我頂回去了，一兩銀子也不出。」

陳廷敬想劉相年果然是位清官，他卻不便評說徐乾學，只道：「相年，這些話就說到這裡為止，我心裡有數了。」

劉相年卻忍不住又說：「如此明明昭昭的派人上門要銀子，他就不怕人家告發了？」

陳廷敬道：「早已成風，司空見慣，只是您相年耿直，聽著新鮮。人家知道您給不給銀子，都不會告發的。此事不要再說，相年，我知道就行了。」

劉相年拱手謝過，又聽陳廷敬把來杭州的見聞一一說了。兩人談天說地一會兒，陳廷敬忽又問道：「相年，我沿路所見，大抵上都沒有向百姓攤派，可下面又都在大張旗鼓搞接駕工程，銀子哪裡來？」

劉相年說：「現在不攤派，不等於說今後不攤派。只等聖駕離去，還是要攤派下去的。到時候用多少攤多少，就算做得仁慈了，怕只怕各地還要藉口皇上南巡消耗，多多的攤派下去！」

陳廷敬道：「哦，我料想也是如此。可皇上明明說了一切從簡，下面怎麼就不聽呢？」

劉相年說：「大家雖說知道皇上下有嚴旨，不准鋪張接駕，可誰也不敢潦草從事。何況，皇上身邊還有人密令下面務必好好接駕呢。」

陳廷敬問道：「相年這話是什麼意思？好好接駕，這話並沒有錯呀？」

劉相年說：「卑府在總督衙門裡也有朋友，聽他們說，阿山一面收到皇上密旨，嚴責阿山建行宮，鋪張浪費；一面又收到太子密信，令他好好接駕，不得疏忽。阿山領會太子的意思，就是要大搞排場。」

陳廷敬聽了這話，忙說：「事涉太子，非同小可。相年，話就到此為止，事關重大，不可再說了。」

劉相年點頭無語，憂心忡忡。陳廷敬說：「你反對建行宮，這正是皇上的意思，你不必為此擔心。好好接駕，並不一定要建行宮。」

劉相年長舒一口氣，似乎放下心來。他又想起聖諭講堂一事，便道：「杭州知府衙門沒有聖諭講堂，我原想這裡府縣同城，沒有必要建兩個講堂。可阿山前些日子拿這個說事，雖說沒有在密奏上提及，但他萬一面奏皇上，卑府真不知兇吉如何。」

陳廷敬道：「聖諭講堂之事，我真不好替您做主。按說各府各縣都要建，你如今沒有建，沒人提起倒罷了，有人提起只怕又是個事！可您要趕在皇上來時建起來，又太遲了。我只能說，萬一皇上知道了，儘量替您說話吧。」

劉相年猶豫著該不該把誠親王到杭州的事說了，因那誠親王說是微服私訪，特意囑他不許在外頭說起。陳廷敬見他似乎還有話說，就叫大順暫避。劉相年心想這事同陳廷敬說了也不會有麻煩，這才低聲說道：「陳中堂，誠親王到杭州了，今兒召我見了面。王爺說是密訪，住在壽寧館，不讓我在外頭說。」

陳廷敬又暗自吃驚，臉色大變，心想皇上著他沿路密訪，為何又另外著了誠親王出來？陳廷敬知道皇上行事甚密，便囑咐道：「既然誠親王叫您不要在外頭說，您就不該說的。這事我只當不知道，您不可再同外人說起。」

劉相年悔不該提起這事，心裡竟有些羞愧。時候已經不早，他謝過陳廷敬，起身告辭。劉相年剛走到門口，陳廷敬又問道：「誠親王同您說了什麼？」

劉相年停下腳步，回頭道：「誠親王也沒說什麼，只道你劉相年官聲很好，我來杭州看了幾日，也是眼見為實了。他說有回皇上坐在金鑾殿上，說到好幾位清官，就說到你劉相年。」

陳廷敬心念一動，忙問道：「金鑾殿？他是說哪個宮，還是哪個殿？」

劉相年道：「王爺只說金鑾殿。」

陳廷敬又問道：「王爺帶著多少人？」

劉相年回道：「總有二三十個吧，有架鷹的，有牽狗的，那狗很是兇猛。」

陳廷敬想了想，又問：「按規矩您應送上儀禮孝敬王爺，您送了嗎？」

劉相年道：「我也知道是要送的，可如今又是疏河道，又是建行宮，還得修路架橋，拿得出的銀子不足萬兩，哪好出手？」

陳廷敬道：「相年，奉送儀禮雖是陋規，可人在官場身不由己。王爺不再找您也就罷了，再差人找您，您先到我這裡跑一趟，我替您想想辦法。」

劉相年拱手謝過，出了客棧。夜已深了，劉相年騎馬慢慢走在街上，覺著露重濕肩，微有寒意。

劉相年想皇上這次南巡，密派的欽差就有兩撥，天知道會有什麼事捅到皇上那裡去。阿山參他接駕不恭，他心裡倒是不怕，自己凡事都是按皇上諭示辦理的。只是杭州沒有聖諭講堂，倘若真叫皇上知道了，保不定就吃了罪。劉相年想著這事兒，怎麼也睡不好。第二日，他早早的起了床，坐上轎子滿杭州城轉悠，想尋間現成的房子做講堂。直把杭州城轉幾遍，都尋不著合適的地方。

眼看著就天黑了。城裡房子都是有家有主的，哪來現成空著的？跟班的便笑道：「只怕現在杭州城裡空著的房子就只有妓院了！」

不曾想劉相年眼睛一亮，便讓人抬著去清河坊。隨從們急了，問老爺這是怎麼了。劉相年只說你們別管，去清河坊便是了。

到了清河坊，只見街上燈籠稀落，很多店家門樓都黑著。遠遠的看見滿堂春樓前還掛著燈，劉相年記得陳中堂說起過這家青樓，便上前敲門。李三娘在裡頭罵道：「這麼晚了，是誰呀？裡頭沒一個姑娘了，敲你個死啊！」

開門一看，見是穿官服的，嚇得張嘴半日才說出話來：「啊，怎麼又是衙門裡的人？你們要的人都帶走了，還要什麼？」

劉相年進了屋，沒有答話，左右上下打量這房子。

李三娘又說：「頭牌花魁讓你們衙門弄去了，稍微有些模樣兒的也帶到衙門去了，還不知道哪日回得來哩！剩下的幾個沒生意，我讓她們回家待著去了。衙門要姑娘，有了頭回，保不定沒有二回三回，這生意誰還敢做？我是不想做了。」

劉相年回頭問道：「你真不想做了？」

李三娘說：「真不做了。」

劉相年道：「你真不做了，知府衙門就把你這樓盤下來。」

李三娘眼睛瞪得要掉下來了，道：「真是天大的怪事了！衙門要妓女就很新鮮了，連妓院也要？敢情知府衙門要開妓院了？您開玩笑吧？」

劉相年臉上不見半絲笑容，只道：「誰同你開玩笑？明兒我叫人過來同你談價錢，銀子不會少你的。」

李三娘本是胡亂說的，哪知衙門裡真要盤下她的妓院。她知道同衙門打交道沒好果子吃，便死也不肯做這樁生意。

劉相年不由分說，扔下一句話：「你說了就不許反悔，明兒一早衙門就來人算帳！」

回到知府衙門，門房正急得說話舌頭都打結，半天才道出昨日兩個架鷹牽狗的人又來了，罵老爺您不懂規矩，要您快快去見什麼王爺。門房說他叫人滿大街找老爺，只差沒去清河坊了。

劉相年飛馬去了煙雨樓，陳廷敬見他急匆匆的樣子，就猜著是怎麼回事了，問道：「誠親王又召您了？」

劉相年說：「陳中堂您想必是料到了，果然又召我了。」

陳廷敬說：「相年，您把那日誠親王說的話，一字一句，再說給我聽聽。」

劉相年不明白陳廷敬的用意，又把誠親王怎麼說的，他怎麼答的，一五一十說了一遍。陳廷敬聽完，忽然說道：「這個誠親王是假的！」

劉相年好比耳聞炸雷，張嘴半日，說：「假的？」

原來陳廷敬昨日聽劉相年說，誠親王講皇阿瑪在金鑾殿上如何如何，心裡就起了疑心。宮裡頭哪有誰說金鑾殿的？那是民間戲臺子上的說法。又想那架鷹之俗應在關外，沒有誰在江南放鷹的道理。陳廷敬早年在上書房給阿哥們講過書，阿哥們他都是認得的。說起陳廷敬跟誠親王，更有一段佳話。二十五年秋月，有日陳廷敬在內閣直舍忙完公事，正同人在窗下對弈，皇上領著三阿哥來了。陳廷敬才要起身請安，皇上笑道：「你們難得清閒，仍對局吧。」當時三阿哥只有十二三歲，已封了貝勒。皇上便坐下來觀棋，直贊陳廷敬棋道頗精。三阿哥卻說：「皇阿瑪，我想跟師傅學棋！」三阿哥說的師傅就是陳廷敬。皇上欣然應允，恩准每逢陳廷敬在上書房講書完畢，三阿哥可同陳廷敬對局一個時辰。自那以後，三阿哥跟陳廷敬學棋長達兩年。

陳廷敬雖猜準杭州這個誠親王是假的，可此事畢竟重大，萬一弄錯了就吃罪不起，又問：「相年，你看到的這個誠親王多大年紀？可曾留鬚？」

劉相年說：「我哪敢正眼望他？誠親王這等人物又是看不出年紀的，估計二十歲上下吧。」

陳廷敬說：「誠親王與犬子壯履同歲，虛齡應是三十四歲。」陳廷敬想了想，心中忽有一計，「相年，您快去見他，只道陳廷敬約您下棋去了，下邊人沒找著您，看他如何說。不管他如何罵您，您只管請罪，再回來告訴我。」

劉相年得計，速速去了壽寧館。門口照例站著四個人，見了劉相年就低聲罵道：「不識好歹的東西！」

劉相年笑臉相賠，低頭進去。又是昨日那個人攔住了他，罵道：「誠親王微服私訪，本不想見你的，念著皇上老在金鑾殿上說起你，這才見了你。你可是半點兒規矩都不懂。」

劉相年笑道：「卑府特意來向王爺請罪！」

那人橫著臉，上下打量了劉相年，說：「王爺才不會再見你哩！你滾吧！」

劉相年道：「這位爺，您好歹讓我見見誠親王，王爺好不容易到了杭州，我自然是要孝敬的。杭州黃金美女遍地都是，卑府想知道王爺想要什麼。」

那人斜眼瞟著劉相年，道：「你當王爺稀罕這些？進去吧！」

劉相年跟著那人，七拐八彎走進一間大屋子。裡頭燭照如晝，誠親王端坐在椅子上，身後站著兩個宮女模樣的人打著扇子。劉相年跪下，道：「臣向王爺請罪！陳廷敬約臣下棋去了，下邊的人沒找著我。」

誠親王問道：「你說的是哪個陳廷敬？」

劉相年暗自吃驚，略略遲疑，問道：「敢問王爺問的是哪個陳廷敬？」

誠親王道：「我只知道文淵閣大學士，吏部尚書名叫陳廷敬，他還在上書房給我們阿哥講過書哩。他跑到杭州來幹什麼？」

劉相年心想壞了，眼前這位王爺肯定是真的，便道：「正是陳中堂，臣只知道他是欽差，不知道他來杭州做什麼。」

誠親王問：「你沒跟他說我在杭州嗎？」

劉相年道：「王爺您是微服私訪，囑咐臣不同外人說，臣哪敢說。」

誠親王點點頭，說：「沒說就好。我也沒什麼多說的，明日就要走了。你官聲雖好，但也要仔細。若讓我知道你有什麼不好，仍是要稟告皇上的。你回去吧。」

劉相年叩了頭，退了出來。走到門口，剛才領他進來的人說：「劉相年，你得聰明些。王爺領著我們出來，一路開銷自是很大。難道還要王爺開金口不成？」

劉相年低頭道：「卑府知道，卑府知道。」

劉相年出了壽寧館，飛快地跑到煙雨樓，道：「陳中堂，這誠親王不是假的。」劉相年便把誠親王的話學給陳廷敬聽了。

陳廷敬驚道：「這麼說，還真是誠親王？」

劉相年道：「真是誠親王，我原想他是假的，抬眼看了看。這人年齡果然是三十多歲，短鬚長髯，儀表堂堂。」

陳廷敬點頭道：「那就真是誠親王了。王爺到了杭州，您送些銀子去孝敬，也是規矩。相年，您得送啊。」

劉相年是個強脾氣，道：「做臣子的孝敬王爺，自是規矩。可誠親王分明是變著法子自己伸手要銀子，我想著心裡就憋屈，不送！」

陳廷敬笑道：「相年，您這就是迂了。聽我一句話，拿得出多少送多少，送他三五千兩銀子也是個心意。」

劉相年搖搖頭，嘆道：「好吧，我聽中堂大人的。今兒也晚了，要送也等明兒再說吧。」

第二日，劉相年早早兒帶了銀票趕到壽寧館，卻見誠親王已走了半個時辰了。店家這半個多月可是嚇壞了，壽寧館外人不准進，裡頭的人不准出，客棧都快成紫禁城了。劉相年問：「他們住店付了銀子沒有？」

店家道：「我哪裡還敢要銀子？留住腦袋就是祖宗保佑了！」

劉相年心想誠親王人反正走了，也懶得追上去送銀子。他本要回衙門去，又想陳中堂也許惦記著這事兒，就去了煙雨樓。聽說誠親王一大早就匆匆離開杭州，陳廷敬不免又起了疑心。可他並沒有流露心思，只道：「相年，既然沒有趕上，那就算了。」劉相年告辭而去，陳廷敬尋思良久，提筆寫了密奏，命人暗中奉發。

不幾日，陳廷敬收到密旨，得知那誠親王果然是歹人冒充的。皇上盛讚陳廷敬處事警醒，又告訴他已命浙江將軍納海暗中捕人。

68

皇上打算駐蹕高家西溪山莊，高士奇早已密囑家裡預備接駕。高家對外密不通風，卻暗地裡忙乎兩個多月了。這日聖駕臨近，高士奇領著兩個親隨快馬趕回杭州。阿山得信，忙領了眾官員出城恭迎。高士奇在城外下了馬，換轎進城。並不先回西溪山莊，逕直先去了餘杭縣衙。

高士奇一路並不怎麼說話，到了縣衙才開口說道：「皇上過幾日就到，駐蹕寒舍，我先回來看看。」

阿山擦著臉上的汗，道：「真是萬幸啊！劉相年督建行宮不力，皇上要不是駐蹕高大人家裡，下官這腦袋可得搬家啊！」

高士奇知道劉相年就是當年陳廷敬推舉的廉吏，便四下裡望望，笑咪咪地問道：「劉相年是哪位呀？」

阿山忙道：「回高大人，卑職本已派人叫劉相年來迎候高大人，他卻推說要督建行宮，不肯來。」

高士奇臉上不高興，說：「還建什麼行宮？皇上不是早就讓你不要建了？」

阿山不知如何作答，支吾半日，道：「劉相年說是督建行宮，其實是故意在那裡拖延工夫。下官以為，皇上不讓建是一回事，劉相年故意怠工，卻是大不敬啊！」

高士奇搖手道：「不說這個劉相年了，去，看看東西去。」

原來高士奇心裡惦記著收羅來的那些珍寶，定要自己過目才放心。進了庫房，高士奇說：「那些奇石、美玉，我就沒工夫看了，我只看看字畫。」

衙役打開一幅古書法，高士奇端詳一會兒，點點頭：「這是真跡。」

李啟龍忙喊道：「這是真的，放那邊去！」

師爺接過古書法，放到屋子另一處。

高士奇一件件兒看著，真的假的分作兩間屋子存放。這時，衙役展開米芾的《春山瑞松圖》，高士奇默然半日，道：「假的！」

李啟龍甚是吃驚。「假的？」

高士奇笑道：「老夫差點兒也看走眼了。」

李啟龍大惑不解，卻不敢多說。看完字畫，高士奇說：「不管真的假的，分門別類，統統送到西溪山莊去。真的明兒進呈皇上，假的等老夫有空時再長長眼，免有遺珠之憾。」

阿山忙吩咐李啟龍派人把字畫送到西溪山莊去。餘杭縣衙的師爺在後面同李啟龍輕聲嘀咕，「老爺，張鄉甫家的東西，不可能有假的呀？高大人怎麼說《春山瑞松圖》是假的呢？」

李啟龍忙搖頭說：「不要說了，相信高大人的法眼吧。」

高士奇正在家裡預備接駕，阿山急匆匆登門拜訪。原來阿山突然奉接上諭，皇上要檢閱錢塘水師，命速在江邊搭建臺子。上諭特囑此事需同高士奇商議。高士奇急得臉色發青，因皇上明日駕到，臨時搭臺談何容易！

高士奇說：「制臺大人，此事就得請您盡心盡力了。搭這臺子事關皇上安危，必須有個可靠得力之人才行。」

阿山道：「高大人，劉相年只要願意幹事，他最能應急。只是這回吩咐給他的所有接駕差事，他都故意拖延。」

高士奇笑道：「劉相年是當年陳廷敬大人推舉的廉吏，人才難得。不能讓他因為接駕的差事不辦好，落下罪名。這搭檢閱臺的差事，就讓劉相年辦吧，也算給他個立功贖罪的機會。」

阿山知道這搭臺之事實在倉促，保不定就會出麻煩，卻道：「高大人如此體恤下屬，卑職應向您學著點兒。」

高士奇很是仁厚的樣子，說：「我們都是替皇上當差，都不容易，應相互體諒才是！去吧，我們叫上劉相年，一道去錢塘江看看。」

這時，有個衙役急急跑來，同阿山耳語。阿山頓時臉色煞白。「啊？劉相年簡直反了！」

高士奇忙問：「什麼事讓制臺大人如此震怒？」

阿山低頭道：「回高大人，劉相年居然把聖諭講堂的牌子掛到妓院裡去了！」

高士奇跺腳大怒：「啊？這可是大不敬啊！要殺頭的！這個劉相年，怎會如此荒唐？可憐陳廷敬大人向來對他讚不絕口啊！快快著人把他叫來！」高士奇非常惋惜的樣子，搖頭嘆息。

阿山派去的人飛快趕到清河坊，卻見劉相年領著幾個衙役，正在滿堂春張羅，門首已掛上聖諭講堂的牌匾。過往百姓有驚得目瞪口呆的，有哈哈大笑的。有個膽大的居然高聲笑道：

「這可是天下奇聞呀！今兒個妓院改講堂，說不定哪日衙門就改妓院了！」劉相年只作沒聽見，儘管吩咐衙役們收拾屋子。

這邊正忙著，總督衙門的人進屋傳話：「劉大人，詹事府高大人、制臺大人請您去哩！」

劉相年只得暫時撂下聖諭講堂的事，急忙趕到河邊，拜道：「卑府劉相年拜見高大人跟制臺大人！」

高士奇輕聲兒問道：「你就是劉相年？」

劉相年道：「正是卑府。」

高士奇猛地提高了嗓門。「你真是膽大包天了！」

劉相年仍是低著頭，道：「回高大人話，卑府不知做錯了什麼。」

高士奇氣得發抖，道：「你怎麼敢把妓院改成聖諭講堂？這可是殺頭大罪！」

劉相年卻沒事兒似的，說：「卑府如果該殺，滿朝臣工及浙江官員個個該殺！」

高士奇氣得嘴唇發顫，說不出話來，拿手點著劉相年，眼睛卻望著阿山。阿山道：「劉相年，高大人對你可是愛護備至，剛才還在說，讓你在江邊搭臺子，預備皇上檢閱水師，也好給你個立功贖罪的機會。你卻不識好歹，對高大人如此無禮！」

劉相年抬眼望了望高士奇，又低下頭去，說：「回高大人，您聽下官說個理兒。蘇杭歷朝金粉，千古煙花，哪一寸地方不曾留下過妓女的腳印？若依各位大人的理兒，這地方又豈是聖駕可以來的？你們明知杭州是這麼個地方，偏哄著皇上來了，豈不個個都犯了大不敬之罪？」

高士奇直道不可理喻，氣得團團轉。劉相年卻是占著理似的，道：「滿堂春的妓院開不下去了，卑府花銀子把它便宜盤了下來，改作聖諭講堂，省下的也是百姓的血汗錢。不然，再建個聖諭講堂，花的銀子更多。」

李啟龍也正好在場，插了嘴道：「高大人，制臺大人，您兩位請息怒！參劉相年的摺子，由我來寫。我明人不做暗事，劉相年目無君聖，卑職已忍耐多時了。」

劉相年瞟了眼李啟龍，冷笑道：「李知縣，您做官該是做糊塗了吧？以您的官品，還沒資格向皇上進摺子！」

高士奇仰頭長嘆，悲天憫人的樣子，說：「好了好了，你們都不要吵了！眼下迎駕是天大的事情。我同陳廷敬大人同值內廷，交情頗深。人非草木，孰能無情？你們背地裡罵我徇私也罷，劉大人我還是要保的。相年哪，搭建檢閱臺的差事，還是由你來辦，你可得盡力啊！」

劉相年知道此事甚難，卻只得拱手謝了高士奇。阿山萬般感慨，道：「高大人真是宰相之風啊！劉相年如此冒犯，您卻一心為他著想。」

高士奇嘆道：「制臺大人，我就是不珍惜劉相年這個人才，也得替陳廷敬大人著想。劉相年如果真的獲罪，陳大人可是難脫干係！好了，不要再說了。此處搭臺子不妥，我們再走走看吧。」

沿著江堤往前再走一程，但見江水湍急，浪拍震耳，高士奇道：「此處甚好！」

劉相年急了，道：「高大人，這裡江水如此峻急，怎麼好搭臺子？」

阿山似乎明白了高士奇的用心，馬上附和道：「風平浪靜的地方，怎能看出水師的威風？高大人，您真選對了地方。」

高士奇並不多說，只道：「劉大人，就這麼定了，你好好把臺子搭好吧。」

劉相年又發了倔勁，道：「高大人，這差事卑府辦不了！」

高士奇望著劉相年，目光甚是柔和，道：「相年，我想救您。您已經淹在水裡了，我想拉您上岸，可您也得自己使把勁啊！再說了，皇上在杭州檢閱水師，這臺子不是您來搭，誰來搭？制臺大人，我們走吧。」

高士奇甩下這話，領著阿山、李啟龍等官員走了，留下劉相年獨自站在江邊發呆。望著高士奇等人的轎子遠去，劉相年知道這差事無論如何都只能辦好，便打馬去了行宮工地。

劉相年多日沒來了，師傅們正在疑惑。劉相年開口說道：「師傅們，不瞞你們說，我不讓你們風風火火地幹，就是想等著皇上下令停建行宮。現在我知道了，皇上真的不准建這行宮。勞民傷財哪！建行宮可是要花錢的啊。錢不是天下掉下來的，是百姓的血汗啊。今兒我告訴你們，行宮不建了。」

有師傅說道：「不建就好了，我們明兒可以回家去了。可是這工錢怎麼辦？」

劉相年道：「工錢自然不會少你們的。但我劉某人還要拜託大家最後幫我一個忙。我因反對建行宮，得罪了人。他們想害我，故意命我在水流湍急的江邊搭個臺子，供皇上檢閱水師。皇上明兒就駕臨杭州，可現在天都快黑了。臺子要是搭不好，我的腦袋就得搬家。」

師傅們聽了，都說這可如何是好？夜黑風高，浪頭更大，人下到河裡沒法動手啊！劉相年沒有說話，只望著師傅們。忽然有位師傅高聲喊道：「兄弟們，劉大人是個好官，我們再難也要通宵把臺子搭起來。」大夥兒安靜片刻，都說拼了性命也要把臺子搭好。

劉相年朝師傅們深深鞠了一躬，道：「我劉相年謝你們了！」師傅們又道劉大人請放心，木料這裡都有現成的，大夥兒的手藝也都是頂呱呱的，保管天亮之前把臺子搭好。

天黑下來沒多久，陳廷敬正從外頭暗訪回來，碰見百姓們讓衙役們押著，趕往郊外。衙役們打著火把，吆喝喧天。陳廷敬心裡明白了八九分，便叫劉景過去問個清楚。劉景過去問一位老人：「老人家，您這是去哪裡？」

老人說：「迎聖駕！」

劉景：「深更半夜的，迎什麼聖駕？」

老人嘆道：「衙門裡說了，聖駕說到就到，沒個準的，我們得早早兒候著！」

陳廷敬遠遠的站在一旁，等劉景回來說了究竟，搖頭道：「皇上說不讓百姓迴避，百姓想看看皇上，皇上也想看看百姓。可事情到了下面，都變味兒了！」

珍兒道：「可憐這些百姓啊！」

陳廷敬說：「他們得露立通宵啊！年紀大的站一個通宵，弄不好會出人命！劉景，你去說說，不必通宵迎駕，都回去睡覺去。」

劉景走到街當中，高聲喊道：「鄉親們，你們不要去了！」百姓們覺得奇怪，都站住了，回頭望著劉景。劉景又道：「聖駕明兒才到，你們都回去睡覺吧！」

師爺跑了過來，打著火把照照劉景：「咦，你是哪方神仙？誤了迎聖駕，小心你的腦袋！」

劉景並不答話，只道：「迎聖駕這麼大的事兒，怎麼不見你們知縣老爺？」

師爺笑道：「真是笑話，知縣老爺也犯得著陪他們站個通宵？知縣老爺正睡大覺哪！」

劉景問道：「你們知縣老爺就不怕誤了迎聖駕？」

師爺說：「不用你操心，只要有聖駕消息，知縣老爺飛馬就到！」

劉景又高聲喊道：「鄉親們，你們都聽聽，知縣老爺自己在家睡大覺，卻要你們站個通宵，世上有這個理兒嗎？」

有個百姓反倒笑了起來，說：「這個人有毛病，我們小百姓怎麼去跟知縣老爺比？」

師爺更是笑了，道：「聽聽，你自個兒聽聽！百姓都明白這個理兒，就你不懂。」

劉景不理會師爺，只喊道：「鄉親們，你們回去睡覺，明兒卯時大夥兒再趕到這裡，我同你們一塊兒去迎聖駕！」

又有百姓笑道：「什麼人呀？你是老胃病吃大蒜，好大的口氣。」

師爺笑得更得意了，說：「你聽聽，他們聽你的嗎？聽衙門的！好了，這小子想說的也都說了，你們愛聽不愛聽也都聽了。我們走吧，迎聖駕去！」

張鄉甫也在人群裡頭，他便喊道：「鄉親們，我們聽這位兄弟的，他的話不會錯！又不是打仗，非得十萬火急，皇上也用不著夜裡趕路啊！」

百姓們有的點頭，有的搖頭，鬧哄哄的。

張鄉甫又道：「聽不聽由你們，我是要回去睡覺了！」

師爺厲聲喝道：「不准回去！」

張鄉甫又喊道：「這會兒皇上在睡覺，知縣老爺在睡覺，要我們傻等幹什麼？」

人群騷動起來，開始往回湧。衙役們阻攔著，揮起棍棒打人。畢竟百姓們人多勢眾，衙役們阻攔不住。也有幾十個百姓膽小的，不敢回去，仍跟著衙役往郊外走。

69

第二日，杭州城外黃沙鋪道，聖駕浩浩蕩蕩來了。可離聖駕一箭之遙，竟有兩家迎親的，鎖吶聲聲，爆竹陣陣。皇上坐在馬車裡，探出頭來看看，好生歡喜。「朕怎麼盡看到娶親的？」

張善德隨行在馬車旁，回道：「皇上，興許是日子好吧。」

高士奇、阿山等官員肅穆而立，望著遠處獵獵旌幡。幾丈之外，百姓們低頭站立，沒人吭聲半句。陳廷敬混在百姓裡頭，並不上去同高士奇打招呼。高士奇也不會朝百姓們瞟上半眼，自然看不見陳廷敬。

聖駕漸漸近了，高士奇等老早跪在官道兩旁。直到聖駕停了下來，高士奇才低頭拱手跑到道中跪下奏道：「奴才高士奇恭迎聖駕！」

阿山也跪在道中，奏道：「奴才浙江總督阿山率杭州官紳百姓恭迎聖駕。」

百姓們齊刷刷跪下，高喊：「吾皇萬歲萬歲萬萬歲！」

這時，陳廷敬身著便服，從百姓中走出，低頭走到聖駕前跪下：「臣陳廷敬叩見皇上！」

高士奇早知道陳廷敬出宮多時了，並不怎麼吃驚。阿山剛才見著位百姓裝束的人直往前走，正擔心有人犯駕，不想此人卻是陳廷敬。李啟龍嚇一大跳，慌忙抬頭去看那人是誰，又想看看阿山在哪裡。索額圖見李啟龍左右顧盼，立馬叫糾儀官上前拎了他出來。

阿山忙朝皇上叩了幾個響頭，道：「懇請皇上恕罪！餘杭知縣李啟龍為接聖駕殫精竭慮，剛才一時忘了規矩。」

李啟龍早嚇成一攤爛泥，汗出如漿，不知所措。皇上道：「免了李啟龍的罪，仍舊入列吧。」

李啟龍爬了起來，退列班末，叩頭不止。徐乾學正站在太子旁邊，悄聲兒道：「太子殿下，地方官員該到的都到了，我看了看只有杭州知府劉相年沒到！」

太子說：「劉相年接駕不恭，皇阿瑪早知道了。」

正說著，劉相年渾身濕漉漉氣喘喘地跑了來，悄悄兒跪在後頭。皇上抬頭看看，問道：「剛才來的是誰呀？」

劉相年忙叩頭拜道：「臣杭州知府劉相年迎駕來遲了，請皇上恕罪！」

太子怒斥道：「劉相年，你衣冠不整，像個落湯雞，這個樣子來接駕，這是死罪！」

太子說著，回頭望望皇上。皇上見劉相年這副模樣，心裡自然不快。陳廷敬稟道：「皇上，劉相年預備皇上檢閱水師，領著民夫搭臺子，在錢塘江裡泡了個通宵，方才從河裡爬上來。」原來昨兒夜裡，陳廷敬知道了聖諭講堂的事，急忙叫劉景去找劉相年。劉景去了知府衙門，才知道劉相年到錢塘江搭臺子去了。

皇上冷冷望了眼劉相年，回頭對眾官員說：「你們都起來吧。朕這會兒就不下來同你們敘話了，走吧。」

官員們站起來，低頭退至道路兩旁。道路兩旁跪滿了百姓，皇上停駕下車，道：「鄉親們，你們都別跪著，起來吧。」

百姓們又是高呼萬歲，卻沒有人敢起來。皇上又喊道：「起來吧。你們都是朕的好子民，朕見著你們高興。起來吧。」

這時，張鄉甫把一個卷軸高高舉過頭頂，喊道：「杭州士子張鄉甫有詩進呈皇上！」

太子接過卷軸，遞給皇上。皇上大喜，打開卷軸看了，臉色驟變。左右百官不知如何是好，大氣不出。不料皇上又笑了起來，口裡稱好。太子伸手去接詩稿，皇上卻沒有給他，只道：「好詩，好詩呀！朕先拿著，還要慢慢看。」

張鄉甫仍是低頭跪著，並不說話。皇上卻道：「張鄉甫，抬起頭來，讓朕看看你。」

張鄉甫慢慢抬起頭來，見皇上正對他微笑著。可皇上這微笑叫張鄉甫不寒而慄。皇上轉頭望著眾百姓，喊道：「大夥兒都起來，你們老這麼跪著，朕心裡不安哪。」

阿山看看索額圖和太子，便叫道：「起來吧，皇上讓你們起來。」

百姓們這才慢慢站起來，卻不敢拍膝上的泥土。

皇上微笑道：「多好的百姓呀！阿山，請些百姓隨駕去西溪山莊，朕要賜宴給他們。」

阿山忙跪下道：「臣遵旨，臣先替百姓叩謝皇上恩典！」

阿山回頭吩咐李啟龍，悄聲道：「你去挑些人，挑乾淨些的，不要太多，十個就夠了。」

又聽皇上說道：「對了，把張鄉甫得叫上啊。」

皇上上了馬車，百姓們再次跪下，高呼萬歲。聖駕走過，李啟龍落在後面挑人。他頭一個挑的便是張鄉甫，道：「張鄉甫，皇上要賜宴給你！看樣子你小子走運了！」

張鄉甫連連搖頭，道：「我不去。」

李啟龍臉色變了，道：「你想抗旨？真是不識好歹！興許是皇上瞧上你了。你真要發達了，可別忘了我李某人啊。」

李啟龍隨後又挑了十來個百姓，道：「你們隨本老爺到西溪山莊去，皇上要賜宴給你們。」

挑出來的人個個半日回不過神來，喜也不知，懼也不知。只有張鄉甫自知凶吉未卜，滿腹心事。

聖駕逕直去了高家西溪山莊，高士奇率全家老小跪迎，喊道：「臣高士奇率全家老小叩見皇上，恭祝皇上萬歲萬歲萬萬歲！」

皇上早已換過肩輿，下了轎來，往早先安放的龍椅上坐下，道：「高士奇，朕見你們家一團和氣，吉祥興旺，很高興。你高家可謂忠孝仁義之家呀！」

高士奇伏身而泣，叩謝不止。皇上說了許多暖心的話，才道：「士奇起來，叫你家人都起來吧。」

高士奇揩淚而起，叫全家老小起身，徐徐退下。皇上見罷高士奇家裡的人，再命阿山上前說話，阿山低頭快步上前，涮袖而跪，高聲唱喊：「西湖映紅日，錢塘起大潮。皇恩浩蕩蕩，東海揚碧波……」

皇上忍俊不禁，笑了起來，道：「阿山，你有話就直說吧，憑你肚子裡那點文墨，說不來這些文縐縐的話。」

阿山頓時臉紅，道：「臣阿山進宴兩百桌，進奇石、珠玉、古玩、古字畫若干，這都是浙江父老自願貢呈。」

皇上笑道：「阿山，朕千里迢迢來杭州，你請朕跟朕的臣工們吃頓飯，還說得過去。你送那些珍寶、古玩跟古字畫幹什麼？真是百姓自願的？」皇上說著便望望陳廷敬，原是多年前陳廷敬就說過，大凡下頭講百姓自願的事，多半是假的。只是皇上心裡高興，並不想太認真了。

阿山道：「百姓愛戴我皇，傾其所有進呈皇上都是心甘的。」

皇上搖頭笑道：「你這話又不通了。百姓果真傾其所有，朕就眼睜睜望著他們餓死？」

皇上說的自是隨意，卻把阿山嚇著了。「皇上恕罪！」皇上知道阿山書讀得不多，不會說話。

皇上又道：「好了，朕並沒有怪你。高士奇，朕想到你家四處看看。」

皇上去了高家花園，道：「南方就有南方的好處，你看這樹木花草，北方是長不出的哦！」

高士奇笑道：「這些樹木花草今兒沐浴天恩，會長得更好的。」

皇上哈哈大笑，說：「高士奇，朕想給你寫幾個字。」

高士奇這邊忙跪下謝恩，那邊早有太監飛快拿來了文房四寶，放在小亭的石桌上。皇上連寫了兩幅字，一曰「忠孝仁義」，一曰「竹窗」。高士奇跪接了皇上墨寶，又是伏泣不已。

皇上在這裡遊園子，賜字，陳廷敬、張鵬翮一班大臣也都跟在後面。劉相年品銜低些，總是站在遠處。張鵬翮見劉相年面色疲憊，心裡暗自感慨。皇上身邊正熱鬧著，張鵬翮便悄悄兒同陳廷敬說話：「皇上前幾日私下問我浙江官員誰的官聲最好，我對奏說杭州知府劉相年官聲最好。可今日我覺著皇上對劉相年好像不太滿意。」

陳廷敬道：「張大人果然慧眼識珠。劉相年性子耿直，又不伍流俗，在浙江官場上得罪了很多人。」

張鵬翮笑道：「我記得，當年是您在皇上面前舉薦了劉相年。」

陳廷敬正想找張鵬翮聯手保劉相年，便說：「只可惜，劉相年這回可要倒楣了！」

張鵬翮忙問是怎麼回事，陳廷敬便把阿山密參劉相年，徐乾學暗中派人向劉相年索銀子，高士奇故意選江水湍急處搭臺子諸事大致說了，卻瞞住了劉相年把妓院改作聖諭講堂的事。

張鵬翮氣不打一處來，卻礙著這會兒正在侍駕，便輕聲說道：「我治河多年，沿河督撫道縣都有知曉，這個阿山官品最壞！徐乾學、高士奇也是不爭氣的讀書人！」

陳廷敬道：「我雖然把沿途所見所聞都密奏了皇上，可並沒有想好要參誰。若依國法，可謂人人可參，少有倖免。可皇上會答應嗎？我讓皇上知道天下沒幾個清官了，我就完了；我讓天下人知道大清沒幾個清官了，天下就完了。」

張鵬翮也低聲道：「陳中堂所思所想，正是下官日夜憂心的啊！我這些年成日同沿河督撫們打交道，可謂忍氣吞聲！我太清楚他們的劣跡了，可治河得倚仗他們，不到萬不得已不敢在皇上面前說他們半個不字！皇上也不想知道自己用的官多是貪官壞官！若依往日年少氣盛，我早參他們了。」

沒多時，張善德過來恭請皇上用膳。西溪山莊大小房間、亭閣、天井都擺上了筵席。皇上在花廳坐下，太子胤礽在駕前侍宴，其餘臣工及隨行人員各自按席而坐。

皇上舉了酒杯，道：「朕這次南巡，沿路所見，黃河治理已收功效，更喜今年穀稻長勢很好，肯定是個豐年。百官恪盡職守，人民安居樂業，一派盛世氣象。朕心裡高興，來，乾了這杯！」

自然是萬歲雷動，觥籌交錯。皇上吃了些東西，身子有些乏了，先去歇著。

宴畢已是午後，各自回房歇息。陳廷敬正要回房，卻見張鄉甫過來拜道：「中堂大人，您說打賭皇上會把畫還我的，什麼時候還呀？」

陳廷敬心想這張鄉甫也真是倔，便道：「皇上剛到杭州，您的畫皇上都還沒見著哩。」

張鄉甫說：「我聽說阿山大人這回收羅古字畫若干，真假難辨，都讓高大人一一過目。我就怕被他看做假的隨意丟了。」

聽得這麼一說，陳廷敬就猜著張鄉甫的古畫八成是回不來了。米芾真跡甚是難得，高士奇哪肯進呈皇上？這時，又見索額圖正在不遠處同人說話，陳廷敬心裡忽有一計，道：「鄉甫先生，那位是領侍衛內大臣索額圖大人，此次皇上出巡一應事務都是他總管，您去找他說說。您只說自己進呈的畫是米芾真跡，應是今人難得一見的神品，千萬小心。」

張鄉甫稍有猶豫，就去找索額圖。陳廷敬掉頭轉身往屋裡走，沒多時就聽得後頭索額圖罵張鄉甫好不曉事。陳廷敬頭也不回，回房去了。

陳廷敬剛進屋，徐乾學進來敘話，問：「陳中堂，皇上派您下去密訪，可下面接駕照樣鋪張。您想知道是什麼原因嗎？」

陳廷敬笑著敷衍道：「皇上差我先行密訪，並不想讓外人知道啊。」

徐乾學笑道：「瞞得過別人，瞞不過皇上身邊幾個人的。」

陳廷敬反過來問徐乾學：「徐中堂知道下面為何仍然鋪張接駕？」

徐乾學顧盼左右，悄聲道：「索額圖指使太子沿途給督撫們寫了密信。」

陳廷敬道：「事涉太子，可要真憑實據啊。」

徐乾學搖搖頭，道：「不瞞您說，皇上早就察覺太子胤礽暗中交結大臣，著我派人暗中盯著。我已拿獲送信的差人，手中有了實據。」

陳廷敬甚是吃驚，問：「徐大人想怎麼辦？」

徐乾學嘆道：「太子畢竟是太子，況且太子所做都是索額圖挑唆的。」

陳廷敬琢磨徐乾學的意思，低聲問道：「徐大人意思是參索額圖？」

徐乾學點頭道：「正是！參掉索額圖，我們都聽陳中堂您的！首輔大臣，非您莫屬！」

陳廷敬連連搖手：「徐中堂千萬別說這話！我陳廷敬只辦好自己分內差事就行了，並無非分之想。」

徐乾學情辭懇切，道：「我不想繞彎子，直說了吧，想請陳中堂和我聯手參倒索額圖！」

陳廷敬想了想，說：「徐中堂，你我上摺子參索額圖都不明智。」

徐乾學不解。「為什麼？」

陳廷敬道：「朝中上下會以為你我覬覦首輔大臣之位，這樣就參不倒索額圖。」

徐乾學問：「您是怕皇上這麼想吧？」

陳廷敬道：「明擺著，誰都會這麼想的！」

徐乾學問：「您意思怎麼辦？」

陳廷敬說：「有更合適的人。」

徐乾學摸不準陳廷敬的心思，噤口不言。陳廷敬笑笑，輕聲道：「高士奇！」

徐乾學一拍大腿，道：「對啊，高士奇！高士奇對索額圖早就是恨不能食其肉，寢其皮啊！何況他只是個四品少詹事，別人不會懷疑他想一步登天。」

徐乾學轉眼又道：「陳中堂，高士奇敢不敢參索額圖？他在索額圖面前就是個奴才，對索額圖既恨且怕，他恐怕還沒這個膽量啊！」

陳廷敬說：「他沒這個膽，我倆就把膽借給他。高士奇巴不得索額圖早些倒臺，你只要告訴他我倆都會暗中幫他，他必定敢參的。你和高士奇過從密切，你去同他說。」徐乾學連聲說好，出門而去。

徐乾學走後，陳廷敬閉目沉思，腦子裡翻江倒海。劉相年那日告訴他徐乾學暗中派人索賄，他心裡便有參徐之意。今日更見徐乾學野心勃勃，日後必成大奸，他肯定會身受其害。不如現在就把他參了。阿山之劣跡實在叫人難以忍受，陳廷敬想此人不除也必禍及到自己。劉相年是他當年推舉的廉吏，如果讓阿山密參劉相年得逞，陳廷敬就有失察濫舉之嫌。高士奇也不能再容忍，卻用不著陳廷敬去參他，索額圖自會收拾他的。陳廷敬思來想去，決意自己不必出面，只叫劉相年參人。劉相年已身負諸罪，又是個豁得出去的人，他拼死一搏或許還可自救。

陳廷敬再仔細想想，覺著料事已經甚為縝密，便讓劉景去請了劉相年。劉相年進門見過禮，陳廷敬便說：「相年，您做事也太魯莽了！」

劉相年心裡明白是怎麼回事，便問：「中堂大人也知道了？」

陳廷敬道：「妓院改聖諭講堂，杭州城裡只怕人人皆知了，只有皇上還不知道。」

劉相年也有些後悔，道：「此事確實做得荒唐，可事已至此又如何呢？我到底是為著省些銀子。中堂大人，還望您救救相年。」

陳廷敬道：「您不如自救！」

劉相年問：「如何自救？」

陳廷敬道：「您去參阿山和徐乾學！」

劉相年聽了，愣了半日，說：「我何嘗不想參他們？可人家是二品大員，我參他們是蚍蜉撼樹啊！況且我品銜不夠，如何參人！」

陳廷敬說：「我想好了，您可以託人代奏。」

劉相年望著陳廷敬，拱手而拜，道：「好，只要陳中堂肯代奏，我掉了腦袋也參！」

陳廷敬搖頭道：「您我淵源朝野盡知，我替您代奏，別人會懷疑我有私心。您可找張鵬翮大人！」原來陳廷敬早算准了，張鵬翮肯定會答應代奏的。張鵬翮本身就是剛直耿介之人，他對阿山、徐乾學之流早就厭惡，只是他經過多年歷練，少了些少年血性，才暫時隱忍。如今劉相年危難之時相求，依張鵬翮平生心性，必定仗義執言。

劉相年略略一想，點頭道：「好！我反正性命已在刀口上，管他哩！陳中堂，我這就去找張大人！」

陳廷敬說：「好，我相信張大人會答應。相年，您不必把我們的話告訴張大人，免得他多心，反而不好。我自會暗中幫您！」

劉相年走了，陳廷敬本想躺一會兒，卻沒有半絲睡意。他想自己躲在後頭密謀連環參人，是否太狠了些？狠就狠吧，這狠字是逼出來的。倘若再不下狠手，國無寧日，自己日後就不會有好果子吃。

忽有公公過來傳旨，命陳廷敬覲見。陳廷敬不知皇上有何吩咐，急忙趕了去，卻見皇上正在賞玩字畫，索額圖、張鵬翮、徐乾學、高士奇一班大臣已在裡頭侍駕。

皇上道：「杭州果然有好東西，你們倆也來看看。」

張鵬翮道：「看古字畫，陳廷敬、高士奇是行家，我是外行。」

陳廷敬留意看了，居然沒有米芾的《春山瑞松圖》，心裡便存了幾分疑惑。再仔細看了幾幅，真的全是贗品。心想高士奇簡直膽大包天，拿假字畫騙了皇上幾十年。

皇上卻是十分高興，連連稱好。陳廷敬並不點破，只看時機再說。興許不需陳廷敬點破，只要高士奇參索額圖，索額圖就會說的。陳廷敬猜著索額圖已知道張鄉甫進呈了米芾真跡，皇上那裡未必就有。

賞畫多時，皇上命大臣們退下，只把陳廷敬留了下來，道：「廷敬，你一路密訪，有些事情不必聲張，朕知道就是了。你看個摺子吧。」

陳廷敬接過摺子，竟是浙江將軍納海的密奏，說的是冒充誠親王的歹人已經擒獲。那歹人喚作孟光祖，為鑲藍旗逃人，假冒誠親王招搖誆騙五年之久，所經數省竟無人識破，四川巡撫年羹堯、江西巡撫佟國勷、浙江總督阿山，或饋送銀兩、馬匹，或饋送珠寶、綢緞，都受了騙。

皇上道：「孟光祖所經地方文武官員都有失察之責，待刑部詳細審問，必嚴追細究！」

陳廷敬想來好生害怕，便道：「臣在杭州與劉相年偶遇，過後再細細奏與皇上。臣這會兒要說的是劉相年看出假誠親王有詐，跑來同臣商量。臣叫他設法穩住歹人再做道理，不曾想竟叫歹人跑了。臣未能及時緝拿孟光祖，也是有罪。」

皇上道：「廷敬，你是有功的。幸得你及時密奏，不然歹人還要作惡多時。劉相年也算眼尖，唉，這個劉相年，朕這會兒不說他了。廷敬，此事甚密，暫時不要同任何人說起。」

陳廷敬辭過皇上，回到房間心裡仍是七上八下。幸虧劉相年沒趕上送銀子，不然他同劉相年兩人都罪責難逃。皇上剛才說起劉相年便搖頭嘆息，可見阿山參人的密奏皇上必定信了。陳廷敬心裡便多了幾分擔憂，怕自己連環參人之計失算。但箭已離弦，由不得人了。好在自己沒有露面，既可避禍，又能暗中助人。

晚上，皇上命阿山覲見。原來高士奇參索額圖的摺子，張鵬翮代劉相年參阿山和徐乾學的摺子，都已到了皇上手裡。皇上心情極壞，卻不想在外頭發作，都等回京再說。只想先召阿山說說，囑他凡事小心。

阿山早在外頭恭候多時了，聽得裡頭傳出話來，忙領著兩個姑娘進去了。阿山見過皇上，朝後頭招呼道：「進來見駕吧！」

皇上還沒明白是怎麼回事，兩位如花似玉的姑娘碎步上前行禮。皇上異常震怒，斥罵道：「阿山，你這是什麼意思？美人計？你當朕是什麼人了？」

阿山慌忙跪了下來，道：「皇上恕罪！」

皇上拂袖而起，氣沖沖地走到外頭去了。皇上邊走邊吩咐張善德，「把索額圖、胤礽、陳廷敬、張鵬翮、徐乾學、阿山、高士奇都叫來！還有杭州知府劉相年！」張善德應了一聲，吩咐隨侍太監傳旨。

阿山戰戰兢兢去了索額圖那裡，只道皇上發火了，如何是好！索額圖先問明白，才道：

「你幹麼嚇成這個樣子？興許是皇上不稱意，換兩個吧！」

阿山哪裡再敢換人，只道：「索相國，還送人呀？卑職可是怕掉腦袋啊！」

索額圖笑道：「聽老夫一句話，皇上也是人！」

阿山問：「換誰呀？」

索額圖說：「換梅可君和紫玉吧。」

阿山說：「紫玉可是給索相國您預備的，梅可君是太子要的。」

索額圖道：「只要皇上高興，老夫就割愛吧。太子也管不得那麼多了，這會兒要緊的是把皇上侍候好。」兩人正商量著，公公傳旨來了。索額圖同阿山忙去了高家客堂。

皇上黑著臉坐在龍椅上，大臣們低頭站作幾行。皇上道：「朕一路南巡，先是看到黃河大治，心裡甚是高興。後來卻越看越不對勁兒，進入江浙，尤其到了杭州，朕就高興不起來了。白日裡你們看到朕慈祥和藹，滿面春風，你們以為朕心裡真的很舒坦嗎？」

皇上冷眼掃視著，大臣們誰也沒敢說話。屋子裡安靜得叫人透不過氣，外頭傳來幾聲貓叫，甚是淒厲。皇上痛心至極，道：「朕臉上的笑容是裝出來的，朕是怕江浙百姓看了不好過！」

皇上說著，拿起几案上的卷軸，道：「這是杭州一個叫張鄉甫的讀書人寫給朕的詩，頌揚聖德的，你們看看！」

皇上說罷，把卷軸匡地往地上一扔。張善德忙撿起卷軸，不知交給誰。皇上道：「讓阿山唸唸吧。」

阿山接過卷軸，打開念道：「欲奉宸遊未乏人，浙江辦事一……反了，簡直反了！」

阿山沒有再唸下去，直道張鵬甫是個頭生反骨的狂生。皇上卻逼視著阿山，喝道：「唸下去！」

阿山雙手顫抖，唸道：「欲奉宸遊未乏人，浙江辦事一貪臣。百年父老歌聲沸，難遇杭州幾度春。這……還有一首，憶得年時宮市開，無遮古董盡駝來。何人卻上顛米芾，也博君王玩一回。反詩，反詩，皇上，這是反詩呀！」

皇上怒道：「什麼反詩？罵了你就是反詩了？你不聽朕的招呼，大肆鋪張，張鵬甫罵你的時候把朕也連帶著罵了！」

索額圖上前奏道：「啟奏皇上，臣以為應把張鵬甫拿下問罪。」

皇上問道：「張鵬甫何罪之有？他說的是實話！」皇上敲著幾案，「朕這裡有幾個參人的密奏，本想回京再說。這會兒朕已忍無可忍，索性攤開了。參人的，被參的，都在這兒，你們誰先來呀？」

大臣們都低著頭，大氣都不敢出。這時，高士奇突然上前，跪下奏道：「啟奏皇上，臣參索額圖！」

索額圖頓時目瞪口呆，臉色鐵青，怒罵道：「高士奇你這個狗奴才！」

皇上拍案罵道：「索額圖，休得放肆！高士奇你參他什麼，當著大夥兒的面說出來！」

高士奇道：「索額圖挑唆太子結交外官，每到一地，都事先差人送密信給督撫，如此如此囑咐再三。阿山其實都是按太子意思接駕的！」

胤礽立馬罵了起來：「高士奇，你這老賊！」

皇上拍椅喝道：「胤礽，你太不像話了！」

胤礽跪了下來，奏道：「皇阿瑪，高士奇憑什麼說兒臣寫密信給督撫們？」

高士奇正在語塞，徐乾學上前跪下：「啟奏皇上，臣奉旨給阿山寫的密詔送到杭州的時候，太子給阿山的密信也同時送到了。臣已拿獲信差，這裡有信差口供，正要密呈皇上。」

張善德接過口供，遞給皇上。皇上匆匆看了口供，抬頭問太子道：「胤礽，朕且問你，你從實說。如果抵賴，總有水落石出的時候，到時候你別後悔。」

胤礽低頭道：「皇阿瑪問便是了，兒臣從實說。」

皇上問：「你是否給阿山寫過密信？」

胤礽囁嚅道：「寫過，但兒臣只是囑咐阿山好生接駕，不得出半點兒紕漏。」

皇上指著太子，罵道：「胤礽你真是大膽！你若不是別有用意，為什麼要寫密信給督撫們？他們是朝廷命官，只需按朕的旨意辦事即可，用得著你寫密信嗎？什麼好生接駕！你說得再輕描淡寫，督撫們也會琢磨出你的深意來！」

胤礽期期艾艾，嘴裡只知道說兒臣二字。皇上氣極，喝道：「你不要再狡辯了！」

高士奇知道終究不能冒犯太子，又道：「啟奏皇上，太子所為，都是聽信了索額圖的挑唆。」

索額圖哭喊起來：「皇上，高士奇是存心陷害老臣呀！」

皇上瞟了眼索額圖，道：「索額圖，沒人冤枉你。朕忍你多時了，只想看你有無悔改之意。前年太子在德州生病，朕派你去隨侍。你騎馬直到太子中門才下馬，單憑這條，就是死罪！太子交結內臣外官，朕早有察覺，都是你挑唆的！」

索額圖只是哭泣，道：「臣冤枉呀！」

皇上道：「索額圖閉嘴！朕現在還不想把你們怎麼樣，明兒朕要檢閱水師，朕仍要扮笑臉，你們也得給朕扮笑臉！要死要活，回京再說！」

索額圖揩了把眼淚，道：「臣參高士奇！」

皇上聽了，頓覺奇怪，竟冷笑起來，道：「朕還沒接到你的摺子呢，你參高士奇什麼呀？」

索額圖奏道：「高士奇事君幾十年，一直都在欺蒙皇上。當年他進呈皇上的五代荊浩《匡廬圖》原是假的，只花二兩銀子買的，真跡他花了兩千兩銀子，自己藏在家裡。這事陳廷敬可以作證！」

陳廷敬萬萬沒有想到索額圖居然知道這樁陳年舊事，一時不知如何說話。皇上已驚得臉色發青，正望著他。陳廷敬忙上前跪下，道：「高士奇進呈假古董，臣的確有所察覺。但臣又想高士奇是古玩行家，臣只是一知半解，也怕自己弄錯了，倒冤枉了他，便一直把這事放在心裡。臣反過來又想，不過就是些假字畫假瓷瓶，誤不了國也誤不了君，何必為此傷了君臣和氣，就由他去了。臣未能及時稟奏皇上，請治罪！」

皇上嘆道：「陳廷敬到底忠厚，可朕卻叫高士奇騙了幾十年！」

索額圖又道：「這回阿山在杭州收得古玩珍寶若干，真假難辨，都叫高士奇一一甄別。今日進詩的那個張鄉甫，說他家有幅祖傳的米芾真跡《春山瑞松圖》，被餘杭縣衙強要了來。臣早知高士奇一慣伎倆，去看了貢單，裡頭果然沒有這幅米芾真跡，說不定他這回又把假古董全都獻給皇上了。」

皇上冷笑幾聲，道：「難怪張鄉甫詩裡說，何人卻上癲米芾，也博君王玩一回。朕本以為詩裡並無實指，原來還真是這麼回事。高士奇，高家，忠孝仁義呀！」

索額圖接著又奏道：「皇上曾有御書平安二字賜給高士奇，高士奇就把皇上賜給他的宅子叫做平安第。他本應感念皇上恩德，卻大肆收賄。即使沒事求他，也得年年送銀子，這叫平安錢。若要有事求他，更得另外送銀子。這事臣早有耳聞，念他是臣舊人，皇上待他又甚是恩寵，臣就一直沒有說他。」

皇上怒道：「索額圖，你如此說，倒是朕包庇他了！」

高士奇跪伏在地，渾身發軟，半句話也不敢狡辯。一時沒人說話，張鵬翮忽又上前奏道：「杭州知府劉相年參徐乾學、阿山，臣代為奏本！」

皇上心裡早就有數，大臣們卻是驚了。徐乾學和阿山兩相對視，都愣住了。皇上又冷笑道：「還說今兒是黃道吉日，杭州四處是迎親的！朕說今兒是最晦氣的日子！高士奇參了索額圖，順帶著也參了胤礽。索額圖反過來又參高士奇。劉相年這會兒一參就是兩個！劉相年，你自己上前說話！」

劉相年上前跪下，問道：「皇上想知道杭州為何一時那麼多人娶親嗎？」

皇上火冒三丈，道：「朕不想知道！」

劉相年卻道：「皇上不想知道，臣冒死也要說。皇上南巡，便有隨行大臣、侍衛託阿山在杭州買美女，此事在民間一傳，就成了皇上要在杭州選秀。百姓不想送自己女兒進宮的，就搶著成親。阿山還預備了青樓女子若干，供皇上隨行人員消遣。」

阿山把頭叩得梆梆響，道：「皇上，劉相年胡說，他自己犯下死罪諸款，臣已上了密奏，正要上前參他，他卻惡人先告狀！」

徐乾學跪下道：「臣同劉相年素無往來，他參臣什麼？」

皇上瞪了眼睛，道：「阿山，徐乾學，朕此時不許你倆說話。」

劉相年又道：「那些青樓女子這會兒都在各位大人房間裡候著哪！」

張善德本是輪不上他說話的，這會兒卻也奏道：「啟奏皇上，奴才手下有個小太監剛才說起，餘杭知縣李啟龍正往各位大人房間送女子，問奴才這是怎麼回事兒。」

皇上怒不可遏，拍案道：「荒唐！阿山混蛋！你當朕是領著臣工們到杭州逛窯子來了！」皇上太過震怒，忽覺胸口疼痛，捫胸呻吟。胤礽嚇壞了，喊了聲皇阿瑪，想上前去。皇上抬手道：「胤礽不要近前！朕還死不了！」

胤礽退了下來，跪在地上哭泣。大臣們都請皇上息怒，地上哭聲一片。張善德忙奏道：「皇上，您先歇著吧，今兒個什麼都不要說了。」

皇上捫胸喘息一會兒，說：「朕這會兒不會死，劉相年，徐乾學和阿山有什麼罪，你接著說吧。」

劉相年跪奏道：「徐乾學罪在索賄，阿山罪在欺君。阿山上了參劾臣的密奏，徐乾學知道後，馬上派人到杭州找到臣，只要臣出十萬兩銀子，他就替臣把事情抹平。臣頂了回去，一兩銀子也不給。阿山明知皇上不准為南巡之事再興科派，他卻仍在下頭大搞接駕工程，要臣在杭州建行宮。雖然暫時不向百姓要銀子，只要聖駕一走，仍是要向百姓伸手的。」

徐乾學連連叩頭道：「劉相年無中生有！」

阿山不等徐乾學講完，又叩頭道：「啟奏皇上，臣是否有罪，日後自然明白。臣參劉相年的摺子已在皇上手裡，這會兒臣還要參劉相年一款新罪！」

皇上渾身無力，軟軟地靠在龍椅裡，說：「今日可真是好日子啊！參吧，參吧，你們等會兒還可以接著參，看參到最後還剩下誰。劉相年還有什麼新罪，你說呀？」

高士奇知道阿山想參什麼，搶著說道：「臣參劉相年只有一句話，他居然把妓院改作聖諭講堂！」

皇上如聞晴天霹靂，一怒而起，吼道：「劉相年，朕即刻殺了你！」

劉相年道：「臣並不是怕死之人，臣只是還想辯解幾句。」

皇上道：「這還容得你辯解！來人，拖出去！」兩個侍衛上前，拖著劉相年出去了。大臣們忙請皇上息怒，龍體要緊。

皇上道：「朕這次南巡，就擔心下面不聽招呼，特意命陳廷敬先行密訪。陳廷敬已把沿路所見，一一密奏給朕了。你們各自做過的事，休想抵賴！陳廷敬，朕想聽你說幾句。」

陳廷敬知道有些事情暫時還不能說，皇上也特意囑咐過。他略加斟酌，道：「他們各自所參是否屬實，過後細查便知。但要參劉相年，還得加上一條，接駕不恭！劉相年因反對阿山藉口接駕，向百姓攤派，阿山便命劉相年專門督建行宮。劉相年故意拖延行宮建造，豈不是接駕不恭？劉相年對臣說過，杭州有那麼多官宦之家、豪紳大戶，隨便哪家都可以騰出來接駕，何必再建行宮勞民傷財？他知道皇上崇尚簡樸，遲早會下旨停建行宮，因此故意怠工，為的是少花銀子。」

皇上原以為陳廷敬真是要參劉相年的，聽這到裡，很是生氣，說：「陳廷敬，原來你是替他擺好。他縱有千好萬好，只要有這講堂一事，便是死！」

陳廷敬奏道：「妓院改聖諭講堂，確實唐突。劉相年說杭州督府縣同城，縣裡有聖諭講堂，知府衙門何必再建？他說便宜盤下那家妓院，也是為著省些銀子。臣倒有個建議，全國凡是督府縣同城的，都只建一個講堂。」

皇上聽陳廷敬雖說得有理，可劉相年把妓院改作講堂，豈可饒恕，便道：「陳廷敬，難怪你處處替劉相年辯護啊！朕想起來了，劉相年可是你當年推舉的廉吏！」

張鵬翮心想陳廷敬再說只會惹怒皇上，自己叩頭道：「啟奏皇上，劉相年真是個難得的好官哪！只是他為人過於耿直，從來都不被上司賞識。阿山同高士奇為了害劉相年，置皇上安危於不顧，故意選了河水湍急的地方，命他一夜之間搭好臺子，預備皇上檢閱水師。好在劉相年有百姓擁護，他自己也在水裡泡了個通宵，硬是在急水中搭了個結結實實的臺子！臣懇請皇上寬貸劉相年！他實是難得的忠臣！」

皇上仰頭長嘆，道：「好啊，你們都是朕的忠臣啊！你們都是忠臣，你們都退下吧！」

這時，一員武將低頭進來，跪下奏道：「臣浙江水師提督向運凱叩見皇上！臣倉促接到皇上檢閱水師的諭示，趕著安排去了，沒有早早來接駕，請皇上恕罪。」

皇上正在生氣，只道：「你起來吧。」

向運凱仍是跪著，道：「啟奏皇上，臣有一言奏告。」

皇上問道：「你又是要參誰呢？」

向運凱不明就裡，驚愣片刻，道：「皇上，臣並不是要參誰。臣奏告皇上，時下正是錢塘江起潮之季，能否恩准檢閱水師時日往後挪挪？」

皇上道：「錢塘潮都怕了，還叫什麼水師？你們都下去吧。」皇上說罷，起身回屋。文武官員都默然拱手，望著皇上出門而去。

外頭聽得皇上雷霆震怒，忙悄悄兒把那些青樓女子全都趕走了。皇上氣沖沖往屋裡走，仍是罵道：「混帳！王八蛋！朕待他們至誠至禮，他們還要貪，還要欺朕！朕連自己的兒子都靠不住！這就是帝王之家呀！」

張善德跟在後頭，不停地勸皇上消消氣。皇上進屋坐下，捫著胸口道：「朕這裡頭痛呀！朕指望著君臣和睦，共創盛世，讓百姓過上太平日子。可是，他們為什麼要貪，要欺朕！」

皇上說著竟落下淚來，張善德也跪地而哭。正在這時，裡間屋子傳出了聲聲琵琶，一個女子和著琵琶唱道：「西風起，黃葉墜。寒露降，北雁南飛。東籬邊，賞菊飲酒遊人醉。急煎煎砧聲處處催，簷前的鐵馬聲兒更悲。陽關衰草迷，獨自佳人盼郎回。芭蕉雨點點盡是離人淚。」皇上止住眼淚，側耳靜聽。張善德想進去看個究竟，皇上搖搖手，不讓他進去。

原來下頭把那些青樓女子都弄出去了，卻沒人想到皇上屋裡還有梅可君和紫玉姑娘。梅可君正幽幽怨怨的唱著，皇上背著手緩緩進來了。梅可君背對著門口，並不知道皇上來了。紫玉卻嚇得身子直往後退。皇上朝紫玉搖搖頭，叫她不要害怕。

梅可君彈唱完了，抬眼看見紫玉那副模樣，方才回過頭來。梅可君事先已知道自己是來侍候皇上的，馬上跪下。「民女梅可君叩見皇上！」紫玉見狀也忙跪下，到底年紀小，不知該怎麼說。皇上並不生氣，便把梅可君和紫玉留下了。

第二日，皇上乘坐肩輿，微笑著出了西溪山莊，起駕檢閱水師。山莊外頭早是人山人海。百姓們黑壓壓跪下，高呼萬歲。沿路上也站滿了百姓，只要見了御駕，立馬跪下。皇上知道這都是阿山做給他看的，卻仍是慈祥而笑。

檢閱臺黃幔作圍，旌旗獵獵，臺子正中早擺好了龍椅。皇上在黃幔外下了肩輿，走向檢閱臺，坐了下來。文武官員分列兩側，垂手而立。抬眼望去，錢塘江上戰船整齊，不見首尾。船上水兵齊戴插花頭巾，肅穆而立。

皇上道：「閩浙海洋綿亙數千里，遠達異域，所有外洋商船，內洋賈舶，都賴水師以為巡護。各路水師鎮守海口，巡歷會哨，保商緝盜，以靖海氛，至為關切。」皇上低頭望著向運凱，「向運凱，索額圖經常說你能幹，雖是漁夫出身，卻深諳水上戰術。朕想看看，操演吧。」

向運凱上前謝恩，奏道：「臣謝皇上誇獎！錢塘水師共有大號趕繒船五艘，二、三號趕繒船各十艘，另有沙戰船、快唬船、巡快船、八槳船、雙篷哨船等各十數艘，水兵三千五百人。恭請皇上檢閱！」

向運凱下令操演，錢塘江上頓時萬歲雷動，響遏行雲。皇上點頭而笑。又聽得鑼鼓陣陣，殺聲震天。岸上哨臺旌旗揮動，忽見十來艘船划得飛快，眨眼間就把後頭船隻拋開一箭有餘。

皇上問道：「那是什麼船？」

向運凱奏道：「回皇上，那是巡快船，專為緝盜之用。皇上再往那邊看，正放著紙鳶的是大號趕繒船。」

皇上又問：「放紙鳶幹什麼？」

向運凱回道：「作靶子。」

向運凱正說著，聽得鼓聲再起，巡快船上的弓弩手回身放箭，紙鳶紛紛落下。

皇上微微而笑，道：「水兵多是南方人，練就這般箭法，也是難得。」

再看時，江上船隻已各自掉頭划開，很快近岸分成南北兩陣。又聽得鼓聲響過，各陣均有數十紋身水兵高舉彩旗，騰躍入水，奮力前趨，游往對岸。

皇上問道：「這是練什麼？」

向運凱回道：「這是比水性。優勝者既要游得快，手中彩旗還不得沾了水。」

紋身水兵正魚躍碧波，又見各船有人順著桅杆猿攀而上，飛快爬到頂尖四下瞭望。又聽幾聲鼓響，桅杆頂上水兵嗖地騰空入水。皇上正暗自稱奇，卻見水兵頃刻間在十丈之外竄出水面，魚鷹似的飛游到岸。

向運凱見皇上高興，奏道：「皇上，這是哨船偵查到敵船了，上岸報信兒。」

這時，一位副將在旁朝向運凱暗使眼色。向運凱悄悄兒退下，問：「什麼事？」

副將說：「提督大人，只怕要起潮了。」

向運凱遠遠望去，果然江海相連處，一線如銀，正是潮起之兆，暗自擔心。

皇上見他兩人在耳語，臉色有些不快，問：「什麼事不可大聲說？」

向運凱上前跪下，道：「臣懇請皇上移駕，只怕要起潮了。」

皇上笑道：「朕當是什麼大事哩！昨夜朕就說了，正要看看你們水師經得起多大風浪。倘若錢塘潮都抵不過，如何出外洋禦敵？」

向運凱不敢再奏，退立班列。但見潮水越來越近，白如堆雪。江中水兵都是深諳潮性的，他們望見遠處白浪湧來，顧不得旗舞鼓響，紛紛翻身上船。船上水兵也不再聽從號令，划船靠岸。向運凱急令屬下指揮船隊繼續操演，不得亂了陣腳。無奈風生潮起，船隻又實在太多，頓時你擠我撞，叫罵連天，那船有在江中打轉的，有翻了個底朝天的。近岸船上水兵倉皇跳江，回游上堤。

皇上臉色陰沉起來，罵道：「向運凱，這就是你的水師？」

向運凱慌忙跪下請罪。「臣管束不力，請皇上降罪！」

皇上訓斥道：「朝廷年年銀子照撥，你把水師操練成這個樣子！一見潮起便成烏合之眾，還談什麼禦敵！可見上上下下都是哄朕的！不如奏請裁撤，你仍回家打漁去吧。」

皇上正在罵人，只聽得江上呼嘯震耳，潮頭直逼而來。大臣們都跪了下來，恭請皇上移駕。皇上卻是鐵青著臉，望著排空直上的潮頭，定如磐石。忽聽轟地一聲巨響，眼前恰如雪崩。侍衛們旋風而至，把皇上團團拱衛。潮水劈頭蓋腦打下來，君臣百多人全都成了落湯雞。大臣們跪的跪著，趴的趴著，哀求皇上移駕。

皇上仍是端坐龍椅，望著江面。江上潮聲震天，雪峰亂堆，白龍狂舞。大臣們不敢再言，全都跪在地上。臺上黃幔早已掀得七零八落，侍衛們忙著東拉西扯。等到潮水漸平，黃幔又把檢閱臺遮得嚴嚴實實了。

再看錢塘江上，已是檣傾楫摧，浮木漂漾。向運凱此時只知叩頭，嘴裡不停地說著臣罪該萬死。

皇上怒道：「真是讓朕丟臉。下去！」

向運凱把頭直叩得流血，道：「皇上，臣自是有罪。臣昨夜不敢參人，今兒臣冒死也要參人了。朝廷銀子確是年年照撥，可從戶部、兵部、督、撫層層剝皮下來，到水師已沒剩多少了。銀子不夠，打船隻好偷工減料，舊船壞船亦無錢修整，怎能敵得過狂風巨浪！」

皇上眼睛裡佈滿了血絲，看上去甚是嚇人，道：「朕本想回京再說，看樣子只好快刀斬亂麻了。革去索額圖一等伯、領侍衛內大臣之職，交刑部議罪！革去阿山浙江總督之職，交刑部議罪！高士奇既然回了家，就不用再回京城了，就在家待著吧。念你隨侍多年，朕准你原品休致。」

皇上降了罪的這些人都已是惶恐欲死，口不能言，只有高士奇跪上前哭道：「臣還想多侍候皇上幾年呀！」

皇上鼻子裡哼了兩聲，道：「免了吧，朕手裡的假字畫、假古玩夠多的了，不用你再去費心了。這次在浙江弄到的那些字畫，無論真假，一律物歸原主！」

高士奇退下，皇上又道：「徐乾學也快到家門口了，你也回去吧。」

徐乾學跪在地上，驚恐萬狀，道：「罪臣領旨，謝皇上寬大。」

皇上瞟了一眼陳廷敬，道：「陳廷敬，還多虧劉相年這臺子搭得結實，不然今兒朕的性命就送在這裡了。朕饒了他大逆之罪。可他說話辦事全無規矩，叫他隨朕回京學習行走。」

陳廷敬便替劉相年謝了恩，並不多言。皇上心想陳廷敬密訪幾個月，沿路官員行狀盡悉掌握，他只是如實密奏見聞，卻不見他參人。可見陳廷敬確實老成了，大不像往日心性。人非聖賢，孰能無過？倘若見錯參人，難題到底都是出給朕的，朕又怎能把有毛病的官員都斥退了？輔國安邦之相，就需像陳廷敬這般。皇上哪裡知道，這回大臣們參來參去，都是陳廷敬一手謀劃！

皇上抬頭望著天上的浮雲，又道：「胤礽回京之後閉門思過，不准出宮門半步！」

胤礽哭道：「兒臣沒做什麼錯事呀！」

皇上仍是抬著頭，聲音不大，卻甚是嚇人：「胤礽！你要朕這會兒當著臣工們的面，把你的種種劣跡都說出來不成？你太叫朕失望！」

錢塘江此時已風平浪靜，水兵們正在打撈破船。皇上半日無語，忽又低聲說道：「還有個人，他的名字朕都不想提起。餘杭那個可惡的知縣，殺了吧！」

黃幔外頭，遠遠的仍有許多看熱鬧的百姓。他們自然不知裡頭的情形，只道見著了百年難遇的盛事。皇駕出了檢閱臺，仍是威嚴整齊，外頭看不出一絲兒破綻。君臣們都已換上了乾淨衣服，坐轎的仍舊坐轎，騎馬的仍舊騎馬。

70

回到京城，皇上頭一日在乾清門聽政，就說道：「一個是明珠，一個是索額圖，兩個人鬥來鬥去，鬥了幾十年。他倆的所作所為，朕不是不知道，也不是袒護他們，朕想讓他們悔改。但是，他倆只把朕的話當耳旁風！索額圖尤其可惡，簡直該殺！朕念他是功勳之後，自己年輕時也有戰功，免他一死。還有一干人等同他們相互勾結，做了很多不要臉面的事。各位臣工都要引以為戒！」

臣工們低著頭，唯恐自己的名字被皇上點到。皇上目光掃視群臣，又道：「朕深感欣慰的是你們大多能忠心耿耿，恪盡職守，清白做官。朕今日要專門說說陳廷敬。朕八歲登基，那個時候陳廷敬只有二十四歲，風華正茂，才氣過人。從那時候起，陳廷敬就跟著衛師傅侍候朕讀書。一晃就是四十八年，朕已五十有四了，陳廷敬亦已是七旬老人。他那一頭青髮，朕是親眼看著它一根一根白起來的。四十八年了，朕現在回頭一想，找不出陳廷敬的過錯！朕對陳廷敬的評價是八個字：寬大老成，幾近完人！」

陳廷敬趕忙跪上謝恩，道：「臣謝皇上垂憐！人非聖賢，孰能無過？臣事君四十八年，肯定有不少失格出錯之事，只是皇上仁德，不忍治罪。」

皇上笑道：「老相國，你就不必自謙了！」

陳廷敬低頭道：「臣曾聽皇上親口說過，國朝並無相國之職呀！」

皇上笑道：「朕說你是相國，你就是相國！」

這日被皇上降罪的還有好些人，卻沒聽見點到高士奇和徐乾學的名字。原來皇上到底顧念君臣幾十年，不忍再追他們的罪。皇上過後竟把自己收藏多年字畫拿了些賞賜給高士奇，派人專程送往杭州。皇上此舉深意何在，外人費解。徐乾學在家正鬱悶難遣，有日卻突然收到皇上賜下金匾，竟然是御書四個大字：光焰萬丈。徐乾學便守著這四個字在老家設館講學，一副沐浴皇恩的樣子，心裡卻有苦說不出。天下讀書人倒是越來越見著皇上厚待老臣，實有聖君氣象。

陳廷敬回到家裡，興致甚好，說：「皇上今日當著文武百官的面給了我八個字，寬大老成，幾近完人。」

月媛自是歡喜，問道：「皇上親口說的？」

陳廷敬哈哈大笑，道：「月媛真是越活越回去了，不是皇上親口說的，我還敢矯旨？」說著又是大笑。

珍兒說：「老爺本來就是完人，珍兒跟您這麼多年，還真找不出您的毛病！」

陳廷敬又道：「皇上還叫我老相國！」

月媛見老爺今兒樣子真有些怪。老爺往日總說寵辱不驚，今日這是怎麼了？當年明珠得勢的時候，滿朝爭呼相國，沒多久這相國就栽了。月媛正心事重重，陳廷敬卻是感慨萬千，道：「剷除了奸邪小人，君臣和睦，上下齊心，正可開萬世太平啊！只可惜老夫老了，要是再年輕十歲就好了。」

夜裡已經睡下了，月媛仍不住勸道：「廷敬，你真的老了。人生七十古來稀，不能再逞能了。」

陳廷敬笑道：「我哪裡就老了?我改日不坐轎了，仍舊騎馬哩。」

月媛說：「我想你趁身子骨還好，咱們回山西老家去，讓你好好兒過幾年清閒日子。朝廷裡還有壯履當差，也說不上我家不忠。」

陳廷敬道：「月媛你這話我可不愛聽。皇上以國事相託，我怎麼能拍屁股走人呢？」

有日，陳廷敬去衙門了，月媛同珍兒在家裡說老爺。月媛道：「珍兒妹妹，你說廷敬是不是有些糊塗了？」

珍兒說：「姐姐你這些日子怎麼老挑老爺的不是?老爺哪裡糊塗？」

月媛搖頭道：「珍兒妹妹，那是你也糊塗了!廷敬他這官不能再做下去了。」

珍兒問：「為什麼呀?皇上信任他，朝廷需要他，為什麼就不做官了呢？」

月媛道：「我瞧了這麼些年，我知道，大臣只要被叫做相國，就快大禍臨頭了。明珠是這樣，索額圖也是這樣。」

珍兒道：「可是我們家老爺同他們不一樣呀，明珠和索額圖都是壞人呀！」

月媛知道有些道理珍兒是不懂的，便道：「珍兒妹妹，你只聽姐姐的話，勸勸廷敬，他現在是越來越聽不進我的話了。」

陳廷敬成日在南書房看摺子，皇上下了朝也常到這裡來。南書房南邊兒牆根窗下有株老楮樹，陳廷敬忙完公事偶有閒暇，喜歡坐在這裡焚香拂琴，或是品茶。陳廷敬的琴藝皇上極是讚賞，有閒也愛聽他彈上幾曲。皇上雖也是六藝貫通，有回皇上在乾清宮裡聽見了陳廷敬琴聲，曲子古雅樸拙，令人有出塵之想，卻甚是陌生，未曾聽過。

皇上不由得出來了，老遠就搖手叫陳廷敬不要停下。皇上慢慢兒走過來，待陳廷敬彈奏完了，才問道：「老相國，你彈的是什麼曲子？」

陳廷敬道：「回皇上，這曲子叫《鷗鷺忘機》，典出《列子》，皇上是知道的。說的是有個漁人每日去海邊捕魚，同海鷗相伴相戲，其樂融融。一日漁人妻子說，既然海鷗那麼好玩，你捉隻回來給我玩玩。漁人答應了他的妻子。第二日，漁人再去海邊，海鷗見了他就遠遠的飛走了。原來海鷗看破了漁人的機心。」

皇上點頭良久，道：「廷敬，你這話倒讓朕明白了一個道理。人與鳥是如此，人與人更是如此，相互信任，不存機心，自然萬象祥和，天下太平。」

陳廷敬笑道：「恭喜皇上，如今正是太平盛世，君臣和睦，不存機心啊。」

皇上很是高興，道：「老相國，你也難得有個清閒，朕看你撫琴窗下，鶴髮童顏，儼然仙風道骨，甚是歡喜。朕叫如意館的畫師給你畫張畫兒，就叫《楮窗圖》好了。」

陳廷敬趕緊謝了恩，直道老臣領受不起。旁邊的張善德聽著，比陳廷敬自己還要歡喜，立時吩咐下邊太監到如意館傳旨去了。陳廷敬好幾日忙完案頭文牘，就到楮樹下坐著，讓畫師給他作畫兒。畫成之後，皇上又在上頭題了詩：「朝罷香煙攜滿袖，詩成珠玉在揮毫。精研書史知古今，慎典絲綸見泰平。謹言慎行皆臣職，教孝成忠是朕心。春歸喬木濃蔭茂，秋到黃花晚節香。」

陳廷敬感激不盡，自然進詩謝恩。但畢竟國事繁重，少有暇時，陳廷敬終日都是埋頭文叢。有日，他看著摺子，眉頭皺了起來，道：「皇上，臣以為朝中大臣和督撫上摺子的時候，應令他們省掉虛文，有話直說，不要動不動就是什麼崑崙巍巍呀，長江滔滔呀。」

皇上卻是笑道：「老相國，讀書人喜歡把文章寫漂亮點兒，就由著他們吧，愛不愛聽，朕自然心裡有數。」

陳廷敬道：「可臣覺著阿諛之風日行，實有不妥。」

皇上笑道：「不妨，朕心裡明白的。」

陳廷敬想皇上的耳朵只怕慢慢的也有些軟了，皇上過去是聽不得阿諛之言的。又想皇上也許更懂得馭人之道了？明知道下頭說的是些漂亮話，也由他們說去。要顯著太平氣象，好聽的話自然是少不得的。

陳廷敬正埋頭寫著票擬，皇上遞過一個摺子，道：「老相國你看看這個。」

陳廷敬雙手接過摺子，見是密奏，忙說：「密奏臣豈能看？」

皇上道：「朕以為是你看得的密奏，你就先看，再送朕看。」

陳廷敬跪下謝恩，道：「皇上如此寵信老臣，臣不勝惶恐！」

皇上忙親手扶起陳廷敬，道：「長年在朕身邊侍從的臣工算起來至少也有上百了，大多免不了三起三落，那些太不爭氣的就永不敘用了。只有你老相國，小委屈也受過些，到底節操始終。朕相信你！」

皇上說這話時，南書房裡還有好幾位臣工，他們自此便把陳廷敬看做首輔，甚是敬重。陳廷敬又謝過恩，低頭再去看密奏，卻見這是道參人的摺子。他看完密奏說：「皇上，下邊上摺子參人，尤其是上密奏，應有根有據。風聞言事，恐生冤獄！」

皇上和顏悅色，道：「老相國，你是不記事了吧？你大概忘了，風聞言事，正是朕當年提倡的。不許臣工們風聞言事，就堵住了他們的嘴，朕就成了瞎子、聾子！」

陳廷敬又道：「可是臣怕有人藉口風聞言事，羅織罪名，打擊異己。」

皇上搖頭道：「朕自有決斷，不會偏聽偏信的。」

陳廷敬看完手中密奏，皇上又遞上一個，道：「這個也請老相國先看。」

陳廷敬知道看密奏不是件好事，可皇上下了諭示他也不敢不看。他打開這道密奏一看，卻見是劉相年上的。原來劉相年回京沒多久，又被皇上特簡為江蘇按察使。皇上到底看重劉相年的忠心，只是叫他改改脾氣。

陳廷敬見劉相年在密奏上寫道：「臣察訪兩淮浮費甚多，其名目開列於後。一、院費，鹽差衙門舊例有壽禮、燈節、代筆、後司、家人等各項浮費，共八萬六千一百兩。二、省費，為江蘇督撫司道各衙門規禮，共三萬四千五百兩。三、司費，為運道衙門陋規，共二萬四千六百兩。四、雜費，為兩淮雜用交際，除別敬、過往士夫兩款外，尚有六萬二千五百兩。以上四款，皆派到眾商頭上，每每朝廷正項錢糧沒有完成，上述浮費先入私囊。臣以為應革除浮費，整肅吏治。」

陳廷敬看完密奏，道：「皇上，劉相年這個按察使實在是用對人了。」說罷就把密奏奉給皇上。

豈料皇上看了，搖頭嘆道：「劉相年這般行事，長久不得。」

陳廷敬道：「相年確實太耿直了，但他所奏之事如不警醒，貪墨之風煞不住啊。」

皇上不再說話，提起朱筆批道：「知道了。所列四款浮費，第二款去不得，銀錢不多，何苦為此得罪督撫，反而積害！治理地方以安靜為要，不必遇事就大動手腳。囑你改改脾氣，定要切記。小心，小心，小心，小心！」

密奏是仍要回到劉相年手裡去的，皇上連批了四個小心，陳廷敬看得心驚肉跳。他暗自交代自己，往後還是儘量少看密奏。

陳廷敬家裡好長日子都聽不到琴聲。他總是伏案到深夜，不是寫摺子，就是校點書稿。皇上這會兒又把《康熙字典》總裁的差事放在他肩上。原本是張玉書任總裁的，陳廷敬充副總裁。可張玉書不久前仙逝，總裁的差事就全到他身上了。

月媛每夜都要勸過好幾次，他才肯上床歇息，卻總說恨不能一日當著兩日用。有日夜裡，月媛實在忍不住了，說了直話：「廷敬，您事情做得越多越危險。」

陳廷敬道：「月媛，你怎麼變了個人似的？」

月媛說：「您會費力不討好的。」

月媛同珍兒每日都在家說著老爺，珍兒明白月媛的心思，就道：「姐姐，您心裡是怎麼想的，說出來得了，看您把老爺急的！」

月媛便道：「您累得要死，自己以為是鞠躬盡瘁，死而後已；別人看著卻是貪權戀位，一手遮天。」

陳廷敬大怒，罵道：「月媛，你越來越不像話了！」說罷拂袖而起，跑到天井裡生氣去了。

月媛並不理他，珍兒追了出去，勸道：「老爺，外頭涼，您進屋去吧。」

陳廷敬道：「皇上把這麼多事放在我肩上，我怎敢偷懶？」

珍兒道：「姐姐也是為您好！她見過這麼多事情，也許旁觀者清啊。」

陳廷敬說：「一個婦道人家，懂得什麼！」

珍兒笑道：「珍兒也是婦道人家！我們都不懂，誰管您呀！」

陳廷敬說：「你也來氣我！」

珍兒拉了陳廷敬說：「好了，進屋去吧，還賭什麼氣呢？」

陳廷敬搖搖頭，跟著珍兒進屋，嘴裡卻在埋怨：「你們兩個呀，都知道給我氣受！」

珍兒笑道：「哪日我們不氣您了，您又會覺著悶了哩！」

春日，皇上召陳廷敬去暢春園遊園子。皇上想起幾次南巡，便說：「朕每次去杭州都覺著那裡有錢人家的園子越蓋越好，可見江南真是富足了。」

陳廷敬卻道：「啟奏皇上，如今天下太平，民漸富足，國朝江山必是永固千秋。只是臣以為，世風卻不如以往了。天下奢靡之風日盛，官員衣食不厭其精，民間喜喪不厭其繁。世上的財貨總是有限度的，而人的欲壑深不可測。臣以為，應重新制定天下禮儀制度，對官民衣食住行，都立一定之規，以提倡節儉風尚。」

皇上笑道：「廷敬，你的心願是好的，只是想出的辦法太迂了。吃的用的越來越好了，說明國家興旺，財貨富足。喜歡吃什麼用什麼，紅白喜事擺多大擺場，日久成習，積重難返，朝廷要強行改變，是沒有辦法的。」

陳廷敬說：「皇上，臣擔心的是倘若聽憑奢侈之風日長，會人心不古的。要緊的是朝廷官員都奢靡成習，就只有貪銀子了。」

皇上道：「官員膽敢貪污，按律查辦便是，這有何難？」

陳廷敬仍說：「若不從本源上根治，官場風氣越來越壞，朝廷哪裡查辦得過來？」

皇上聽了這話，不再欣賞滿園春色，定眼望了陳廷敬，說：「依老相國的意思，國朝的官員統統爛掉了？現在可謂河清海晏，天下五穀豐登，百姓安居樂業。難道朕把江山打理得這麼好，倚仗的盡是些貪官？」

陳廷敬啞口無言，愣了半日方知請罪。回家便神情沮喪，獨坐書房嘆息不已。往日李老太爺在，翁婿倆倒是經常深夜長談。他現在很少把朝廷的事放在家裡說的，這回忍不住同月媛說了他的滿腹委屈，只道他的話皇上是一句也聽不進了。

月媛說：「廷敬，您以為皇上信任您，就什麼話都可以說了。下面上摺子先要說些漂亮話，皇上也知道那是沒有意思的，可人家皇上愛聽，您不讓他聽去？真不讓下面說了，到時候皇上想聽都聽不到了，說不定下面就真不把皇上當回事了。廷敬，這些道理您原來是懂的，是您告訴我的，怎麼自己到頭來糊塗了呢？這天下禮儀也不是古今不變的，您要天下人都按朝廷規定吃飯穿衣，也不是皇上說您，您真有些迂了。」

陳廷敬道：「哪是你說的這麼簡單？就是吃飯穿衣？事關世風和吏治！」

陳廷敬聽不進月媛勸告，他想要麼朝廷應厲行儉樸之風，禁止官員奢靡；要麼增加官員俸祿，不使官員再起貪心。一日在乾清宮早朝，陳廷敬奏道：「臣以為，國朝官員俸祿實在太薄，很多官員虧空庫銀，收受賄賂，實有不得已處。朝廷應增加俸銀，斷其貪念。」

皇上聽著奇怪，道：「陳廷敬，朕覺著你說話越來越不著調了。你從來都是清廉自守，今兒為何替貪官說起話來了？」

陳廷敬奏道：「臣只是想，聽憑官員暗中貪污，不如明著增加他們的俸祿。」

皇上道：「做我清朝的官就得清苦。朕早說過，想發財，就不要做官；做官，就不許發財。前明覆滅，百官奢靡是其重要禍源。」皇上說著，拿起御案上一個摺子，「朕曾命人查察明代宮廷費用，同現在比較。帳查清楚了，富倫你念給大家聽聽。」

富倫這會兒已進京行走，著任戶部尚書。他接過張善德遞過來的摺子，念道：「明代宮內每年用銀九十六萬九千四百多萬兩，國朝還不及其十分之一，節省下來的銀子都充作軍餉了；明代每年光祿寺送給宮內各項銀二十四萬多兩，現在不過三萬兩；明代每年宮裡用柴火二千六百八十六萬多斤，現如今宮內只用六、七百萬斤；明代宮裡每年用紅螺炭等一千二百多萬斤，現在只用百多萬斤；明代各宮用床帳、輿轎、花毯等，每年共用銀二萬八千二百多兩，現在各宮都不用；明代宮殿樓亭門數共七百八十六座，現在不及其十分之一；乾清宮妃嬪以下灑掃老嫗、宮女等僅一百三十四人，不及明代三分之一。」

皇上等富倫念完，說道：「朕可以清苦節儉，你們為什麼做不到？」

陳廷敬奏道：「皇上節儉盛德，勝過了千古帝王！但皇上是節儉了，下頭不一定都節儉了，帳面上的東西不一定就靠得住。」

皇上聽著更是生氣，道：「陳廷敬，你如此說就太放肆了！」

陳廷敬連聲請罪，卻又道：「臣的老家產棗，臣小時候吃棗，專愛挑紅得漂亮的吃，哪知越是紅得漂亮的，裡頭卻已爛了。原來早有蟲子鑽到裡頭，把肉都吃光了。臣便明白一個道理，越是裡頭爛掉了的棗子，外頭越是紅得光鮮！」

陳廷敬這話說了，一時殿內嗡聲四起。那些平日暗自恨著他的人，便說他自命相國，倚老賣老，全不把皇上放在眼裡，這話分明是變著法兒咒罵朝廷，倘若不治陳廷敬的罪，難服天下人。只有張鵬翮說陳廷敬這話都是一片忠心，請皇上明鑒。

陳廷敬並不顧別人在說什麼，仍是上奏：「皇上，如今一個知縣，年俸四十五兩銀子。天下有誰相信，知縣是靠這四十五兩銀子過活的？皇上不能光圖面子上好看，那是沒有用的。

若等到天下官員都爛透了再來整治，就來不及了！皇上，咱們不能自欺欺人！」

皇上終於天威大作，罵道：「陳廷敬，你老糊塗了！」

陳廷敬如聞五雷，頓時兩眼一黑，身子搖搖晃晃幾乎暈倒下去。

陳廷敬回家就病倒了，臥床不起。皇上聞知，忙命張鵬翮和富倫領著太醫上陳家探望。太醫瞧了病，只道：「老相國年紀大了，身子虛弱，太累了，就容易犯病。不要讓老相國再如此勞累了。」

陳壯履忙寫了謝恩摺子，託兩位大人轉奏。皇上看了摺子，問道：「老相國身子怎麼樣了？」

張鵬翮道：「回皇上，陳廷敬發熱不止，口乾舌燥，耳鳴不止。」

皇上又問：「飲食呢？」

張鵬翮說：「先是水米不進，太醫奉旨看過幾次以後，現在能喝些湯了。」

皇上道：「要派最好的太醫去。囑咐老相國安心養息，朝廷裡的事情，他就不要操心了。陳廷敬為朝廷操勞快五十年了，老臣謀國，忠貞不二呀！朕那日話是說得重了些。」

富倫卻道：「皇上不必自責，陳廷敬的確也太放肆了。啟奏皇上，背後說陳廷敬的人多著哪！」

皇上罵富倫道：「你休得胡說！臣工們要是都像陳廷敬這樣忠心耿耿，朝廷就好辦了。」

陳廷敬在家養病幾個月，身子好起來時已是夏月。皇上聽說陳廷敬身子硬朗了，便召他去御花園說話。張善德正要出去傳旨，皇上又道：「陳廷敬是朕老臣，傳諭宮內女眷不必迴避。」

陳廷敬進了御花園，見皇后正同嬪妃們在裡頭賞園子，嚇得忙要躲避。張善德笑道：「老相國，皇上才囑咐奴才，說您是老臣了，女眷們都不必迴避。」

陳廷敬這才低著頭，跟著張善德往裡走。皇上准他進入內宮，且不讓女眷迴避，實是天大的恩寵。可陳廷敬甚是漠然，連謝恩都忘了。忽聽得一個女人說道：「老相國辛苦了。」

張善德忙道：「老相國快給娘娘請安！」

陳廷敬忙請了皇后娘娘聖安，卻又聽得嬪妃們都問老相國安。陳廷敬只是低了頭拱手還禮，並不抬眼望人。這邊請安回禮完了，陳廷敬才看見皇上站在古柏之下，望著他微笑。陳廷敬忙上前跪下，道：「臣恭請皇上聖安！」

皇上扶起陳廷敬，拉著他的手，引往亭中坐下。陳廷敬早暗自囑咐自己，再不同皇上談論國事。皇上今日也只談風月，問起當今詩文誰是最好，陳廷敬說應首推王士正，他的詩清新蘊藉，頗具神韻，殊有別趣。皇上也道看過王士正的詩，他的詩天趣自然，實在難得。皇上又問到高士奇和徐乾學怎樣，陳廷敬便道高士奇的書法、文才都是了不得的，徐乾學的學問亦是淵博。皇上唏噓良久，說：「朕許是年紀漸漸大了，越來越戀舊了，哪日也召高士奇跟徐乾學回來看看。」

陳廷敬在御花園陪皇上說話，足待了兩個時辰。拜辭出來時，皇上又賜了他御製詩手卷兩幅，福壽掛幅各一，高麗扇四把。

陳廷敬謝恩出宮，卻絲毫沒有覺著欣喜。夜裡，他在家獨自撫琴，又寫下長詩《六月二十五日召至御花園賜御書手卷掛幅扇恭記》，自然免不得頌揚聖恩，煞尾處卻寫到：「十九年中被恩遇，承顏往往親縑素。畫筆去章喜絕倫，涼秋未敢嗟遲暮。丹青自古誰良臣？終始君恩有幾人？便番榮寵今如此，恐懼獨立持其身。」

陳廷敬不再每日去南書房，總託兒子壯履稱病。有回真又病了，牙齒痛得腫了半邊臉。他卻苦中自嘲，寫了首詩：「平生未解巧如簧，牙齒空然粲兩行。善病終當留舌在，多愁應不及唇亡。相逢已守金人戒，獨坐誰憐玉麈妨。身老得閒差自慰，雪梅煙竹依殘陽。」

壯履讀了老父的詩，隱隱看出中間的孤憤，卻不知如何勸慰。

很快就到初秋，有日陳廷敬躺在天井裡的椅子上曬太陽。年紀畢竟大了，月媛怕他著涼，拿來薄被蓋在他身上。庭樹蔥蘢，鳥鳴啾啾。珍兒道：「老爺，您聽，鳥叫得多好聽。」陳廷敬微微閉著眼睛，沒有聽見。

珍兒又問：「老爺，您能認得那是什麼鳥嗎？」

陳廷敬仍不搭話，眼睛卻睜開了，茫然望著天空浮雲。

月媛輕輕拍了拍他，道：「廷敬，珍兒問您話哪！」

陳廷敬像是突然夢中醒來，大聲道：「什麼呀？」

月媛同珍兒相顧大驚。

珍兒悄悄兒說：「姐姐，老爺怕是聾了？」

月媛說：「昨日都好好的，怎麼就聾了？」說罷又問，「廷敬，我說話您聽見嗎？」

陳廷敬高聲道：「你大點兒聲。」

珍兒大聲道：「姐姐已經很大聲了。」

陳廷敬頓時眼睛瞪得好大，道：「啊？未必我的耳朵聾了？」

珍兒立馬哭了起來，月媛朝她搖搖頭，叫她不要哭。月媛笑咪咪地望著陳廷敬，湊到他耳邊說：「您耳朵聾了是福氣！耳根清淨，沒災沒病！您會長命百歲的！」

陳廷敬像是聽見了，哈哈大笑。

珍兒也湊上去說：「您只好好養著身子，珍兒就是您的耳朵，姐姐就是您的眼睛！」

陳廷敬越發笑了起來，渾濁的老眼裡閃著淚光。

這日，皇上召陳廷敬去南書房。陳廷敬見了皇上，顫巍巍地跪下，道：「老臣叩見皇上！」

皇上道：「老相國病了這場，身子清減了許多。你起來吧。」

陳廷敬跪著不動，頭埋得低低的。

皇上又道：「老相國快快請起。」

陳廷敬仍是低頭跪著，像是睡著了。

皇上又問：「老相國是不是有什麼話說？要說話，你站起來說也不遲。」

陳廷敬跪在地上像蔸老樹根。張善德跑上去問：「老相國，您今兒個怎麼了？」

陳廷敬這才抬起頭來，道：「啊？您大點兒聲！」

張善德吃驚地望望皇上，皇上長嘆一聲，道：「老相國怕是病了一場，耳朵聾了。上回在御花園見他還是好好的，到底是年紀大了。」

張善德低下頭去，大聲喊道：「皇上讓您起來說話！」

陳廷敬這才聽見，謝恩站了起來，哭奏道：「啟奏皇上，臣耳朵聽不見了，玉音垂詢，臣懵然不覺，長此以往，恐誤大事。懇請皇上恩准老臣歸田養老！」

皇上兩眼含淚，道：「陳廷敬供奉朝廷四十九年，兢兢業業，頗有建樹。而今患有耳疾，上奏乞歸。朕實有不捨。然陳廷敬歸林之意已決，朕只好忍痛割愛，准予陳廷敬原品休致，回家頤養天年！」

陳廷敬木然站立，渾然不覺。張善德上前，湊在陳廷敬耳邊道：「皇上恩准您回家了！」

陳廷敬又跪下謝恩，動作遲邁。「老臣謝皇上隆恩！」

皇上又道：「陳廷敬平生編書頗多，回家之後，仍任《康熙字典》總閱官！」

陳廷敬哪裡聽得見，張善德只得又湊在他耳邊大聲說了，他才謝恩起來。

早在半個月前，陳廷統被皇上特簡為貴州按察使，他在路上接到家書，聽說哥哥告老還鄉了，忽然間也生了退意，便向朝廷上了個摺子，半路上就往山西老家趕了。巧的是豫朋也擢升了知府，他也是在履新途中知道父親以病休致，亦掉頭回了山西，草草給朝廷進了個摺子交差。

壯履仍留在京城，陳廷敬領著月媛、珍兒和幾個親隨回山西老家去。收拾了半月，五輛馬車出了京城。一路上陳廷敬都不說話，總是閉著眼睛，像是睡著了。他多半是醒著的，有時也真是睡著了。醒著的時候，他就在想自己近五十年的官宦生涯，說到底實在無趣。又在路上又接到廷統和豫朋的信，心想廷統早早離開官場自是好事，豫朋卻是可以幹些事的。他也只是這麼想想，並不把他們叔侄辭官的事放在心上。天塌下來，地陷下去，且隨他去了。當年衛大人告訴他一個等字，岳父告訴他一個忍字，自己悟出一個穩字，最後又被逼出一個狠字，虧得月媛又點醒他一個隱字。若不是這一隱字，他哪能全身而退？遲早要赴明珠和索額圖的後塵。等、忍、穩、狠、隱這五個字，只有那狠字說不出口，就讓他爛在肚子裡算了，另外那四個字他會告訴壯履的。

路上走了五十多日，回到了陽城老宅。正是春好時節，淑賢領著闔家老小迎出門來。陳廷敬同家裡人見了面，哪裡也沒去，先去了西頭花園，道：「自小沒在這裡頭好好兒待過，真辜負了春花秋月。」

月媛還在招呼家人搬行李，珍兒跟在老爺後面招呼著。陳廷敬在亭內坐下，家人忙端了茶上來。他喝了口茶，忽聽樹上有鳥啁啾，笑道：「珍兒，我告訴你那叫什麼鳥。」

珍兒又驚又喜：「老爺，您耳朵沒聾呀？」珍兒說罷往屋裡跑去，邊跑邊喊，「老爺他耳朵沒聾！」

陳廷敬哈哈大笑，驚飛了樹上的鳥。

（全書完）

GOBOOKS
& SITAK
GROUP©